ARTUR BECKER

ONKEL JIMMY, DIE INDIANER UND ICH

ROMAN

HOFFMANN UND CAMPE

Die Arbeit des Autors am vorliegenden Text wurde durch den Deutschen Literaturfonds e. V., Darmstadt, gefördert.

1. Auflage 2001
Copyright © 2001 by
Hoffmann und Campe Verlag, Hamburg
www.hoffmann-und-campe.de
Schutzumschlag: Katja Maasböl
Typographie: Prill Partners | producing, Berlin
Satz: Dörlemann Satz, Lemförde
Druck und Bindung: GGP Media, Pößneck
Printed in Germany
ISBN 3-455-00432-6

Dank an meinen Freund Thorsten
für seine Ideen, Kritik und Liebe,
die mir eine große Unterstützung waren,
sodass ich dies alles hier schreiben konnte.
Dank auch an Bernd Gosau, zehn Jahre
mein Lektor, und an Prof. Dr. Joachim Fischer
von der Kulturstiftung der Länder, Berlin.

»Was sich überhaupt sagen lässt,
lässt sich klar sagen;
und wovon man nicht reden kann,
darüber muss man schweigen.«
                    LUDWIG WITTGENSTEIN

INHALT

ROTHFLIESS

Der rote ostpreußische Bahnhof hat zwei Namen: Er **1**
heißt Rothfließ oder Czerwonka. Nein, wir sitzen nicht im
Warteraum und suchen in unserem Gepäck nach Nadel und
Faden, um einen Knopf am Sakko anzunähen. Wir besitzen
nur einen Koffer und kommen von weit her – mein Onkel
Jimmy und ich. Aber der Bahnhof gehört uns, genauso wie
der See, der im Tal von Rothfließ liegt wie ein Fass französi-
schen Tafelweins in einem modrigen, uralten Gemäuer, und
gut schmeckt dieser Wein, gut riecht der See, unser See. Hier
haben wir gelebt, Onkel Jimmy und ich, Teofil Baker.

Hier herrscht eine Dunkelheit, eine rote Dunkelheit, die
wir in Winnipeg lieben, weil sie nie da ist, wenn man sie
braucht. Sehnen wir uns einmal nach ihr, fahren wir an den
Wochenenden in die Wälder und angeln an den uferlosen
Seen große Fische, Hecht und Wels, und dann essen wir sie
am Lagerfeuer und stellen das Radio auf halbe Lautstärke,
um die Bären zu vertreiben. Die Kanadier lachen uns aus,
aber wir angeln weiter und lecken uns die Finger nach den
Fischen und fürchten uns nicht vor den Grizzlys.

Ich weiß nicht, warum ich so ruhig bin. Unser Koffer ist
wahrscheinlich der Einzige, der uns verzeiht: Es ist immer
noch derselbe Koffer, mit dem wir vor neun Jahren nach Kanada ausgewandert sind. Tante Ania, Onkel Jimmys Exfrau,
hat ihn uns geschenkt. Sie sagte damals: »Teofil, kommt mir
nie wieder zurück! Es sei denn, ihr könnt die Wände mit
Geldscheinen tapezieren!«

Wir sind wie durch ein Wunder trotzdem zurückgekommen und stehen nun mit leeren Händen da. Zurückgekommen nach Rothfließ und Czerwonka. Es ist Sommer 1993, und Jimmy ist auf der Flucht. Auf der Flucht vor seinem kanadischen Schuldenberg. Er ist zurückgekommen nach Warmia und Masuren, um ein bisschen zu verschnaufen. Und ich? Ich bin inzwischen sechsundzwanzig und will wissen, ob es die alten Orte meiner Kindheit noch gibt.

Schade ist nur, dass die Lokomotive nicht mehr fährt, die den Ruß in den Himmel spuckte, den schwarzen Schleim und Dampf; auch die Waggons mit den Holzbänken gibt es nicht mehr.

Als ich ein Kind war – daran will sich mein Onkel nicht mehr erinnern. Ich bin sein Gedächtnis geworden. Mein Onkel sagt jedoch, er brauche keine Verwandten oder Freunde und ein Gedächtnis schon gar nicht, denn alles, was er liebe, sei immer in seiner Hosentasche: Ein Zwanzigdollarschein, ein Feuerzeug, eine Schachtel Lucky Strike ohne Filter und ein Notizblock für unterwegs. Doch damit wird er nicht weit kommen, zumal ihn bei unserer Rückkehr nach Winnipeg nichts Gutes erwarten wird, wenn wir die Tür wieder aufschließen werden, zu unserem Haus im Indianerviertel.

Fünfundzwanzigtausend heißt die Geheimzahl – sie steht für seine Schulden wie die Sechshundertsechsundsechzig für den Teufel. Onkel Jimmy verfügt über dreizehn Kreditkarten, und ich weiß ganz genau, was morgen passiert. Jimmy wird vor dem Gemeindevorsteher von Rothfließ, Herrn Malec, sein Portemonnaie aus der Hosentasche ziehen und ihm sein Plastikimperium zeigen. Dann wird er sagen: »Malec, schau her! Ich bin in Amerika ein reicher Mann geworden! Und ihr, was macht ihr? Ihr füttert Hühner und Enten und räuchert Aale, die niemand kaufen will!«

Es ist kurz nach zwanzig Uhr, und der Bahnhof ist stiller als eine zirpende Sommerwiese. Wir sitzen auf einer Bank und rauchen Zigaretten. Eine einzige Laterne brennt, es ist Altweibersommer, sie leuchtet über den Platz, auf dem die Busse halten. Sie leuchtet über den menschenleeren Bahnhof: »Bleibt, wo ihr seid«, höre ich es aus allen Ecken, aus den hintersten Winkeln, und in dieser Stille wage ich nicht, Onkel Jimmy zu fragen, worauf wir eigentlich warten.

Der zweistöckige Wohnblock, in dem meine Großmutter Genia lebt und der ursprünglich für die Arbeiter der polnischen LPG gebaut wurde, ist nur ein paar Schritte von der Bahnhofslaterne entfernt. Ein paar langsame Schritte, die wir gut kennen. Dann werden uns die Frauen kräftig umarmen und anschließend verprügeln. Sie werden anfangen zu weinen, werden uns die Hemden herunterreißen und uns die Brust zerkratzen.

Ich kann nichts sagen, will nichts mehr sagen, auch mein Onkel schweigt. Manchmal, wenn er etwas sehr Bedeutendes zu bereden hat, legt er den teuren Kehlkopfgenerator an seine Gurgel und spricht mit der Darth-Vader-Stimme, dass einem ein Schauder über den Rücken läuft.

Wir sitzen noch eine halbe Stunde auf dem Bahnhofsvorplatz, dann sagt Jimmy plötzlich: »Teofil, ich habe solche Knieschmerzen!«

Ich glaube an nichts mehr, auch nicht daran, dass er zuckerkrank ist oder dass in seinen Gelenken teuflische Kristallite ihr Unwesen treiben.

»Letz fejs it!« knurrt es aus dem Lautsprecher des Generators, dann erhebt er sich, zögernd folge ich ihm. Sein dicker gedrungener Körper wirft im Licht der Bahnhofslaterne einen kreisrunden Schatten auf den Asphalt.

Wie wollen wir Tante Ania bloß erklären, dass wir völlig abgebrannt sind? Sogar das Geld für die Reise nach Rothfließ haben wir von unseren indianischen Freunden in Winnipeg geliehen.

»Du musst jetzt tapfer sein!« sagt Jimmy Koronko und schaltet seinen Kehlkopfgenerator aus. »Ab heute muss ich die Batterien schonen. Ich sag kein Wort mehr!«

Wir rappeln uns auf und gehen.

Den Koffer und die Plastiktüte mit den Geschenken, die Onkel Jimmy am Flughafen in Winnipeg gekauft hat, muss ich tragen: Kugelschreiber mit dem Emblem der Canada Airlines International, Schwänchen aus Glas mit golden angemalten Schnäbelchen, aufklappbare Taschenspiegel für die Frauen und Schokolade, sorgfältig in Papierservietten gewickelt. Unsere Verwandten und Freunde in Rothfließ haben so viele Kinder, da wäre es unverschämt, ihnen nichts aus der großen Welt mitzubringen, meinte Onkel Jimmy.

Nach der Landung in Frankfurt am Main wurden wir bei der Zollkontrolle zweimal durchsucht, und obwohl die Zollbeamten nichts Verdächtiges finden konnten, mussten wir uns bis aufs Unterhemd ausziehen; Onkel Jimmy entblößte andauernd seine braunen Vampirzähne und gab vor, herzkrank zu sein. Dann fing er an, auf Polnisch zu fluchen, und beschimpfte mich: »Das können wir uns nicht gefallen lassen. Ich werde dir jetzt mal zeigen, wie man mit diesen Schergen umspringt. Los! Übersetzen!«

Ich sah die ratlosen Gesichter der Zollbeamten und dachte, Jimmy, bitte nicht. Aber mein Onkel war nicht mehr zu bremsen.

Ich sagte: »Okay, Jimmy, wenn du es so haben willst!«

Er grinste und sagte: »Endlich kommt deine Partisanenmentalität durch!« und ich übersetzte Wort für Wort.

»Was sind das für Gestapo-Methoden!« brüllte er. »Wenn Sie wüssten, wer ich bin, würden Sie mich nicht so behandeln. Ich musste für euch die ersten Volkswagen zusammenschrauben. Ich bin ein ehemaliger Zwangsarbeiter, jüdisch-weißrussischer Herkunft!«

»Aber Mr. Koronko«, sagte einer der Zollbeamten nach

einem erneuten Blick in Jimmys Pass, »bei Kriegsende waren Sie gerade sechs Jahre alt!«

»Da können Sie mal sehen«, sagte Jimmy, »was Ihre Großväter mir angetan haben. Als Wiedergutmachung will ich sofort einen Rollstuhl und eine Flasche Whiskey vom Besten!«

Dabei trinkt er nur noch Budweiser oder Wild Cat; vom Whiskey mit Soda bekommt er sofort am ganzen Körper rote Flecken. Die Indianer nennen ihn daher The Toadstool, Jimmy, der Fliegenpilz, der Schweinshaxen isst, bereits zum Frühstück, davor, als Erstes, ein Bier auf nüchternen Magen.

Wir gehen.

Auf unserer Zugfahrt von Frankfurt nach Rothfließ mussten wir in Olsztyn, der Hauptstadt von Warmia und Masuren, umsteigen. Auf dem Bahnsteig stürzten sich Gepäckträger auf uns und wollten mir den Koffer aus der Hand reißen, aber mein Onkel beschimpfte sie auf Weißrussisch als Hurensöhne und Zigeuner, denen er keinen müden Dollar bezahlen würde.

»Außerdem sollen alle sehen«, schrie mein Onkel, »dass wir keine Hilfe brauchen. Wenn wir es in Amerika geschafft haben, uns neun Jahre über Wasser zu halten, werden wir auch mit diesen Aasgeiern problemlos fertig werden.«

Fröhlich summte er: »*If ju mejk it dere ju mejk it ewriwer …*«

Wir gehen. Mir tut der rechte Arm weh, und ich nehme den Koffer in die andere Hand.

Jimmy arbeitet als Gärtner – ich verlege Parkette, Fliesen, Kacheln oder Dielen und habe auf meinen Knien die dickste Hornhaut der ganzen Stadt. Meine Freundin Janis putzt in einem Fünfsternehotel und sammelt auf Ansichtskarten Autogramme von berühmten Leuten. Allein von David Copperfield hat sie drei.

Janis wechselt jetzt im Hotel die Bettwäsche, geht von Zimmer zu Zimmer und wartet auf einen Anruf aus Rothfließ. Jimmy, der Fliegenpilz, grinst, bleibt kurz stehen, poliert mit einem Schnupftuch seine Cowboystiefel, kämmt sich die Haare und steckt den Kamm wieder in die Hose – er will gut aussehen, dann biegen wir in die Kopernikusstraße ein, und meine Knie fangen an zu zittern. Ich fürchte mich, Großmutter Genia in die Augen zu schauen. Was wird sie bloß sagen? Und Tante Ania und all die anderen? Und wer bin ich? Immer noch das Kind aus Rothfließ? Oder ein kanadischer Tourist?

Wir stehen lange vor der Tür, eine Klingel gibt es nicht, dann klopfen und schreien wir: »Genia, Genia! Mach auf! Die Onkel aus Amerika sind wieder da!«

Und als die Tür aufgeht, tritt Jimmy als Erster ein, und plötzlich beginnt meine Großmutter, ein Kirchenlied zu singen, aus voller Brust, und dann öffnet sich die Küchentür, und Menschen strömen auf uns zu, küssen und umarmen uns, stellen unseren Koffer beiseite – niemand will uns umbringen, niemand beschimpft uns. Ich breche nicht zusammen, sinke nicht auf einen Stuhl und weine wie Jimmy, der sich die Tränen mit den Daumen wischt. Ich kann nichts sagen und denke nur an die Schwänchen; ob sie die lange Reise überlebt haben, ob ihre goldenen Schnäbelchen nicht abgebrochen sind und die Schokolade nicht geschmolzen ist. Und dann kommt meine Großmutter Genia und küsst mich, dass ich keine Luft bekomme, dann der Gemeindevorsteher von Rothfließ und alte Männer, die ich noch nie gesehen habe, die aber steif und fest behaupten, mich als Kind gekannt zu haben. Tante Ania schiebt ihre kleine Tochter nach vorne, die mit unserer Postkarte aus Winnipeg wedelt und ruft: »Mama! Papa! Die Amerikaner sind da!«

Tante Ania stopft sich den Büstenhalter immer mit Watte voll, weil sie nicht zeigen will, dass ihre Brüste so klein sind wie Zwetschgen. Aber sie hat sich endlich die Zähne machen lassen und hat keine dunkelbraunen Löcher mehr, die sie sonst beim Lachen immer mit der Hand verdeckte. Jetzt hat sie wunderbares Gold in ihrem Mund und ein Gesicht, das strahlt wie der Vollmond.

Ich weiß nur nicht, wie Jimmy es verkraftet, dass sie den Gemeindevorsteher Malec geheiratet hat.

Ich hoffe, dass Genia das schwarze Akkordeon, auf dem mein Onkel zu allen erdenklichen Festen gespielt hat, nicht weggeschmissen hat. Ich renne in Genias Schlafzimmer, steige auf einen Hocker und suche auf dem Kleiderschrank, der älter sein muss als Onkel Jimmy und ich zusammen, nach dem Instrument. Ich stelle den Hocker noch dichter an die Schranktür und lange mit der Hand in die Tiefe und fahre mit meinen Fingern über den Staub. Wo ist das Akkordeon?

Meine Großmutter kocht uns schwarzen Tee, und der Gemeindevorsteher gießt Wodka in die Gläser und redet von seiner Heirat und von seinem Töchterchen, das wir vom Foto und aus dem Brief von Tante Ania kennen.

»Lieber Freund!« sagt er zu meinem Onkel. »Es ist alles amtlich und katholisch korrekt mit meiner Hochzeit: Ania war eine geschiedene Frau! So gut wie Witwe, denn von dir kam nie ein Lebenszeichen! Wir dachten schon, du bist verschollen!«

»Das könnte euch so passen!« ärgert sich Jimmy und trinkt die kleinen Gläschen leer und nagt an seinen Fingernägeln.

Wir stehen alle im Wohnzimmer und können nicht voneinander lassen, fallen uns gegenseitig in die Arme und begrüßen uns immer wieder aufs Neue.

Wir feiern unsere Ankunft. Es gibt Hecht und Pellkartoffeln. Genia trennt die Hechtköpfe für den Suppentopf immer mit einem einzigen Messerschnitt ab; von Onkel Jimmy weiß ich, dass man diesen Fischen ehrfürchtig die Schuppen entfernen muss, mit vollkommenen Handbewegungen, zack, zack, Reihe für Reihe, ohne das Fleisch zum Bluten zu bringen, man darf die grauen Eminenzen nicht bluten lassen, das habe ich von Jimmy Koronko gelernt, auch wenn die Hechte schon tot sind.

Genia deckt im Wohnzimmer den Tisch.

Wir essen uns satt und sind voller Erwartungen, was noch alles geschehen mag, mit mir und Jimmy, dem es in den Sinn kommt, auf seinem alten Akkordeon zu spielen.

»Was habt ihr mit meinem Akkordeon angestellt?« schreit mein Onkel.

Genia lacht: »Wir haben es auf dem Trödelmarkt in Bartoszyce an die Russen verkauft!«

»Die treiben sich hier seit der Grenzöffnung herum«, meint Malec, »und wollen uns schlechten Wodka aufschwatzen, der jeden Mann blind macht! Jetzt bringen sie uns mit ihrem Teufelssprit um, nachdem sie es zuvor ein halbes Jahrhundert mit der kommunistischen Seuche versucht haben!«

Tante Ania sagt: »Korońrzeź! Wir haben alles, was dir gehörte, wirklich alles, auf den Müll geworfen, und jetzt solltest du schlafen gehen! Wir wollen auch nach Hause!«

»Nein! Jetzt werde ich singen!« brüllt er wieder.

Die Familie Malec wünscht uns Gute Nacht, während Jimmy das Abschiedslied »Alle Engel sollen dich in ihren Schutz nehmen« anstimmt. Er singt es eine Weile und macht es sich dann auf dem Klappsofa bequem, das Genia uns als Nachtlager errichtet hat. Mein Onkel zieht seine Schuhe aus, die Cowboystiefel, die er im Indianerladen in Banff mit der Begründung gestohlen hat, Indianer sollen Mokassins tragen. Es beginnt überall zu stinken, nach Ziegenkäse und Buttermilch; wir müssen schlafen. Genia segnet uns wie ein Pfarrer, macht in der Luft das Kreuz und geht in die Küche, wo der Abwasch auf sie wartet, und summt weiter das Lied von den Engeln.

Unerträglich ist der Gedanke, dass ich nichts für meine Großmutter getan habe: Sie wird bald zweiundachtzig, doch sie hat von Onkel Jimmy und mir noch nie Geld gesehen. Wenn ich ihr alles erzählen sollte, was uns während der kanadischen Jahre zugestoßen ist, bräuchte ich viel Mut und vor allem einen Wodka, den ich nicht vertrage. Onkel Jimmy hat ganze Seen und Meere heruntergeschluckt wie Tante Ania die Pillen.

Mein Onkel hat keine Kinder, wenn überhaupt nur mich, denn mir hat er gezeigt, wie man den Hecht fängt, mir hat er alles beigebracht über das Fischefangen. Ich bin längst kein Anfänger mehr. Ich bin ein Profi und plane selbstständig die Jagd auf Hechte und zeige ihnen, wer der wahre Herrscher über sie ist.

Gestern Nacht, als wir in den Betten lagen und **2** schnarchten, wachten wir kurz auf, ich weiß nicht warum, aber wir wachten beide auf, und mein Onkel holte sich ein Glas Mineralwasser. Dann trank er einen Schluck und vergoss den Rest über den Boden.

Ich sagte einfach nur Gute Nacht und dachte dabei an Genia, die jeden Abend zu Gott betet. Aber irgendwie fehlte mir die Kraft, meinem Onkel nach dem langen Flug und nach der Zugreise Paroli zu bieten. Ich kann es selbst nicht fassen, einmal hasse ich ihn, dann wieder werfe ich mich in seine Arme und spüre den fetten Bauch und die gewaltigen Herzstöße und die Hämmer in seinem Kopf, der so groß und vollkommen ist wie ein Kürbis! Ja, seine genialen Gedanken und der Kürbis, das ist es, wenn ich mit Onkel Jimmy diskutiere, und manchmal, ganz selten, so wie gestern, schlägt er seinen Notizblock auf, aus dem er meistens nur einen kurzen Satz zitiert, zum Beispiel: »Kanada – ein großes Land; viel Schnee.« Oder: »Die Teppichindustrie – ein Monopol, das ganze Völker beherrscht und krank macht, auch die Indianer.«

Gestern Nacht also, nachdem Jimmy Koronko einen Schluck Mineralwasser getrunken hatte, um in aller Unbekümmertheit seinen Nachdurst zu stillen, griff er wieder zu seinem Notizblock, sagte mir, dass er sich vor ein paar Tagen etwas aufgeschrieben hätte, was klar und unmissverständlich unsere Reise nach Rothfließ definierte: »Zigaretten sind zwar in Polen billiger, aber der kleine Mann auf der Straße zieht immer noch den Kürzeren, wie unsere Indianer in Amerika, und ob die Kommunisten heute Kapitalisten heißen, spielt auch keine Rolle.«

Später, im Halbschlaf, sagte er etwas, was mich seltsamerweise nicht beunruhigte. Er meinte: »Teofil, wir sind zwar wieder zu Hause, aber du solltest dich von den Polen, deinen Brüdern, fernhalten. Sie sind abergläubisch und heiligen den nächsten Tag. Dabei wollen sie sich in ihren Gebeten und Fürbitten für ihre Verwandten nur ein reines Gewissen verschaffen. Das ist dumm, das sage ich dir als Weißrusse aus Kanada!«

Ich habe über diese Sätze den ganzen Tag nachgedacht und bin bis jetzt zu keiner Lösung gekommen.

Es ist Mittag. Mein Onkel und ich sitzen in der Küche und beobachten, wie Genia kocht: Piroggen mit Pilzen. Ich schaue aus dem Fenster auf die Garagen. Auf der Rückseite des Wohnblocks, wo sich die Balkons befinden, hat sich auch nichts verändert. Dort gibt es immer noch die kleinen Gemüsegärten und die Zwetschgenbäume der Mieter.

Zu unserer Verwunderung hat Ania für uns ein großes Fest organisiert, zu dem nicht nur unsere Verwandten und Freunde aus alten Zeiten kommen sollen, sondern auch einige Leute aus dem Dorf.

Wir werden allmählich hellhörig: Das Fest soll bei Malec stattfinden – nicht hier, in der kleinen Wohnung in der Kopernikusstraße, in der ich aufgewachsen bin und in der Großmutter Genia ihre vier Töchter aufgezogen hat. Alle vier haben pechschwarze lange Haare und sehen aus wie Zigeunerinnen. Tante Ania ist über die polnische Grenze noch nie hinausgekommen. Die Tanten Lidka und Hela leben in Holland, in der Nähe von Amsterdam, und von Tante Sylwia, meiner Mutter, gibt es kein Lebenszeichen mehr; die letzte Nachricht hat meine Großmutter vor zehn Jahren aus Rom erhalten, nur Höflichkeitsfloskeln, unterschrieben mit Sylwia Baker. Ihr Vater, mein Opa Franek, hat nach einem Fußballspiel im Fernsehen während der Weltmeisterschaft in Argentinien 1978 sein Gedächtnis verloren. Er ist querschnittsgelähmt und liegt in einem Pflegeheim, angeblich irgendwo bei Tschenstochau in einem Dreiseelendorf, und ist unsterblich, weil niemand uns sagen kann, ob er noch lebt und warum er vor siebzehn Jahren vor uns geflohen ist, ohne ein Abschiedswort.

Tante Sylwia ist also meine Mutter; wer aber mein Vater ist, weiß ich nicht. Genia meint, mein wahrer Vater sei Onkel Jimmy, doch auf diese Behauptung will ich mich nicht verlassen.

Der Gemeindevorsteher Malec kommt mit seinem Golf und will uns zu sich nach Hause fahren. Genia hat sich bereits ausstaffiert wie für die Sonntagsmesse.

Onkel Jimmy raucht eine Zigarette nach der anderen und schwitzt unheimlich. Das ist ein schlechtes Omen. Werden wir doch noch verurteilt und zur Strafe unser ganzes Leben in Rothfließ verbringen müssen?

Im Auto klaube ich mir mit Mühe meine Pall Mall aus der Jeansjacke. Die Streichhölzer brechen in meinen Fingern alle ab, und Herr Malec und Onkel Jimmy reichen mir ihre Feuerzeuge.

Genia ruft: »Anhalten! Ich ersticke!«

Wir fahren weiter, es wird nicht angehalten; ich kurbele das Fenster runter, blase den Rauch nach draußen und sehe mir die Bahnhofsanlage an. Auf den Verladerampen ist nichts los, die Lagerhallen sind geschlossen. Die Züge rauschen vorbei, sie halten hier nur noch selten an. Im Norden ist der hundertjährige Wasserturm zu sehen, der immer noch arbeitet. Wir kommen zu der Hauptstraße mit dem Bahnübergang – das ist auch der Weg nach Bartoszyce und Kaliningrad: eine uralte, von den Ostpreußen angelegte und sich über zig Kilometer ziehende Linden- und Pappelallee.

Wir biegen nach rechts ab und fahren ins Dorfzentrum, Richtung Biskupiec.

Jimmy schärft sein Explorer-Klappmesser an meinem Hosengürtel und flüstert mir auf Weißrussisch zu: »Wir kriegen sie, wir packen sie an ihrer schwächsten Stelle: dem Stolz!«

Dann sagt mein Onkel zu meiner Überraschung plötzlich in perfektem Englisch: »Junge, wir sind geliefert! Sie haben herausgefunden, dass wir kein Geld haben!«

Ich begreife gar nichts und freue mich darauf, mich für eine Nacht zu betrinken.

»Ihr seid gebildete Männer«, sagt Herr Malec. »Ihr beherrscht Sprachen, die ich nicht verstehe!«

Dann parkt er vor seinem Haus. Wir steigen aus, und Onkel Jimmy brüllt: »Was soll das ganze Theater?«

Malec antwortet lediglich: »Nur die Ruhe! Alles zu seiner Zeit!«

Jetzt wird mein Onkel wütend, und ich sehe, wie sein Gesicht zuckt, wie er die Hand zur Faust ballt und zum Schwinger gegen Malec ausholt, doch ich bin schneller und bremse seinen verrückten Arm.

Das Haus von Herrn Malec ist ein alter deutscher Hof mit zwei weißen Säulen vor dem Eingang. Wir treten ein, schreiten im Dämmerschein durch den Flur, bis plötzlich das gelbe Flackern unter dem Lampenschirm an der Decke aufhört, es wird hell, und wir sehen, dass alle Zimmer voller Menschen sind, die auf ein Zeichen von Herrn Malec verstummen. Dann wirft er seine Arme hoch und bückt sich dabei und ruft laut: »Singt mit mir! Begrüßt unsere Ehrenbürger! Teofil Baker und Jimmy Koronko aus Kanada!«

Ja, so heißen wir, mein Onkel und ich.

Bis zum Ende des Zweiten Weltkrieges war unser Familienname väterlicherseits Bäcker. Später, nach dem Abkommen der Großmächte in Potsdam, hatte man ihn zu Baker umgewandelt, weil es für die sowjetischen Offiziere einfacher war, den Namen so zu schreiben.

Von meiner Mutter weiß ich, dass sie mit zwanzig geheiratet hat, einen Ostpreußen aus Rothfließ; er war der Mann, der mir meinen Nachnamen schenkte. Was aus ihm nach der Scheidung geworden ist, wissen nur die Götter. Stattdessen trage ich in meinem Portemonnaie das Foto eines Wehrmachtssoldaten, das ich aus unserem Familienalbum stibitzt habe – das ist mein Großvater, ein Soldat der ersten Stunde, der um vier Uhr fünfundvierzig Polen überfallen hat: Ausgerechnet er, ein Deutscher, der in Afrika gefallen ist, soll mein Held sein? Mein wahrer Großvater? Daran muss ich nun glauben. Dass er angeblich eine russische Mutter hatte, die ihn auf einem Etagenklo einer Königsberger Mietskaserne zur Welt brachte, um sich dann augenblicklich aus dem Staub zu machen – darüber wird in unserer Verwandtschaft nicht gesprochen, und mich interessiert es nicht die Bohne.

Mit meinem Onkel war das ganz anders: Er legte bei seiner Namensänderung selbst Hand an – aus Mirosław Korońrzeż machte er Jimmy Koronko, weil sich die Kanadier ständig die Zunge brachen. Er sagte: »Jimmy Carter und Jimmy Connors sind meine Schutzengel – mit solchen Namen kann man im Leben nichts falsch machen!«

Nein, Tante Sylwia – meine Mutter – ist nirgendwo zu sehen, aber dafür entdecke ich in der Menge Onkel Wojtek, der sich hinter Großmutter Genia, seiner Schwester, versteckt.

»Schau«, sage ich zu Jimmy, »da ist der Wojtek aus Sopot. Onkel Wojtek hatte mir in den Sommerferien mehrmals sein Gartenhäuschen bei Danzig gezeigt, und die kleine Bibliothek mit den Pornozeitschriften aus Westdeutschland.«

»Sei still!« sagt Jimmy. »Wir werden beobachtet! Tausend Skorpione sind hinter uns her!«

Tausend Skorpione? Dreht er jetzt völlig durch?, denke ich, worauf willst du hinaus, Jimmy Koronko? Du Buddha aus Wilna! Du bist doch auf der Flucht. Du schuldest den Banken in Winnipeg ein Vermögen und kannst auch in Warmia und Masuren nichts mehr ausrichten!

»Jimmy, wir sind Bettler!« sage ich.

»Teofil«, sagt er, »du balancierst immer auf des Messers Schneide. Das ist polnisch. Wir sind doch Kanadier, uns kann keiner an den Karren fahren.«

Ich verstehe gar nichts mehr. Ich sehe nur, dass mein Onkel sein Glas Wodka erhebt, mit den Gästen anstößt und es herunterkippt. Dann tanzt er mit dem Gemeindevorsteher, Herrn Malec; Tante Ania weint und winkt mir zu. Ich gehe zu ihr.

Man kann sich an alles gewöhnen, wenn man ein Katholik ist, nur daran nicht, dass die Sünde überall und jederzeit auf einen lauert. Zumindest habe ich, was Tante Ania betrifft, damit meine Schwierigkeiten: Als Junge war ich hemmungslos in sie verliebt. Das ging so weit, dass ich nachts, wenn ich mit in ihrem Bett schlief, meine Hand in ihr Höschen schob. Ich bin nie weiter vorgedrungen als bis zu dem schwarzen Büschel Stroh unter dem Bauchnabel. Wenn Onkel Jimmy damals herausgefunden hätte, was ich manchmal in der Nacht mit seiner Frau anstellte, hätte er mich bestimmt umgebracht.

Ich schaue meiner Tante in die Augen und frage mich die ganze Zeit, ob sie weiß, dass ich ihr heimlicher Verehrer gewesen bin und dass ich manchmal an ihr gewisse Experimente durchgeführt habe, für die ich mich heute schäme. Ich möchte sie auf die Stirn küssen und mich für die tollkühnen Nächte entschuldigen. Aber sie wird es niemals zugeben, das weiß ich.

»Was mich stutzig macht, ist, dass Jimmy sich mit Malec wieder arrangiert hat«, sage ich. »Schau doch mal! Sie tanzen und saufen zusammen, als hätte man sie dazu verurteilt, sich zu versöhnen.«

»Männer wie dein Onkel wollen sich nicht erinnern«, sagt Tante Ania.

Ich setze mich an den Tisch, Ania reicht mir ein Glas und schenkt etwas ein, was so zähflüssig ist wie Sonnenblumenöl. Ich weiß auch, was es ist, ich erkenne es an seinem intensiven Geruch: Spiritus mit Zucker, hellbraun und heiß, ein altes Rezept, zwei Gläser genügen, um leichtfüßig zu werden. »Wie ist Ihr Name?« wird dann jemand fragen, und du wirst nichts antworten, höchstens: »Zum Henker! Ich bin's! Dschingis-Khan!«, und dann wirst du einfach mit dem Stuhl nach hinten kippen und dir den Kopf aufschlagen.

»Auch Malec will sich nicht erinnern«, sage ich.

Dabei ging es bei jenem Streit zwischen dem Gemeindevorsteher Malec und meinem Onkel Jimmy um nichts Wichtigeres als um geräucherte Würste. Vor jedem Weihnachtsfest wurden in Rothfließ Schweine geschlachtet. Die Frauen packten die Kühlschränke mit den Koteletts voll, die Männer mussten die Beile schwingen und die Messer für die nächste Schlachtung ordentlich säubern. Auf den Straßen und in den Häusern roch es überall nach Blut, Pökelsalz und Zwiebeln.

Kurz vor Weihnachten verbrachte Onkel Jimmy jeden Abend bei dem Gemeindevorsteher. Sie räucherten die Schinken und die Würste, sie aßen und tranken zusammen, aber zum Schluss zankten sie sich immer, dann drohte mein Onkel mit der Miliz, und ganz zum Schluss sagte er nichts mehr, er stand nur vor dem Gemeindevorsteher, hatte wieder Schluckauf, sah seinen Freund an und bewegte sich nicht. Er konnte stundenlang so auf einer Stelle stehen, den Blick vernichtend auf seinen Feind gerichtet, einen Blick, der in einem Schuldgefühle weckte. Es fing immer damit an, dass Jimmy Herrn Malec vorwarf, er hätte das Schwein ungerecht zerteilt, hätte von dem Fleisch die besten Stücke an sich gebracht. Dieser Streit wiederholte sich Jahr für Jahr.

Mein Onkel hat eine schwache Blase und muss andauernd

auf die Toilette und ist dann so lange Zeit abwesend, dass man beginnt, sich Sorgen zu machen. Wenn er dann aber zurückkommt, hat er sich immer etwas Ungeheuerliches ausgedacht, etwas so Phantastisches, dass jeder glaubt, Jimmy Koronko sei verrückt. Den Gemeindevorsteher hatte er zum Beispiel beschuldigt, er hätte in seiner Abwesenheit drei Kilo von der Schlesischen gegessen. Der Streit war uns allen bekannt gewesen, und alle hatten gewusst, dass es einmal zu einem schlimmen Ende kommen würde.

Eines Winters, ich glaube, es war der letzte vor unserer Abreise nach Kanada, 1983, stach mein Onkel auf Herrn Malec ein, fünfzehnmal in blinder Wut. Nichts geschah, weil mein Onkel so betrunken war, dass er das Messer mit einem Stück Holz verwechselt hatte. Doch nach diesem Vorfall prahlte der Gemeindevorsteher noch monatelang damit, er hätte zwei Wochen im Krankenhaus von Olsztyn gelegen, und zeigte überall im Dorf eine Narbe über dem rechten Schlüsselbein.

»Teofil, in Rothfließ wird nicht mehr so viel geschlachtet wie früher«, sagt Tante Ania plötzlich. »Die Leute auf dem Land sind arm und wütend. Der Wałęsa hat den Osten Polens heruntergewirtschaftet.«

Je mehr ich trinke, umso nervöser werde ich. Ich tanze eine Runde mit Tante Ania, dann mit Großmutter Genia. Das wahre Gift ist weder der Spiritus noch der Zucker oder die Frauen: Die Mischung macht es. Ich hocke mich wieder an den Tisch und rauche polnische Zigaretten, versuche mich als Kettenraucher und winke meinem Onkel zu. Er taumelt schon ein bisschen, zwängt sich durch die wirbelnde Menge, wo gerade eine Polonäse getanzt wird, und schiebt sich zwischen mich und Tante Ania auf die Bank. Jetzt wird angestoßen, denke ich, auf alle guten und bösen Geister. Ein Mädchen, das am anderen Ende des Tisches sitzt und verblüffend meiner Janis ähnelt, springt plötzlich auf und dreht die Stereoanlage auf volle Lautstärke, dass ich kaum mein eigenes Wort verstehen kann.

»Was willst du, Teofil?« fragt mich Jimmy. »Schau dir dieses Mädchen an – so was kriegst du in Kanada nicht alle Tage zu sehen! Nicht einmal bei den Weißen im Zentrum von Winnipeg. Deine Tante Ania, wenn sie wüsste, wie ich sie liebe! Ich könnte sie mit meinen Dollars in ein Topmodell verwandeln!«

»Sei brav, Koronrzeź«, sagt sie, »du hast eine Hose und ein Hemd an, mehr besitzt du nicht!«

»Ania, Liebes, ich kann dir alles verzeihen, aber dass du dein Bett mit Malec teilst, ist eine Schande!«

Ich lasse sie reden und höre nur mit halbem Ohr zu und beobachte das unbekannte Mädchen. Dass Janis nicht da ist, dass sie nicht mit uns geflogen ist, erweist sich als ein fataler Fehler. Solche Fehler darf man nicht machen.

Ich flirte mit der Unbekannten, fordere sie zum Tanzen auf und spüre die katholischen Blicke meiner Großmutter Genia, die mit ihrem reinen Gewissen auf mich aufpasst.

Einmal hatte Genia zu mir gesagt, ich solle ihr nicht unter den Rock schauen, sie wisse, beteuerte sie, dass die Männer ständig nach einer Gelegenheit suchten. Männer! Ich war erst zwölf Jahre alt, aber sie meinte es ernst und wiederholte die Worte nicht. »Schlimm, ganz schlimm«, flüsterte sie vor sich hin, und ein anderes Mal, nach einem Gespräch über Mädchen und darüber, was sich schicke und was nicht, sagte sie zu mir: »Ja, du Halunke, auch wenn du eine Freundin hättest, würde dich nichts davon abhalten, mit einer fremden Frau ins Bett zu gehen!«

Ich tanze also, versuche, Janis aus meinem Gehirn zu löschen, und trete dem unbekannten Mädchen auf die Füße. Schon bin ich dabei, ihre Taille zu umfassen, fühle schon ihr verschwitztes Kleid unter meinen Handflächen. Doch bevor ich mich vergesse, und ich vergesse mich leicht, steht mein Onkel Jimmy plötzlich neben mir.

Wir trennen uns, ich folge meinem Onkel und gehe mit ihm zu Tante Ania und all den anderen am Tisch.

Ich schweige und höre die heisere Stimme von Jimmy, wie sie lallend und melancholisch von unserem Freund Babyface, einem Navajo, erzählt.

Vielleicht ist es doch besser, dass Janis nicht da ist. Sie würde mich ständig fragen, wo jener Badestrand sei, an dem ich meine erste Liebe kennen gelernt habe, am See von Rothfließ. Sie würde nicht locker lassen, mich aus Eifersucht dazu bringen wollen, ihr den Waldweg zu der Lichtung zu zeigen, auf der ich meine Agnieszka, die Agnes, das erste Mal geküsst habe. Ich weiß, dass Agnes in Calgary lebt, dass sie einen Freund hat, mit ihm womöglich ein Kind, und dass sie nichts mehr von mir wissen will.

Ich gehe nach draußen, für ein paar Minuten will ich allein sein, rauche die Zigarette bis zum Filter, zerschlage das leere Glas an der Eingangstür, keiner hört mich, ich kehre mit dem Fuß die Scherben beiseite und gehe wieder zu Jimmy zurück.

In dieser Nacht muss ich nicht herumstehen wie ein Penner. Niemand muss ein paar Groschen in meine Mütze werfen, damit ich mir einen Hering oder eine Gurke zum Wodka kaufen kann. Ich lege Parkette. Jimmy ist Gärtner.

Niemand hat bemerkt, dass ich für eine Zigarettenlänge draußen war, in der sternhagelvollen Nacht, und jetzt bin ich wieder allein mit meinen Gedanken, obwohl man mich ausfragt wie bei einem Verhör: Alle Gäste wollen den reichen Onkeln aus Amerika die Hand drücken, jeder möchte hören, wie viel Dollar wir im Monat verdienen, wie groß unser Haus ist, wie schnell man auf dem Highway fahren darf, und ob es stimmt, dass in Amerika selbst katholische Priester Waffen tragen, »echte Waffen, mit scharfer Munition?«

Ich antworte in halben Sätzen, stottere, verliere den Faden und fliehe zu Genia, die sich mit ihrem Bruder Wojtek bei einem Gläschen Danziger Goldwasser unterhält.

Ich setze mich zu ihnen, lege meinen Arm um Genias Schulter. Sie schmiegt sich an mich und flüstert mir etwas ins Ohr.

»Teofil! Psst! Weißt du, wer auch hier ist?« fragt sie mich ganz leise.

»Nein Genia, keine Ahnung!«

»Agnes!«

»Wo? Hier in Rothfließ?«

»Ja. Ihre Eltern haben ein Sommerhäuschen am See. Das ist schon das dritte Mal, dass Agnes sie besucht, und du – du hast mir in all den Jahren nicht einmal geschrieben! Zum Beispiel davon, dass ihr euch getrennt habt!«

Das kann doch nicht wahr sein, denke ich, nicht mal einen Tag in Polen, und schon läuft mir Agnes über den Weg.

Ich schaue zur Beruhigung auf die Uhr und frage mich, wie spät es jetzt in Winnipeg ist. Ich bin sehr müde, weil mir der Flug nach Europa eine Nacht gestohlen hat. Wo ist sie? Warum beklagt sich Onkel Jimmy nicht, warum ist er ausgeschlafen und munter wie sonst nie? Ich versuche, die fehlende Zeit aufzuspüren, suche sie in meinem Kopf und denke stattdessen an eine andere, die weit zurück in meiner Vergangenheit liegt.

Meine alten Erinnerungen zu ordnen, Stunde für Stunde, Ort für Ort, scheint mir noch wichtiger zu sein, und als Erstes denke ich daran, wie alles begann. Mit Agnes, Jimmy und mir.

Als ich ein Kind war, in den Siebzigern, trug mich **3** Onkel Jimmy sechs Kilometer auf dem Arm von Rothfließ nach Wilimy, in der stechenden Sonne, in der wir zwei Wochen lang Urlaub machten, am See, und bis heute verkehren keine Busse zwischen Rothfließ und Wilimy, dem letzten Ort vor dem See. Dort, in diesem Fischerdorf, endet die asphaltierte Straße. Danach gibt es nur noch Sandwege, die in den

Wald führen und auf denen nachts Rehe kreuzen, um zum Wasser zu gelangen. Sie stillen ihren Durst, meistens gegen Mitternacht, und man muss sehr aufpassen, weil die Rehe in ihrer Angst vor den Menschen unberechenbar sind, wenn sie plötzlich aus der rosafarbenen Mitternacht auftauchen.

Eines muss ich klarstellen: Bis 1945 sagte man Rothfließ, heute sagen wir Czerwonka.

In Rothfließ handelten die Ostpreußen mit Fell. Sie waren Gerber und Jäger – Geschäftsleute, die das Fell der wilden Tiere aus dem Wald von Rothfließ und Willims nach Königsberg, Allenstein und Danzig verkauften. Sie färbten den See und seine Wellen und den Nachthimmel mit der Gerberlohe und dem Blut der erschossenen Rehe und Wildschweine. Gelegentlich schnappte die Falle auch bei Iltissen zu, dann wurden aus dem Verkaufserlös für die Felle bei der besten Schneiderin von Allenstein, Frau Gänserich, teure Röcke und Schale und Mieder für die Ehefrauen bestellt.

In Czerwonka grassierte die Mafia der Versicherungsbeamten, angeführt von den allmächtigen Direktoren der polnischen LPG. Jimmy machte mit ihnen Geschäfte, fluchte aber über die Kommunisten wie ein Flickschuster, wenn er abends die Nachrichten im Fernsehen sah.

Heute, wenn ich den alten Bahnhof mit dem Postamt betrachte, dieses Backsteingebäude, ist mir nicht gerade wohl zumute.

Es waren die frühen Achtziger. Im ersten Stock befand sich eine Filiale der Staatlichen Versicherungsanstalt PZU, wo Onkel Jimmy arbeitete.

In Rothfließ und in den nah gelegenen Dörfern brannte es nach Jimmy Koronkos Versicherungsunterlagen unentwegt, statistisch gesehen hatten wir die größte Branddichte in ganz Polen seit dem Einmarsch der Nazis und der Roten Armee. Ganz Masuren und Ostpreußen brannte, und mein

Onkel kassierte Geld am laufenden Band und stopfte sich damit die Socken voll und soff sich selbst unter den Tisch.

Mein Gott! Da hat er Geld gescheffelt wie Rothschild! Aber nachdem der Direktor Czesław Baniak sich totgesoffen hatte, flog der Schwindel auf: Scheunen, Bauernhäuser und Ställe, die gar nicht abgebrannt waren, Dokumente der Miliz und der Gerichte, ganze Aktenordner mit falschen Aussagen und Zahlen wurden von der Staatsanwaltschaft unter die Lupe genommen. Wären wir nicht nach Kanada geflohen, säße mein Onkel vielleicht heute noch in dem Städtchen Bartoszyce hinter Gittern, nahe der russischen Grenze.

Er kann auch von Glück sagen, dass er bis jetzt dem Tod immer von der Schippe gesprungen ist. Nicht nur, dass er oft volltrunken im tiefsten Winter neben seinem Motorrad im Straßengraben lag und immer rechtzeitig Hilfe kam, bevor er erfror, nicht nur das. Oft bekam er anonyme Drohungen, kurze Briefe, meistens nachdem es angeblich wieder einmal irgendwo gebrannt hatte. Ich war erst vierzehn und verstand noch nicht viel von seinen Machenschaften.

Tante Ania, die einzige Frau, die Jimmy jemals hatte, schluckte ganze Handteller voll bunter Pillen, irgendwelche Psychopharmaka, gegen die ewigen Schlafstörungen. Jede Nacht war in ihrem Zimmer das Licht eingeschaltet, weil sie Angst hatte, allein zu sein – deswegen musste ich auch gelegentlich mit in ihrem Bett schlafen; denn es gab kaum eine Nacht, in der Onkel Jimmy nicht unterwegs war, geschäftlich versteht sich. Fast jedes Wochenende spielte er Hammondorgel auf Hochzeiten und sang als Bandleader mit seiner Truppe Schwarz-ist-Weiß. Dabei traf er jede Menge einflussreicher Leute aus der Partei, Miliz und Kirche. Es gab nur eine einzige Firma – die Volksrepublik Polen –, und je schlechter sie prosperierte, desto besser liefen die Geschäfte von Jimmy und seinen Genossen.

Wenn er von diesen Partys zurückkam, weckten sein Schluckauf und das Poltern seiner Winterstiefel mit den zehn

Zentimeter dicken Gummiabsätzen im Treppenhaus alle Bewohner der Kopernikusstraße, die er als Sowjetspione und KGB-Agenten beschimpfte. Um Tante Ania Angst einzujagen, trat er gegen die Tür; wenn er dann vor ihrem Bett stand, erkannte er mich nicht und dachte, ich sei ihr Liebhaber. Er starrte lange mein Gesicht an und wankte und schlug sich mit der Hand vor die Brust, um dem Schluckauf ein Ende zu bereiten.

Irgendwann hatte Tante Ania das Schloss auswechseln lassen, und mein Onkel war zu den Fahrrädern in den Keller gezogen. Damit herrschte endlich Ruhe in unserem Haus. Tante Ania hatte nämlich beschlossen: »Wer sich nie wäscht, wie ein Puma stinkt und andauernd die Bauern und die Miliz beschimpft, obwohl er mit ihnen krumme Geschäfte macht, hat in meinem Bett nichts mehr verloren! Ich lass mich von dir scheiden!«

Ich erinnere mich sehr wohl, wie mein Onkel nach der Scheidung ausgesehen hat. Sein schweinsrosa, immer aufgedunsenes Gesicht verfiel in Trockenheit und wurde weiß. Erbärmlich sah er aus, nicht wieder zu erkennen, als hätte man ihn durch den Fleischwolf gedreht und wieder zusammengesetzt, zwar mit Haut und Knochen, doch ohne Blut.

Zermürbt und besiegt vegetierte er in seinem Keller, wo er fortan große Reisepläne schmiedete. Er hatte einige Briefe an seine Verwandten in Brisbane, Chicago und Winnipeg geschrieben. Aus Chicago kam gar keine Antwort, nicht einmal eine Postkarte. Der Australier, ein Cousin von Jimmy, hatte sofort zurückgeschrieben: Jedes zweite Wort war »fucking«, obwohl sein Brief auf Polnisch war. Er schrieb, er hätte sich nach Jahren schwerster Arbeit mühsam eine Existenz aufgebaut und würde es nicht zulassen, dass Onkel Jimmy, der Schmarotzer und Taugenichts, sein schönes australisches Leben zerstöre.

Aus Winnipeg bekam er jedoch nach einem Jahr eine Einladung.

Agnes ist zwei Jahre älter als ich, ohne sie wäre ich damals nie nach Amerika ausgewandert, das schwöre ich bei Gott.

Schon als kleiner Junge wusste ich, dass ich eines Tages ein Mädchen nur für mich haben würde, dass ich es irgendwann aus meinen Träumen zum Leben erwecken würde, und dann habe ich Agnes am Badestrand gesehen, im Sommer 1983, und sofort erkannt, dass sie dieses Mädchen war, auf das ich gewartet hatte.

Agnes lag auf einer Decke und las ein Buch. Die Sonne hatte sie im Rücken, ihr Haar war mit einem blauen Band hochgebunden, sodass ihr wunderbarer Giraffenhals zu sehen war, ein wunderschöner Hals, sonnengebräunt und zart wie ein Grashalm. Ich fragte sie einfach: »Was liest du?«

Ich werde nie vergessen, wie wir in unserem ersten gemeinsamen Sommer zu der »Liebesinsel« im See von Rothfließ ruderten und dort barfuss durch Silberdisteln, Brennnesseln und Schilf spazierten. Ich war gerade sechzehn Jahre alt geworden und sehr stolz darauf, dass ich endlich verliebt war, in ein älteres, in das schönste Mädchen der ganzen Welt. Ich war der König der Löwen von Warmia und Masuren, der einzige wahre Held. Ich ging hinter meiner Agnes her, ging mit ihr durch das gelbe Dickicht der Insel, auf der Schafe grasten und uns misstrauische Blicke zuwarfen. Ich küsste Agnes, und wir verloren das Gleichgewicht. Wir fielen ins Gras. Wir badeten im See, wuschen unsere Körper. Ich hatte fürchterliche Angst, aber Agnes nahm meine Hand, und ich warf ihren weißen Bikini auf den Strand. Wir badeten nackt in der Nachmittagssonne.

Agnes sollte nach dem Wunsch ihrer Eltern, die in Olsztyn angesehene Parteifunktionäre waren, Agrarwissenschaft studieren und eine Universitätskarriere in Krakau machen.

Von mir ganz zu schweigen. Meine Tante Ania und Großmutter Genia wollten mir einen vernünftigen Beruf verpassen, weil ich nicht aufs Gymnasium gehen wollte. Ich sollte eine Ausbildung zum Schlachter anfangen. Das versuchten sie mir mit Nachdruck nahe zu legen. Nicht etwa dass ich als Schüler unbegabt gewesen wäre, nein, aber wenn ich die Tafel mit den endlosen Zahlenreihen anstarrte, wurde mir jedes Mal übel. Mein Magen reagiert allergisch auf Mathematik und Physik. In der Schule saß ich meist geistesabwesend da und verstand kein Sterbenswörtchen. Alles schwarze Magie!

Dabei war ich sehr talentiert. Ich kann wunderbar Gitarre spielen, mein Onkel hat es mir beigebracht, und ich kenne niemanden, der so viele Stunden am Radio verbracht hat wie ich. BBC und Radio Luxemburg waren meine Lieblingssender. In meinem Zimmer hingen Plakate aus der Warschauer Jugendzeitschrift Razem. Plakate von Frank Zappa und Ritchie Blackmore – Ritchie im Spagat auf der Bühne unter einem riesigen, gläsernen Auge, künstlich beleuchtet, grün und gelb und rot wie ein Regenbogen. Da schlugen Blitze ein, wenn ich BBC hörte, und in meinem Zimmer war die Hölle los, wenn ich Ritchies Gitarrenpart übernahm und im Spagat das Solo zu Ende spielte.

Ja, ich weiß noch immer, wie meine erste E-Gitarre ausgesehen hatte. Es war eine tschechische Gitarre, die waren nämlich besser als die polnischen, aber nicht so gut wie die aus der DDR, weil die Saiten rissen, wenn man an ihnen zu hastig und leidenschaftlich zerrte.

Ich betete Frank Zappa an und nicht die Schwarze Madonna von Tschenstochau wie meine Großmuter Genia. In meinen Träumen hörte ich plötzlich seine Stimme, die mir verschlüsselte Botschaften übermittelte. Dann ging ich zum See von Rothfließ, zu diesem Badestrand mit den roten Birken und dem alten Pontonsteg, um nachzudenken. Bei jedem Wetter, auch wenn es in Strömen regnete, stand ich unter den roten Birken, selbst im Winter.

Onkel Jimmy habe ich nichts von den Rindern und

Schweinen erzählt, von denen ich in einer Februarnacht 1984 geträumt hatte. Ich wusste schon im voraus, dass Jimmy nur eine einzige Frage haben würde: »Wer zum Henker ist denn dieser *Schaka*, etwa einer von deinen langhaarigen Idioten? Diese Affen haben doch alle Läuse und kratzen sich ständig hinter den Ohren wie die Balalaikaspieler aus Sewastopol!«

Mein Traum war so echt wie ein Kinofilm. Ich befand mich in einem riesigen, weißgekachelten Raum. Hatte eine Plastikschürze um, in der linken Hand ein Beil und in der rechten ein Schlachtmesser; um mich herum unzählige Tiere. Ein Schwein tat mir richtig leid. Es hatte einen Schnauzbart und war dazu unrasiert und grunzte nicht einmal. Es war einfach still und wartete nur darauf, dass ich ihm den Todesstoß versetzte, und als ich dann mit dem Beil ausholte, hörte ich plötzlich die Stimme von Zappa. Ich weiß noch, ich kann mich ganz genau daran erinnern, wie er zu mir sagte: »You are what you eat.«

Nachdem ich dem Schwein den Kopf vom Rumpf getrennt hatte, spritzte mir das Blut ins Gesicht, so dass mir ganz schwarz vor Augen wurde. Ich schrie wie von Sinnen, erwachte und schmeckte noch das Blut auf meinen Lippen. »Du musst hier weg!« schoss es mir durch den Kopf; plötzlich war alles klar: »Zum Schlachter macht ihr mich nicht!« sagte ich mir. »Ich werde mit meinem Onkel und Agnes durchbrennen.«

Noch am Tag meines Traumes vom unrasierten Schwein habe ich mich spätnachmittags am Badestrand mit Agnes verabredet. Ich musste ihr alles erzählen. Sie kam pünktlich aus Olsztyn und trug unter ihrem Pelzmantel das Sommerkleid mit den Mohnblumen, dieses glühende Kleid, das ich immer noch liebe und das sie auch schon in jenem Sommer getragen hatte, als wir uns kennen lernten.

An dem Nachmittag hoffte ich wirklich, Agnes würde mir

zuhören und Zappas Botschaft begreifen. Während ich sprach, fing sie auf einmal an zu tanzen. Sie umarmte die roten Birken, sie lief von Baum zu Baum, ihre blauen Augen waren riesengroß, und mein Herz klapperte, ich zitterte am ganzen Körper. Agnes brüllte in den See von Rothfließ: »Ja, Teofil, ich komme mit dir nach Amerika. Wir werden reich! So reich wie Rockefeller!«

Wir sind dann gleich zu Onkel Jimmys Fahrradkeller gegangen. Er saß mit seinem breiten Hintern auf dem Koffer von Tante Ania und übte Ein- und Auspacken. Er saß auf dem Koffer und fluchte, weil das Ding nicht richtig schloss, aber nicht etwa, weil Jimmy Koronko zu viele Hemden, Pullover und Hosen eingepackt hätte, nein, der Koffer war voller alter Zeitungen, und ich kannte sie alle, es waren seine Fußballnachrichten, Piłka Nozˊna und Przegla˛d Sportowy, eine Auswahl aus dem letzten Jahr. Er sagte: »Was starrt ihr mich so an? Ein Sportsmann wie ich muss doch den Amis erklären können, was ein Elfmeter ist!«

Agnes hat nur den Kopf geschüttelt, hat sich in ihre schulterlangen blonden Haare gefasst, und ich sah, wie ihre Wangen ganz blass wurden: »Wir kommen mit nach Amerika«, meinte sie.

»Nie im Leben«, sagte mein Onkel.

Doch Agnes ließ sich nicht beirren: »Wenn du uns nicht mitnimmst, kannst du in den nächsten zwanzig Jahren in Sibirien Eiswürfel klopfen!«

Das war der Satz, der alles entschied: Mein Onkel ist vielleicht etwas gutgläubig, aber auf keinen Fall so dumm, dass er eine ernst gemeinte Drohung auf die leichte Schulter nehmen würde. Er kannte ja Agnes' Eltern.

Meine Agnes – die blonde Giraffe – hat meinen Onkel in die Knie gezwungen, sie hat ihm geweissagt, dass er aus Rothfließ nie würde fliehen können; sie stand einfach da, in diesem dreckigen, feuchten Keller, dessen Wände mit Pilz bedeckt waren, mit feinen Schichten roten Schnees.

»Sieh, Korońrzeź«, sagte sie, »ein Anruf bei meinen Eltern in Olsztyn genügt, und du wanderst ins Gefängnis, wo du ja eigentlich auch hingehörst!«

Davor, vor diesem letzten Schritt, hatte sogar ich Angst. Man stelle sich mal vor, ich hätte meinen Onkel im Knast besuchen müssen, mit einem Marmorkuchen von Großmutter Genia unterm Arm.

Agnes und ich hatten also nur ein Ziel: Wir wollten so schnell wie möglich zusammen sein, auch wenn wir dafür nach Amerika fliehen müssten – da blieb noch die Frage, wie wir es anstellen sollten.

Agnes tüftelte einen genialen Plan aus. Nach dem Besuch bei Onkel Jimmy gingen wir wieder zu unserem Badestrand, und in der Februarkälte des Sees von Rothfließ sagte sie, sie habe die Lösung all unserer Probleme gefunden: »Die einzige Chance, die wir haben, ist, dass ich mit deinem Onkel eine Scheinehe eingehe!«

Sie platzte damit heraus, als wäre es das Selbstverständlichste der Welt. Ich küsste sie, ich umarmte sie, ich liebte sie! Ja, sie hatte Recht, es gab wirklich nur diese eine Möglichkeit, Agnes musste die Frau von Onkel Jimmy werden, um ein Visum für Kanada zu erhalten, denn ich mit meinen sechzehn Jahren konnte sie ja schlecht heiraten.

Der Badestrand wurde das Zentrum unserer Verschwörung. Die Welt war geteilt: Die Guten, das waren wir, Agnes und ich. Die Bösen waren Agnes' Eltern, die Lehrer, die Kommunisten und meine Verwandtschaft, Tante Ania und Großmutter Genia. Die Bösen haben die Schule erfunden und den Mathematikunterricht und die feierlichen Appelle am Montag, wenn des Sieges über die Nazis gedacht wurde. Die Guten lebten in Amerika und hatten Geld wie Heu.

Das Wichtigste jedoch war, dass Jimmy nichts anderes übrig blieb, als auch noch zur Heirat mit Agnes ja zu sagen. Das Geld aus den Socken reichte aber auf einmal nicht mehr für die Ausreise, denn die Aasgeier von der Passstelle und vom Standesamt wollten auch noch an Agnes verdienen. Wir mussten sogar Großmutter Genia um ein kleines Darlehen bitten, ein kleines, aber sehr entscheidendes, denn mit diesem Geld konnten wir gerade noch die Flugtickets nach New York bezahlen, aber nicht mehr nach Winnipeg. Meine Großmutter Genia knackte ihren Tresor im Kleiderschrank mit der Bettwäsche. Zwischen den Bettlaken lagerten ihre ganzen Ersparnisse, die Złotys und die Lire, die ihr meine Mutter aus Rom hatte zukommen lassen. Es war ein richtiger Schatz, von dem niemand etwas geahnt hatte.

Agnes hatte ihren Eltern von unseren Absichten auszuwandern nichts erzählt. Gar nichts. Selbst heute glaube ich noch, dass es ihr damals ernst war, als sie einmal zu mir sagte: »Teofil, ich habe in diesem Land nichts, was mich halten könnte, gar nichts, und eigentlich will ich auch nicht reich werden, ich will nicht träumen, aber besitzen, mich und dich und die Welt!«

Ich kann es ihr nicht verdenken, dass sie mich viele Jahre später verlassen hat, mit keinem einzigen Wort kann ich es ihr verdenken, aber heute bin ich mir sicher, dass sie mich schon damals, vor unserer Ausreise aus Rothfließ, nicht verstanden, mich und meine Musik nicht ernst genommen hat, obwohl wir uns liebten, abgöttisch und zum Fürchten.

Wir warfen eine Flaschenpost in den See von Rothfließ, wir dachten uns, dass derjenige, der sie finden, unsere Geschichte weitererzählen würde, und so würden wir niemals in Vergessenheit geraten.

Die Flaschenpost war auf den 12. Mai 1984 datiert, der Brief endete mit der Beschreibung der Heirat von Agnes und meinem Onkel. Wir haben auch genau erklärt, warum wir das alles tun. Warum! Wenn man einander so sehr liebt, dass dein Mädchen sogar einen kleinwüchsigen älteren Mann mit dickem Bauch heiratet, der mehrmals am Tag seinen Rücken an dem Türrahmen reibt und dabei brummt wie ein Bär, nur um mit dir zusammenzusein, dann muss es tatsächlich die große Liebe sein, die größte womöglich.

Wir haben noch etwas aufgeschrieben, in dieser Flaschenpost, wir haben alle Namen der Beamten auf der Passstelle und im Standesamt aufgelistet, die mein Onkel bestochen hat. Es war so viel Geld, das er ausgeben musste, dass mein Onkel in seinem Keller weinte.

Er zählte die Jahre auf, seine besten Jahre, in denen er das große Geld verdient hatte. Er zählte die Scheunen und Bauernhäuser auf, er hielt die Brände und die Verluste in seinem Notizblock fest und weinte.

»So viel Geld, Teofil, werden wir wohl nie wieder verdienen, auch nicht in Amerika.«

Genia, die Onkel Jimmy nie in ihr Herz schließen konnte, hat sich zum Schluss nur gefreut. Einige Wochen vor dem Abschied meinte sie: »Teofil, mein Sohn! Bring diesen Teufel weit weg, dass ich ihn nie wieder sehen muss! Dafür gebe ich mein Geld und alles, was ich besitze, meine Tochter soll endlich glücklich werden!«

Und ich? Ich schwebte auf Wolke Sieben, ich malte mir im Geiste aus, wie ich, Jimmy Page und Frank Zappa in einer Person, in einem Laden mit Musikinstrumenten die Gitarren von Gibson ausprobieren, wie ich sie anfassen und zum Klingen bringen würde. Ich sah schon die Schallplatten, die ich nie besessen hatte, die allerwichtigsten Schallplatten meiner Helden, Led Zeppelin und Mothers of Invention.

Die letzten Nächte vor dem Abflug nach New York waren so heiß, dass ich draußen schlief. Ich schleppte meine Matratze in den Garten, baute mir dort ein Lager, unter dem alten Zwetschgenbaum, der schon lange keine richtigen Früchte mehr trug. Ich lag auf meiner Matratze, nur im T-Shirt und ohne Wolldecke, und versuchte einzuschlafen. Es waren schlaflose, wundersame Nächte voller Sehnsucht nach Agnes. Ich verschwendete keinen einzigen Gedanken an meine neue Zukunft in einem neuen Land, ich wartete nur auf Agnes, weil ich mir endlich sicher sein konnte, dass wir in Kanada jeden Tag zusammen sein würden, für immer, für alle Zeiten!

Von meinem Onkel hatte ich nicht viel zu erwarten. Er schnarchte in seinem Keller und ließ keine bösen Geister und Ahnungen an sich heran. Was sollte auch schon passieren? Agnes war seine Frau, die teuerste, weil sie unbestechlich war, im Gegensatz zu meinem Onkel, der für Geld selbst seine eigene Mutter verkaufen würde.

Am vorletzten Tag kam Agnes mit einem kleinen Koffer nach Rothfließ. Es war alles nur Tarnung, eine perfekte Tarnung; sie hatte ihren Eltern glaubhaft gemacht, sie würde mit einem Freund auf dem See von Rothfließ segeln gehen, das ganze Wochenende würden sie segeln. Der Freund wäre außerdem ein exzellenter Mathematiker, hatte sie ihren Eltern erzählt, der ihr helfen würde, alle Abituraufgaben mit Leichtigkeit zu lösen.

Dabei war ich es, mit dem Agnes die Längen und die Breiten und die Ecken der Welt berechnen, auf einem Blatt Papier die Geraden und die Kurven aufzeichnen würde – Sinus und Kosinus mit einer Klappe schlagen.

Wir lagen unter dem Zwetschgenbaum, erst gegen Morgen schliefen wir wirklich ein, und als wir erwachten, kam uns alles ungeheuerlich nichtig und seltsam vor: der Garten, der Wohnblock von meiner Großmutter Genia und Tante Ania, die Kopernikusstraße und der rote Bahnhof. Obwohl alles noch da war, spürten wir, dass Warmia und Masuren bereits der Vergangenheit und ihrer vernichtenden, rücksichtslosen Macht preisgegeben waren.

»Teofil! Aufstehen!« rief Genia aus dem Wohnzimmerfenster in den Garten. »Los, es ist schon spät, ihr verpasst sonst den Zug!«

Ach, die gute Genia aus Rothfließ, die mich erzogen, die mich jeden Morgen zur Schule geweckt, die mir jeden Freitag Piroggen mit Heidelbeeren gekocht hat! Nie gab es Fleisch an den Fastentagen, manchmal, gelegentlich nur, gab es Fisch.

Heute, wenn ich zurückblicke, weiß ich, was mir jener Morgen, der wie aus dem Nichts auftauchte, sagen wollte. Erstens, man darf niemals von der Hand in den Mund leben. Zweitens, man muss immer von der Hand in den Mund leben, oder mit den Worten von Jerzy Stuhr, dem Lieblingsschauspieler meines Onkels: »Wie du dich auch drehen magst, der Arsch ist immer hinten.«

Ich mag keine Abschiedsszenen, keine langen Reden, keine Großmütter, die ihre Tränen mit dem Ärmel wegwischen, bis ihre Augen ganz rot werden wie bei Genia, wenn sie weinen muss.

Auf dem Bahnsteig sagte sie nichts mehr, sie küsste mich und Agnes, küsste uns lange und drückte uns kräftig an sich, sodass wir ihre Brüste fühlen konnten und die feuchte Wärme ihrer Arme und Hände. Sie überreichte uns eine Tüte mit Brotschnitten und geräucherter Wurst, hart gekochten Eiern und frischen Tomaten und Gurken. Onkel Jimmy sah sie nicht einmal an, sie mied seine Augen, zum Schluss küsste sie aber auch ihn, und er sagte: »Eines Tages komme ich nach Rothfließ zurück und werde alle Schulden begleichen.«

Darüber konnte Tante Ania nur lachen. Sie blickte auf die Eisenbahnschienen, über die bald der Zug nach Warschau rollen sollte, dann sah sie Jimmy an und sagte: »Korońrzeź! Du weißt, ich beziehe nur eine kleine Rente. Ich gebe dir genau drei Monate, dann will ich Dollarscheine sehen, echte Dollars!«

»Ich bin kein Hochstapler«, antwortete Jimmy, »der alte Frauen um ihre letzten Ersparnisse bringt! Dich habe ich noch nie im Stich gelassen! Das weißt du doch!«

Meine Tante sagte: »Du bist kein Mann, du bist ein Kind und ein Säufer noch dazu! Ich will dich nie wieder sehen!«

Dieses »Nie wieder« traf meinen Onkel besonders hart. Er holte tief Luft, seine Backen bliesen sich auf, doch er kam nicht mehr zum Gegenschlag, denn unerwartet mischte sich Agnes in das Gespräch ein: »Sollen wir jetzt hier herumstehen und lamentieren?« fragte sie. »Wir müssen erst einmal in Kanada Fuß fassen, dann helfen wir euch! Das ist doch selbstverständlich!«

Die Ankunft des Zuges erlöste uns von weiteren Gesprächen. Wir sagten uns nicht einmal auf Wiedersehen. Schweigend stiegen wir in den Wagen der zweiten Klasse in der Mitte des Zuges.

Ich stellte mich ans erste Fenster im Gang, schob die Scheibe herunter und reckte den rechten Arm zum Abschied in die Luft. Auf Wiedersehen, Rothfließ und Czerwonka!, dachte ich. Und du, du roter Bahnhof, du wirst mir fehlen, weil ich dich liebe, weil du mich stark gemacht hast, für diese Reise, du bist der Einzige in meinem Leben, wo immer ich auch meine Reisen beginnen werde – jeder Bahnhof wird Rothfließ und Czerwonka heißen und mit deinem Feuer brennen!

Mein Onkel zog sein kariertes, immer dreckiges Schnupftuch aus der Hose, wischte sich den Mund und schnäuzte sich. Dann winkte er mit dem flatternden Tuch seiner Exfrau und Schwiegermutter aus dem Fenster zu.

Er war wieder guter Laune, endlich war er ein freier Versicherungsbeamter, der mit niemandem sein Geld teilen, es vor allem nirgendwo mehr verstecken musste, und mit seinen Augen sah ich, wie das Gefängnis und die Kommunisten aus der Tagesschau am Horizont von Rothfließ immer kleiner wurden, bis sie gänzlich verschwanden, mit jedem Schlag der Zugräder, die Tic-Tac, Tic-Tac, Tic-Tac sangen, ohrenbetäubend, aber genau richtig für eine Hymne auf die Flucht.

Agnes blieb die ganze Zeit stumm. Sie überprüfte unsere Fahrscheine, hievte den schweren Koffer von meinem Onkel und mir auf die Gepäckablage im Abteil. Sie machte es sich auf ihrem Sitz bequem, zog ihren Minirock stramm in Richtung ihrer Knie. Keiner der Fahrgäste sollte zu viel zu sehen bekommen. Doch ihre Beine in den goldenen Strumpfhosen interessierten mich im Moment nicht, ich war unbekümmert und lauschte dem Ticken des Zuges, hörte den Rädern und der Dieselmaschine zu. Mein Onkel sagte auch nichts mehr, er beobachtete die Landschaft, in der er seine Geschäfte getätigt hatte. Die kleinen Dörfer und die Kiefern und Birken und die dunklen Tümpel würde er vermissen, mehr vielleicht als meine Tante Ania – das wusste ich –, genau wie die von den Wilderern geplünderten Seen und Wälder, die auch ihn ernährt hatten. Die Hechte, die Maränen, die Aale und die Wildschweine und die Steinpilze. Und ich, der Löwe, würde meinen siebzehnten Geburtstag in Kanada feiern und nichts und niemandem nachtrauern.

AGNES

Am Flughafen Okęcie sah ich zum ersten Mal in mei- **4**
nem Leben eine echte Pepsi-Cola-Reklame. Ich hatte schon
Pepsi getrunken, in Olsztyn, wenn mich mein Onkel manchmal zu wichtigen Terminen ins Ministerium für Landwirt-
schaft oder in die Hauptgeschäftsstelle der Staatlichen Versicherungsanstalt PZU mitnahm.

Weil Jimmy die Brotschnitten mit der geräucherten Wurst
allein aufgegessen hatte, wollte ich uns neuen Proviant für die
Weiterreise kaufen, doch Agnes klärte mich auf: Im Flugzeug
könnten wir so viel essen und trinken, wie es uns gefalle, denn
alles sei im Flugpreis inbegriffen und gehöre zum Service. Da
war Jimmy ganz anderer Meinung: »Die polnische Fluglinie
spart an allen Ecken und Enden. Allen Passagieren, selbst den
ausländischen, werden Essensmarken zugeteilt – ob du dann
wirklich was kriegst, steht auf einem ganz anderen Blatt.«

Er sagte noch, die LOT besitze nur russische Tieffflieger, die
Tupolews, weil die weniger Kerosin verbrauchen würden als
die schnellen Jumbojets der Amis.

Ich sah überall nur fröhliche Gesichter – Trübsinn oder
schwere Arbeit wie im Schlachthaus von Rothfließ kannten
die Menschen hier wohl nicht.

Junge Männer in grauen Anzügen langten in ihre Porte-
monnaies, bezahlten mit großen Scheinen und bedankten
sich mit einem kurzen Kopfnicken, und die Frauen an den
Informationsschaltern lächelten uns an, obwohl es dafür keinen ersichtlichen Grund gab. Sie sprachen Englisch, Deutsch

und sogar Russisch, trugen enge Röcke und taillierte Blazer; diese blauen Kostüme hatte man ihnen sicher zu klein geschneidert, dachte ich damals. Onkel Jimmy spähte hinter meinem Rücken auf die Beine und die Dekolletés und flüsterte mir zu: »Diese prallen Dinger fallen ihr gleich raus …«

Wir folgten Agnes, die zielstrebig in Richtung Passkontrolle ging.

Jimmy hatte vor Aufregung rote Flecken im Gesicht. Er war mit den Nerven völlig runter. Er erzählte den polnischen Beamten, er würde mit seiner jungen Frau in die Flitterwochen nach Winnipeg fliegen, na ja, und der arme Junge, womit er mich meinte, sei Vollwaise und solle ein bisschen Englisch lernen: »Der Bengel wird von Jahr zu Jahr schlechter in der Schule. Da hab ich ihm eine Bildungsreise in die weite Welt spendiert: Irgendjemand muss dem Jungen ja zeigen, wo es lang geht!«

Ich knirschte vor Wut mit den Zähnen. Aber ich hatte keine Wahl. Ich musste gelassen bleiben. Ich dachte an den Song »Magic Box« von The Who, dachte an den verrückten Pete Townsend, der seine Gitarre auf der Bühne zerfleischt, sie in den Boden rammt und einfach weiterspielt.

Zum Glück zupfte Agnes, die meistens einen kühlen Kopf behielt, mich am Hemdsärmel gezupft. Sie sagte zu den Beamten: »Mein Mann hat nur Angst vorm Fliegen, deshalb ist er so nervös und redet wie aufgezogen. Misiu! Liebling! Halt doch einfach den Mund!«

Daraufhin war mein Onkel eine ganze Weile still und meldete sich erst wieder im Flugzeug zu Wort, als wir in die Wolken abhoben und Warschau so winzig wurde wie Rothfließ und der rote Bahnhof.

Ein amerikanisches Boxerteam, das seine Tournee durch Osteuropa beendet hatte, flog mit uns nach New York.

Jimmy sagte: »Guckt euch das an! Erst haben diese Nigger unsere Jungs verhauen, jetzt feiern sie in der *Bisnessklass* ihren Sieg und lassen sich von unseren hübschen Mädels bedienen wie die Parteifunktionäre aus Moskau, und für ihr Honorar kaufen sie sich zu Hause ein zweites Auto – unsereins muss nach wie vor zu Fuß latschen.«

»Onkel, die Neger sind Amerikaner!« sagte ich.

»Lüg nicht! Die kommen aus Afrika, essen mit den Fingern, trommeln bis zum Abend und vermehren sich wie die Karnickel!«

Manchmal bin ich so verzweifelt, dass ich am liebsten von einer Brücke springen würde, weil sich Jimmy Koronko von nichts und niemandem belehren lässt. Doch solch ein Tod wäre vollkommen lächerlich und viel zu schade für all die unantastbaren Weisheiten, die Jimmy von sich gibt. Wenn man wirklich sterben muss, dann für etwas, das nach menschlichem Ermessen den Verstand zum Wahnsinn treibt. Ich hätte über viele Jahre für Agnes sterben können, für die Liebe, ich würde sogar jetzt für Janis den Löffel abgeben, noch einmal für die Liebe, unter bestimmten Umständen versteht sich, doch wann treten die ein? Wo beginnt der wirkliche Wahnsinn?

Meine Großmutter Genia hatte mir etwas sehr Merkwürdiges mit auf den Weg nach Amerika gegeben, was ich damals nicht verstand. Unter dem Zwetschgenbaum im Garten sagte sie einmal zu mir: »Mein Sohn! Die Frauen wissen immer, was sie wollen – Männer sind Waschlappen und drücken sich vor Entscheidungen. Halt dich bloß an Agnes und nicht an den Besoffski Korońrzeź!«

Und genau daran dachte ich am Flughafen in Frankfurt am Main, wo wir umsteigen mussten, genau dieser Satz spukte mir im Kopf herum, als wir mit den schwarzen Boxern die Rolltreppen bestiegen, durch die endlosen Flure irrten, dann wieder auf dem Rollband fuhren, zum nächsten Flugsteig.

Wenn ich Agnes anschaute, die aus der Schule ein bisschen Englisch konnte, voller Selbstbewusstsein nach dem Weg fragte und zu allen Menschen freundlich war, wie ich es von ihr noch nicht kannte, begriff ich langsam, was meine Großmutter gemeint hatte: Agnes würde über Leichen gehen – sie wollte so schnell wie möglich in Winnipeg ankommen und ein neues Leben anfangen, wollte einen Haufen Dollars verdienen und den Kanadiern zeigen, dass sie besser, klüger und hübscher war als alle anderen Frauen.

Bevor wir jedoch zu unserem Flugzeug kamen, das uns nach New York bringen sollte, ließ sich Jimmy plötzlich auf dem Boden direkt vor dem Eingang zur Abfertigung nieder und bestand darauf, dass wir unser Reiseziel bereits erreicht hätten.

In Frankfurt am Main am 15. Juli 1984 passierte es zum ersten Mal und wollte meinen Augen nicht trauen. Auch Agnes war von dieser neuen Situation völlig überrascht, sie brachte kein einziges Wort über die Lippen, und das will schon was heißen.

Mein Onkel saß einfach da und sagte seelenruhig: »Wieso? Was ist denn? Habt ihr nicht die Wolkenkratzer und die Einkaufsläden gesehen? Und das soll Deutschland sein? Die sprechen doch alle Englisch hier! Nein, wir sind schon angekommen!«

»Onkel«, sagte ich, »die Deutschen werden uns einsperren und nach Polen ausweisen! Außerdem triffst du hier keinen einzigen Indianer, darauf hast du dich doch so gefreut!«

Agnes und ich haben noch lange Minuten, die uns den Schweiß der Ewigkeit kosteten, mit Jimmy diskutiert.

Wir versuchten ihm klarzumachen, dass wir nur für Kanada Visa und Einladungen hätten, dass Winnipeg hinter dem Atlantik auf einem anderen Kontinent liegt und dass uns kein Land in Westeuropa Asyl gewähren würde.

Wir haben mit tausend Zungen auf meinen Onkel eingeredet, vor Verzweiflung fast geheult, bis im Lautsprecher die Ansage ertönte: »Letzter Aufruf für Familie Korońrzeź und Herrn Teofil Baker!«

Jimmy sprang auf und sagte: »Der Lautsprecher da hat

unsere Namen erwähnt! Der KGB hat uns aufgespürt! Sie sind hinter uns her. Teofil, liebe Agnes – nichts wie weg hier!«

Ich weiß nicht, wie wir den Flug nach New York überstanden haben. Mein Onkel hatte uns gebeten, ihn allein zu lassen, weil er sich einige Notizen machen wollte, um, wie er in solchen Momenten zu sagen pflegte, nicht gänzlich die Kontrolle über die Welt zu verlieren. Wir setzten uns in die letzte Reihe und blieben die sieben Stunden zusammen. Wir hielten uns an den Händen, planten unsere Zukunft und ärgerten uns nicht mehr wegen des Zwischenfalls in Frankfurt am Main. Ein wenig Ruhe und Schlaf hatten wir dringend nötig.

Jimmy saß die ganze Zeit angeschnallt auf seinem Fensterplatz, obwohl man ihm anmerken konnte, dass er unbedingt auf die Toilette musste. Ich ahnte es – Onkel Jimmy kann enge Räume nicht ertragen –, er hatte panische Angst davor, dass er sich auf der Toilette einsperren und nie wieder aus dem Flugzeug herauskommen würde. Wenn er betrunken ist, prahlt er immer damit, dass er als junger Söldner aus Polen in Vietnam auf der Seite des Vietcong gekämpft hätte. Dann erzählt er die Geschichte von seiner Gefangenschaft. Die US Army hätte ihn für drei Tage in einem Erdloch ohne Wasser und Brot und bei Dunkelheit gefangengehalten – und dieses Erlebnis hätte ihm eines beigebracht: »Der Mensch ist kein Maulwurf!«

Das sind alles nur Hirngespinste, an die niemand bei uns in Rothfließ ernsthaft glaubt, schon gar nicht in Kanada. Aber als ich klein war, habe ich mir oft vorgestellt, mein Onkel sei ein großer Held, der in seinem Kleiderschrank eine Uniform mit Medaillen habe, mit roten Sternen und Raketen. Ich habe geglaubt, mein Onkel sei ein berühmter Kosmonaut gewesen und als erster Mensch auf dem Mond gelandet.

Auf dem JFK-Airport verloren Agnes und ich endgültig den Glauben an alle Götter und höhere Mächte. Es gab sie nicht, sonst, gäbe es sie tatsächlich irgendwo zwischen den Himmeln von New York und Rothfließ, hätten sie meinen Onkel endlich mit einem Donnerschlag zur Vernunft gebracht.

Der Alptraum begann gleich nachdem wir aus dem Flugzeug gestiegen waren und mit unseren kanadischen Visa problemlos alle Kontrollen passiert hatten.

Da wir nur auf der Durchreise waren, mussten wir binnen zweiundsiebzig Stunden das Territorium der Vereinigten Staaten von Amerika wieder verlassen. Aber als wir aus dem Flughafengebäude traten und Amerika zum ersten Mal wirklich in den Rachen sehen konnten, fiel Jimmy in Ohnmacht. Es war alles so unvorstellbar gigantisch, die Autos, die Straßen, die Brücken – es war einfach zu groß für unsere Spechtaugen aus Rothfließ, und noch nie, nicht einmal in Frankfurt am Main, hatten wir so viele Menschen unterschiedlichster Hautfarbe gesehen.

Es blieb uns glücklicherweise erspart, einen Krankenwagen zu rufen, weil Jimmy schnell wieder zu sich kam. Mit ein paar Ohrfeigen brachte Agnes die ganze Sache wieder in Ordnung.

Als Jimmy wieder sprechen und gehen konnte, sagte er, er würde sich fühlen wie Matroschka, hätte mindestens zehn Arme, Köpfe und Beine, jedoch immer noch nur einen Verstand, und dagegen, gegen diese seltsame Spaltung, könne nur eins helfen, nämlich eine kalte Dusche.

Sein Freund Malec, unser Gemeindevorsteher aus Rothfließ, habe ihm nämlich kurz vor der Abreise nach Amerika erzählt, dass die Amis mehrmals am Tag duschen würden und dass es in allen Großstädten öffentliche Bäder gäbe, auch auf den Flughäfen.

Obwohl wir es so eilig hatten, begaben wir uns tatsächlich auf die Suche nach einer Dusche, Agnes, Jimmy und ich. Blind tauchten wir in das Labyrinth des JFK-Airports ein, und dann passierte, was vorauszusehen war. Erst verloren wir die Übersicht und dann meinen Onkel.

Etliche Stunden vergingen, grausame Stunden, während derer Agnes und ich jeden Winkel des Flughafens nach meinem verschollenen Onkel absuchten.

Was uns rettete, war der pure Zufall. Agnes sagte plötzlich zu mir: »Ich hab die Nase voll! Teofil! Ich lass mir von Korońrzeź meine Zukunft nicht kaputtmachen. Du kannst ja hier bleiben. Ich jedenfalls nehm mir jetzt ein Taxi und fahr zur Grand Central Station. Tschüss!«

Ich sagte: »Aga! Das kannst du nicht machen!«

Trotzdem ging ich mit ihr zu den Taxis, und da stand er, Mirosław Korońrzeź, wie er leibt und lebt: in der Hand eine Büchse Budweiser und ein munteres Siegerlächeln im Gesicht.

Er sagte: »Na, kommt ihr auch schon? Ich warte hier schon tagelang, und ihr guckt euch die Schaufenster an!«

Agnes flüsterte mir zu: »Irgendwann bringe ich ihn um! Das schwör ich dir!«

Als wir mit dem gelben Ford durch Brooklyn und Manhattan fuhren, war ich wieder Page und sang auf meiner Gitarre die himmlische Elegie auf meine Vergangenheit in Rothfließ: Wenn ich ehrlich sein soll, muss ich zugeben, dass ich von New York so berauscht war, dass ich den Eindruck hatte, wir befänden uns auf einem anderen Planeten, einem, der in unserem Sonnensystem noch nicht entdeckt worden war – New York, so hieß dieser neue Planet.

Und Onkel Jimmy? Er blickte verstört durch die Gegend, stieß uns mit seinen Ellenbogen in die Rippen und sagte: »Ihr macht Kuhaugen und seht gar nichts! Pures Gold auf den Straßen! Das sind hier alles Millionäre! Da! Schon wieder eine gepanzerte Limousine mit 'nem Schlitzauge am Steuer!«

Er blätterte in seinem Notizblock.

»Ich muss hier was korrigieren! Eine Sache von höchster Priorität! Ah! Hier ist es endlich!«, sagte er voller Freude.

»Ich streiche den Satz: ›Der Nigger boxt und trommelt gerne, was in der Hölle die Hauptbeschäftigung zu sein scheint‹ und schreibe: ›Der moderne Sklave kommt nicht mehr aus Afrika, sondern aus Asien. Die sind auch viel kleiner und handlicher und vor allem kinderleicht zu bedienen wie ein batteriebetriebener Staubsauger.‹«

»Ich kann mir diesen Stuss nicht mehr länger mit anhören!« sagte Agnes.

»Frauen!« antwortete Jimmy. »Hier geht es um Wissenschaft! Davon versteht ihr nichts!«

Nach über einer Stunde Fahrt sahen wir Grand Central Station vor uns. Wir bezahlten das Taxi, und Agnes besorgte die Tickets für den Greyhound. Die paar Tausend Kilometer, die noch vor uns lagen, waren ein Katzensprung.

Ein Sieg, wenn man an dieser Stelle überhaupt von einem sprechen kann, endlich ein Sieg für uns drei Weitgereiste aus Rothfließ – wir saßen im Bus, im silbernen Pfeil nach Kanada. Meine Agnes schlief, und ich war wieder der Löwe, der einzige Herrscher über alle irdischen Dinge: Ich schlief nicht. Unser Alptraum schien zu Ende zu sein, zumindest fürs erste. Dann konnte ich endlich meinen Kopf an die kalte Fensterscheibe lehnen, meiner heißen Stirn die Kälte, die ich unbedingt brauchte, geben, die schwarze Kälte der Regentropfen und des Windes.

Kurz bevor ich die Augen schloss, hörte ich noch meinen Onkel, im Halbschlaf murmeln: *»Jes! Aj em fri!«*

Auf der Fahrt im Greyhound berichteten uns zwei Indianer davon, dass es in Kanada die größten und besten Bisonsteaks und -burger der Welt gibt. Der Zwei-Meter-Riese hatte sich als Big Apple vorgestellt, sein jüngerer Bruder nannte sich Ginger. Wie ein Mann sähe sein Bruder nur zwischen den Beinen aus, erklärte Big Apple, ansonsten gliche er überall dem anderen Geschlecht. Er erzählte noch, sie

hätten in den USA zollfrei eingekauft, was sie als Ureinwoh-
ner Amerikas dürften. Ja, die beiden Indianer hatten eingekauft, vor allem Zigaretten und Alkohol, aber davon so viel,
dass sie den Weißrussen Konkurrenz hätten machen können,
die damals nach Warmia und Masuren kamen, um auf dem
Schwarzmarkt mit Gold und Dollars zu handeln und dann mit
Koffern voller Strumpfhosen, voller Damenunterwäsche und
Handtücher wieder abzureisen.

Onkel Jimmy hatte während der ganzen Fahrt mit Big
Apple und Ginger kein Wort gesprochen, obwohl Agnes
hätte übersetzen können. Er schaute die Indianer verstoh-
len an und sagte: »Guck mal, Teofil! Dreckig sind sie und
sie stinken, diese Wilden, dass man als anständiger Mensch
fast erstickt, aber sie scheinen tüchtige Geschäftsleute zu
sein. In Winnipeg werde ich die indianische Staatsangehörig-
keit beantragen, dann machen wir ein Bombengeschäft mit
Whiskey und Tabak. Ich wollte schon immer ein Apache
werden!«

»Onkel, das ist nicht Rothfließ und auch nicht Polen«,
sagte ich, »wo jeder sich bestechen lässt. Hier herrscht Demokratie!«

»Erzähl du mir nichts von Demokratie! Diese Wilden
könnten von uns Kommunisten vieles lernen! Die Indianer
klauen Wasserhähne, das ist bekannt, bohren Löcher in die
Wand, stecken die gestohlenen Wasserhähne da rein und
denken, dass es dann aus der Wand sprudeln wird! Das sind
Primitive!«

Ich antwortete nichts; ich hatte es satt, immer mit Jimmy
zu streiten.

Vielleicht hat meine Großmutter Recht, vielleicht ist mein
Onkel wirklich ein Ungeheuer, und trotzdem liebe ich ihn!
Ich liebe ihn und versuche, alle Schwierigkeiten mit Geduld
zu ertragen.

Im Bus hatten wir noch ein Problem zu bewältigen, das
Agnes und mir den letzten Nerv tötete: Immer wenn der

Greyhound irgendwo kurz Halt machte oder wir umsteigen mussten, meistens in namenlosen, verschlafenen Provinzkäffern, weigerte sich Onkel Jimmy, auf die Toilette zu gehen. Er pinkelte stattdessen sämtliche Flaschen voll, die er nur kriegen konnte, versteckte sie unter seinem Sitz und verlangte noch von Agnes und mir, dass wir ihm dabei halfen, damit andere Mitreisende nichts bemerkten. Er sagte: »Bevor wir nicht angekommen sind, werde ich nichts essen und trinken und auch nicht zur Toilette gehen. Außerdem will ich es bei der Ankunft wie unser Papst machen – ich werd hinknien und die Erde küssen, die neue Heimat würdig begrüßen, am besten mit einem Gebet! Vorher läuft gar nichts!«

Mit einem Gebet! Als ich das hörte, musste ich lachen! Wenn meine Großmutter und meine Tante ins Schlafzimmer gingen, um das Abendgebet zu sprechen, wurden sie von Jimmy oft verspottet. Er saß in der Küche in seinem weißen Unterhemd mit den braunen Soßenflecken vom Mittagessen und in Badehose und rauchte seine Sporty ohne Filter: »Sie beten zu Gott«, sagte er, »als würde er das Geld nach Hause bringen – dabei bin ich es doch, der dafür sorgt, dass jeden Tag was zum Schaufeln auf den Tisch kommt!«

Und so erreichten wir nach zweieinhalb Tagen mörderischer Fahrt unser Reiseziel: Kanada – das gelobte Land, den Himmel auf Erden.

Am Busbahnhof in Winnipeg war von Tschernij, Onkel Jimmys Cousin, der uns eingeladen hatte, nichts zu sehen. Stattdessen begrüßte uns kalter Regen. Aber das war Agnes und mir egal, wir wussten, dass uns niemand mehr trennen konnte, weder Agnes' Eltern noch die Lehrer: Wir waren wirklich zusammen, wir standen im Regen in einer fremden Stadt, reglos und mit eingeschlafenen Muskeln, wir standen da, der Greyhound fuhr weg, und wir hatten nicht einmal mehr Kraft, uns zu umarmen. Wir hatten keine Beine, sondern Krücken, selbst unser Kopf schien diese Veränderung nicht mehr wahrzunehmen, so erschöpft waren wir von der Reise.

Jimmy riss uns aus unseren Träumen: »So habe ich mir das nicht vorgestellt!«

»Onkel, was ist denn los?« fragte ich.

»Der heilige Boden ist total verunreinigt mit Ölspuren und Kaugummiresten!« sagte er. »Außerdem müsst ihr mich, wenn ich hier runtergehe, hinterher mit 'ner Bahre wegtragen!«

Er humpelte, hatte er doch im Greyhound mehr als sechsunddreißig Stunden einfach nur dagesessen wie eine Bruthenne und so gut wie nichts gesagt, aber mit jedem Schritt wurde sein Gang sicherer und leichter. Auf einmal wirkte er ganz wach, vor allem wurde er groß und lang wie eine Leiter.

»Los, bewegt eure Hintern«, sagte er, »wir müssen Tschernij finden! So wie ich den kenne, steckt er bestimmt in einer Bar und tunkt seine Nase in ein Glas Wodka!«

Tschernij – Tschernij heißt »Schwarzer«. Er ist Ukrainer. Ich spreche so viel Russisch, dass ich gerade noch zwischen einem Ukrainer und einem Russen unterscheiden kann.

Wir mussten aber gar nicht nach einer Bar suchen, wie Jimmy uns hatte weismachen wollen: Plötzlich stand ein kleiner Mann mit einer riesigen roten Nase vor uns. Es war Tschernij. Das »Guten Tag« von ihm klang fast wie Polnisch, »den dobri« – er stand plötzlich vor uns, nüchtern und sogar mit einem Rosenstrauß vor der Brust. Er hielt die Rosen so, als würde er ein Baby in den Schlaf wiegen. Jimmy stürzte sich auf die Blumen, riss sie seinem Cousin aus den Armen und stellte uns auf Russisch vor: »Das ist Teofil, mein Neffe, und das ist Agnes, Teofils Freundin und meine Frau!«

Tschernij meinte: »Mirek, du kannst ruhig Polnisch sprechen, aber: WHO IS AGNES?«

Tschernij soll Onkel Jimmy in Wilna angeblich über das Taufbecken gehalten haben, 1939, am 1. September, das weiß ich von meiner Tante Ania, aber was werden in Roth-fließ nicht alles für Geschichten verbreitet. Das Städtchen Druskininkai in Litauen, wo Tschernij bis zum Ende des Zweiten Weltkrieges gelebt hat, besuchte mein Onkel in den siebziger Jahren einige Male, als er mit Tante Ania noch glücklich verheiratet war. An diese Reisen habe ich nur dunkle Erinnerungen. Eines ist mir aber gut im Gedächtnis geblieben: Immer wenn Jimmy in Rothfließ aus dem Zug stieg, war er noch so betrunken, dass er mit uns nur Rus-sisch sprach, weil er glaubte, er wäre endlich in Litauen an-gekommen und würde von Tschernijs Verwandten abgeholt.

»Der Ukrainer muss ein reicher Mann sein«, war unser erster Gedanke, als wir uns in seinen Honda setzten. Es war eine nagelneue Limousine, sie glitt über die Straßen von Winnipeg wie eine Rakete auf Rädern. Da glaubten wir mit einem Mal an Gott und Gerechtigkeit, weil es Amerika und Kanada wirklich gab: die japanischen Autos, die Neonlichter der Budweiser-Reklamen, die bunten Namensschilder der vielen verschiedenen Banken, wo wir bald unser Geld anle-gen würden. Wir hatten nur noch zehn Dollar in der Tasche, aber wir konnten das große Geld schon riechen: Es lag hier auf der Straße, wir mussten es nur aufheben. So dachten wir damals.

In den sozialistischen Ländern hat man verlernt, aus Holz Häuser zu bauen. In dem Viertel, wo Tschernij wohnte, wimmelte es von Berghütten, deren Fenster mit Moskito-netzen verdeckt waren. Sein Haus in 177 Westgrove Way war der Höhepunkt unseres Traumes vom Reichtum! Wir betraten es wie einen Palast, und Tschernij machte es sicht-lich Spaß, uns gleich eine Führung anzubieten: »Nun seht mal, wie ich armer Emigrant und Witwer aus Druskininkai wohne! Wir beginnen mit der Küche!«

Er besaß ein Haus mit einer Klimaanlage! Er hatte ein Schlafzimmer! Im Gartenteich schwammen Plastikenten in

Lebensgröße! Im Badezimmer funktionierte alles perfekt: Die Fliesen fielen nicht von der Wand, das Wasser aus dem Wasserhahn war nicht braun, die Regierung stellte auch den Strom nicht ab, um Energie zu sparen wie in Polen! Im Salon erwartete uns ein gedeckter Tisch mit Polish Ham, Salzgurken, Eiern in Mayonnaise, gebratenen Heringen und einer Flasche Wyborowa!

»Macht euch ein bisschen frisch!« sagte Tschernij. »Bei uns in Amerika legen wir großen Wert auf Sauberkeit!«

Jimmy wusch sich die Hände, trocknete sie an seiner Hose und sagte zu uns: »Herrlich, hier kannste sogar aus dem Klo saufen, außerdem ist in Kanada immer Samstag, weil du baden kannst, wann du willst!«

Agnes und ich wuschen uns auch die Hände; ganz vorsichtig benützten wir die weißen Handtücher, die an der Wand hingen, aus Sorge, sie könnten dreckig werden.

Die ersten drei Gläser Wodka zeigten bei Jimmy keine Wirkung, bei Tschernij ebenfalls nicht, doch als das vierte und fünfte kam, verwandelte sich mein Onkel in einen einzigen riesigen Schluckauf, er fing an zu grinsen und brachte keinen vernünftigen Satz mehr zustande, als hätte er einen Hammer im Hals. Und dann passierte das, was in solchen Fällen immer passiert, wenn unsere Verwandtschaft bei Festen aufeinander trifft – die Männer küssen einander, schimpfen über ihre Ehefrauen: »Die Schlampe, was hat sie gemacht? Sie hat mich betrogen! Mit dem Schlagzeuger auf der Toilette! Letzten Samstag beim Tanzen!«

Sie umarmen einander, fallen von den Stühlen, kippen die Gläser und die Flaschen um und brennen sich mit den Zigaretten Löcher in ihre Hemden. Sie treten die Kippen auf dem Teppich aus und vergießen Krokodilstränen: »Mirek, lieber Misiu, ich mein das ernst, glaub mir, du bist mein bester Freund, jammer nicht um diese Schlampe! Sie wird's immer wieder tun!«

Ich kannte all diese Gespräche auswendig, meistens endeten sie mit einer blutigen Schlägerei, obwohl am nächsten Tag die gebrochenen Nasen so taten, als sei rein gar nichts geschehen.

Tschernij sagte: »Mirek, schau! Mit dieser Hände Arbeit habe ich mein Haus abbezahlt! Ich war bloß ein Dachdecker, aber wenn du jeden Tag schwer arbeitest, bis du deine Arme nicht mehr fühlen kannst, wirst du dein Haus wachsen sehen! Das musst du auch so machen! Versteh mich richtig, ich will nur das Beste für dich! Komm her, guter Junge, lass dich küssen!«

Agnes schlief auf dem Sofa ein. Ich ließ mich von meinem Onkel zu einem Glas Wodka überreden, nur ohne eine Zigarette schmeckt er mir nicht.

Ich packte unseren Koffer aus; wo ist die Stange Caro?, dachte ich. Endlich durfte ich offiziell rauchen, meine Großmutter war ja auf einem anderen Kontinent! Meine Zigaretten fand ich in der Plastiktüte mit Jimmys Unterwäsche und Socken. Er sagte: »Wenn man nicht auf dich aufpasst, zündest du dir eine nach der anderen an, du Kettenraucher!«

Tschernij mussten wir mehrmals die Geschichte von Agnes' und Jimmys Heirat erzählen und ins richtige Licht rücken, denn er konnte sie irgendwie nicht begreifen und schob die ganze Schuld nicht den Kommunisten, sondern den Katholiken in die Schuhe.

»In Polen hat sich nichts verändert«, sagte Tschernij, »der Onkel schläft mit der Freundin seines Neffen, und der Neffe schläft mit der Frau seines Onkels! Dann rennen sie am Sonntag zur Beichte, lassen sich ihre Sünden vergeben, und am Montag geht alles wieder von vorne los!«

Was Tschernij von uns dachte, war mir gleichgültig. Doch schon nach diesem ersten Abend ahnte ich, dass wir nicht lange bei ihm wohnen würden; anders Jimmy – er hatte schnell gemerkt, dass er womöglich überhaupt nicht mehr arbeiten müsste, weil sein Cousin alles bezahlte: die Lebensmittel, die Busfahrkarten und sogar eine Wrangler für Jimmy. Das war Kanada, wie es sich mein Onkel in seinen Träumen immer ausgemalt hatte: jeden Tag eiskaltes Bier aus der Büchse, Lucky Strike ohne Filter und Kaugummi, Western im Fernsehen bis in die frühen Morgenstunden und jede Menge vor Fett triefender Steaks mit Ketschup und Salzgurken. Das einzige, was in naher Zukunft noch organisiert werden musste, waren Angeltouren in die Wildnis.

Mit jeder Nacht, die in 177 Westgrove Way verging, mutierte unser Gastgeber mehr und mehr zum Untoten. Eines Morgens eröffnete mir ein sichtlich angeschlagener Tschernij, er würde seit Tagen nicht mehr richtig schlafen können. Er sagte: »Irgendwas schleift in meinem Haus!«

Dieses Problem kannte ich. Mein Onkel ist, wenn er nichts zu tun hat, nachtaktiv. Der Fernseher läuft, und er schlurft durchs Haus, als hätte er Langlaufskier unter den Füßen. Alle zehn Minuten räuspert er sich. Er wandert durch die Nacht, pendelt zwischen Küche, Toilette und Wohnzimmer hin und her wie eine Straßenbahn und macht einen unausstehlichen Krach, der jeden wach hält, selbst wenn man auf einem Ohr taub ist wie Agnes. Er kann zum Beispiel das Licht nicht leise ein- und ausschalten. Betritt er die Küche und betätigt den Lichtschalter, wackeln die Wände.

Die Einsicht in Onkel Jimmys Gewohnheiten verschaffte Tschernij aber keine Ruhe. Er stand jede Stunde einmal auf, um zu kontrollieren, ob alles in Ordnung war, und fragte meinen Onkel, was er denn die ganze Zeit tun würde: »Nichts!« sagte Jimmy. »Ich sehe nur ein bisschen fern, trinke ein kleines Bier und mach mir ab und zu eine Kleinigkeit zu essen, aber ich langweile mich nicht, du kannst dich ruhig wieder hinlegen!«

Nach drei Wochen waren alle Fässer voll, und mein Onkel brachte sie zum Überlaufen. Agnes und ich hatten auch unseren Beitrag dazu geleistet; wir hatten unser Zimmer kaum verlassen, hatten fast die ganzen Tage im Bett verbracht und waren nur zu den Mahlzeiten erschienen wie Hotelgäste.

Tschernij musste seine Haut vor uns retten. Er wollte sich seinem neuen Schicksal nicht ergeben, wollte nicht unsere Amme und unser Koch sein, und eines Nachts war es dann so weit: Jimmy saß wieder einmal vor dem Fernseher mit seiner Büchse Wild Cat und schaute sich eine Sendung über polnische Klubs in Kanada an, als Tschernij auf einem seiner Patrouillengänge vorbeikam.

»Wie kannste das einem alten Mann antun, der sein Leben lang so hart gearbeitet hat!« schrie er Jimmy an. »Als ich nach dem Zweiten Weltkrieg nach Winnipeg kam, habe ich mir sofort einen Job gesucht! Und du wirfst nicht einmal einen Blick auf die Stellenanzeigen in der Zeitung. Euer Urlaub ist zu Ende! Morgen werdet ihr ausziehen, alle drei!«

Es war auch höchste Zeit, dass sich etwas änderte, weil Agnes und ich keine Lust mehr hatten, nur vor den Schaufenstern der Kaufhäuser herumzustehen und zu phantasieren, was wir uns alles schenken würden, wenn wir endlich unser erstes Geld verdienten. Und ich fühlte mich wieder wie in Rothfließ – einsam, gottverlassen von meinen Musen, nicht einmal mehr Frank Zappa wollte mich im Traum besuchen und mir neue Tipps geben, was die Zukunft alles bringen würde: Böses oder Gutes!

Tschernij wollte uns nicht einfach so auf die Straße setzen und schenkte uns etwas Geld für den Anfang. Wir waren doch nur drei Habenichtse aus Rothfließ, drei polnische Mäuse. Tschernij sagte, er hätte sich einsam gefühlt, hätte uns nur deswegen nach Kanada eingeladen, aber er sei zu alt und zu schwach, um mit uns in so einem Chaos zu leben! Er gab Agnes einen Briefumschlag mit einem Scheck über tausend Dollar und die vorläufigen Aufenthaltsgenehmigungen, die er für uns beantragt hatte.

»Du bist ein vernünftiges Mädel!« sagte er. »Seht zu, dass ihr ordentlich Englisch lernt, dann macht ihr in ein paar Jahren die Prüfung und kriegt eure kanadischen Pässe – für Jimmy sehe ich allerdings schwarz. Seine einzige Chance wird wohl die Weihnachtslotterie sein!«

»Weihnachtslotterie?« empörte sich mein Onkel. »Hier laufen überall Primitive rum: gelbe, grüne, rote, und alle sprechen Englisch. Immerhin beherrsche ich Polnisch, Weißrussisch und Ukrainisch – und zwar fließend. So 'ne Prüfung mach ich doch mit links!«

Tschernij ignorierte Jimmy und sagte: »Agnes, pass bloß auf! Lass dich nicht von einem dieser Verbrecher schwängern!«

Ich weiß nicht, was passiert wäre, hätte Jimmy herausgefunden, dass ich heimlich in seinem Notizblock las, nicht oft, eigentlich nur, wenn eine wichtige Veränderung in unserem Leben stattgefunden hatte. Ein neuer Eintrag, doppelt unterstrichen, betraf Tschernij: »Der Ukrainer, der Weißrusse und insbesondere der Pole erweist sich im Ausland als Verräter. Seine Volksgenossen werden ihm zum Klotz am Bein. Er schwingt dann den Knüppel und verjagt sie. Das nenne ich Bruderkrieg.«

Die tausend Dollar von Tschernij beflügelten uns, sie versorgten uns mit frischem Blut.

In einem ärmlichen Hochhaus, das von lauter Osteuropäern bewohnt war, mieteten wir ein Einzimmerapartment. Jedes Stockwerk wurde von einer Nation aus dem Ostblock bewohnt: Polen und Russen hatten sich in den obersten Etagen angesiedelt, die Tschechen, Slowaken und Bulgaren in den untersten. Aber wir hatten alle wenigstens einen herrlichen Ausblick auf das Geschäftszentrum von Winnipeg.

Agnes besorgte sich bei dem polnischen Metzger, wo Tschernij seine Wurstwaren einkaufte, einen Job. Für fünf Dollar die Stunde stand sie hinterm Tresen und verkaufte Fleisch.

Auch Jimmy hatte plötzlich alle Hände voll zu tun. Er arbeitete an seinen Notizen, sprang in aller Herrgottsfrühe aus dem Bett und borgte sich die Tageszeitungen unserer Nachbarn. Mir fiel aber auf, dass die Seiten mit den Stellenanzeigen immer ungelesen im Müllschlucker landeten. Er interessierte sich vor allem für gebrauchte Musikinstrumente, für Keyboards, E-Gitarren und Verstärker. Er war mit einem Wörterbuch bewaffnet und hatte sich viele Telefonnummern auf einem Zettel notiert. Irgendetwas Gewaltiges und Neues war im Wald von Rothfließ unterwegs. Es hatte wieder gebrannt bei uns, das neue Feuerwerk hatte nur noch keinen Namen, es war eine Idee, die ich nur vage erahnte: Will er eine Tanzband gründen, dachte ich, will er wieder auftreten, vielleicht sogar mit mir?

Das Apartment kostete zweihundertfünfzig Dollar pro Monat. Für uns war das immer noch zuviel. Ich konnte auch nicht mit ansehen, wie sich Agnes für fünf Dollar zehn unendliche Stunden beim Metzger abrackerte. Ich ging auf die Straße, ließ meinen Onkel in der Wohnung allein mit seinen Tageszeitungen und Anzeigen und Verstärkern und fragte in jedem Laden, an dem ich vorbeikam, nach einem Job.

Bei Taco Bell wurde ich endlich fündig.

Außer mir waren dort junge Puertoricanerinnen angestellt, die sich von ihren Männern mit ausgewaschenen Hawaiihemden anhören mussten, dass sie nicht genug Geld nach Hause brächten. Für vier Dollar schrubbte ich die Böden, wischte die Tische und lieferte Bestellungen aus.

Jimmy machte weiter die Nacht zum Tag und stellte uns den Wecker, damit wir ja nicht zu spät zur Arbeit kämen: »Wenn wir so weiter machen, verdienen wir uns noch dumm und dämlich«, meinte er. »Außerdem bin ich an einer ganz großen Sache dran!«

Nach zwei Wochen brachten Agnes und ich unsere ersten Schecks mit nach Hause. Wir mussten uns die Ohren zuhalten, so laut war es in unserer Wohnung. Jimmy hämmerte mit offenem Mund auf die Tasten eines Keyboards, seine Zunge fiel ihm fast aus dem Gesicht, seine nikotingelben Finger glänzten. Er war wieder wer! Er war wieder Musiker!

»Ja Teofil, du musst dir höhere Ziele stecken, so wie ich«, sagte er. »Während du dich tagelang nicht blicken lässt, arbeite ich an unserer Musikerkarriere. *Schaubiss*, Teofil, *Schaubiss*, weißt du überhaupt, was das heißt?«

Mein Onkel hatte unser restliches Geld von Tschernij für Musikinstrumente ausgegeben. Agnes war außer sich, aber ich hatte endlich eine E-Gitarre.

»Wisst ihr, wie meine neue Band heißen wird?« fragte er. *»Blek is Wajt!«*

Was Jimmy musikalisch vorhatte, lag mir überhaupt nicht. Er liebte vor allem die Hits von Johnny Cash und der Czerwone Gitary, die in den Sechzigern zu den »Beatles von der Weichsel« avancierten. Doch das, was er aus der Musik dieser Superstars auf der Rhythmusmaschine seines Keyboards machte, klang wie Karaoke: Meine E-Gitarre wehrte sich mit allen Mitteln, die Saiten wurden messerscharf, und meine Fingerkuppen schwollen an, wenn ich zu diesen eintönigen Rhythmen spielen musste.

Ich wollte wie David Gilmour klingen, kalt und heiß mit jedem Griff, wollte seine Lieder perfekt nachspielen, und zwar so, dass kein Mensch zwischen dem Original und meiner Version unterscheiden konnte.

Trotzdem musste ich unzählige Nachmittage mit Jimmy darauf verschwenden, die verschiedenen Tanzrhythmen seines Yamaha auszuprobieren: Marsch, Walzer, Tango, Bossa Nova, Rumba, Samba, Country, Blues, Disco 1 und Disco 2, Rock Beat Slow und Rock Beat Fast.

Er sagte: »Mit der linken Hand drücke ich zwei Tasten, dann hab ich den Septakkord und gleich einen Bass und ein ganzes Begleitorchester dazu; mit der Rechten spiel ich nur das Solo, die Melodie – einfacher geht's nicht!«

Wir probten mindestens dreimal in der Woche, was zu erheblichem Ärger mit unseren Nachbarn führte, vor allem mit den Russen. Wir waren wie besessen, wir wollten die beste polnische Tanzkapelle werden, die Amerika jemals gesehen hatte: Black is White sollte in aller Munde sein.

Ich schrieb ein paar Rocksongs und versuchte zusammen mit Agnes, die Texte aus »Uncle Meat« von Frank Zappa in unsere Muttersprache zu übersetzen, weil sie mir für meine Musik am geeignetsten erschienen: Da wurden Schweine geschlachtet wie in Rothfließ, da hörte man das Knacken der Knochen, da platzten die Herzadern, da war Leben!

Nur wenige Monate nach unserer Ankunft in Winnipeg waren meine Songs fertig. Mir gelang es sogar, meinen Onkel davon zu überzeugen, dass wir auch meine Musik spielen könnten. Im Gegenzug musste ich mich dazu verpflichten, Herrn Yamaha nicht mehr zu beleidigen, der uns laut Jimmy jede Menge Arbeit ersparen würde, denn wir bräuchten keinen Schlagzeuger und Bassisten, wir bräuchten niemanden um Hilfe zu bitten: »Yamaha hat einen Mikrochip, in dem alle Musiker der Welt gespeichert sind«, erklärte Jimmy, »du drückst auf einen Knopf, und schon biste ein berühmter Bassist!«

Er meinte auch, ich solle mir ein Beispiel an den zahlreichen Countrymusikern nehmen und meine Gitarrensoli kürzen, ich solle aufhören, meine Helden nachzuahmen, *Schaka* und *Pejtsch* und wie sie alle heißen, sie wären nämlich nicht besser als die alten Weiber, diese Heulsusen, die bei der Sonntagsmesse in Rothfließ so schrecklich singen, dass einem jedes Mal das Trommelfell in die Hose rutschen würde.

Meine Vorführung des neuen Materials verlief zu meinem Erstaunen reibungslos.

»Na ja, zeig die Sachen endlich her!« sagte Jimmy.

Bevor ich das erste Lied anstimmte, war ich sehr skeptisch, aber Agnes machte mir mit einem Kuss Mut und sagte, ich wäre zwar kein Genie, könnte aber dafür mit meiner Musik vielleicht Geld verdienen – und das war ihr voller Ernst.

»Vom Küssen werden die Lieder wohl auch nicht besser!« meinte Jimmy. »Also, lass mal hören, was du da so zusammengebastelt hast: Hoffentlich werde ich nicht taubstumm von deinem Gekratze auf der Gitarre!«

Meine Angst, die verrückte Angst, einen Fehler zu machen, bändigte das Genie in mir. Ich spielte die Songs wie ein Profi, es war ja mein erster richtiger Auftritt, das Publikum bekam ich mit jeder Note schneller unter Kontrolle. Ich war der gefräßigste Löwe aller Zeiten: »Jetzt müsst ihr lachen«, schrie er, »und jetzt werdet ihr traurig sein, jetzt seid bitte ganz still!«

Ich bestand die Prüfung, ich hätte das Zeug zu einem guten Countrygitarristen, bescheinigte mir mein Onkel, und ich war stolz, denn er ist alles andere als ein dahergelaufener Straßenmusiker. 1967 – da wurde ich gerade geboren – war er immerhin der beste Nachwuchsbassspieler der Volksrepublik Polen; er muss beurteilen können, ob jemand ein Körnchen Talent besitzt oder nicht. Er fand sogar an den Texten von Frank Zappa Gefallen, weil sie unsere neue Heimat rühmen würden; er sagte, der *Schaka* sei ein großer Patriot, und mit der Vaterlandsliebe dürfe man nicht scherzen, denn an erster Stelle käme die Liebe zum eigenen Land, erst danach müsse man sich um die Frauen und Kinder kümmern.

Wir hatten gute Lieder und Texte und probten an unserem Programm, nur Auftritte fehlten uns noch.

6 Nach etwa einem Jahr unseres kanadischen Lebens wendete sich das Blatt. Agnes nahm die ganze Sache in die Hand und beschleunigte unsere Musikerkarriere von Null auf Hundert. Der Sportwagen hieß Black is White, und Jimmy und ich waren die absoluten Toppiloten! Agnes' Chef aus dem Metzgerladen hatte sich auf ihre Bitte hin eine Kassette mit unseren Liedern angehört. Er war von unseren Schlachtergesängen so begeistert, aufgeladen und verhext, dass er die Kassette jeden Tag in seinem Laden spielte.

»Die Jungs haben's drauf! Die will ich live sehen!« sagte er eines Tages zu Agnes.

Seine Kunden, Polen und Ukrainer, wollten auf einmal nicht nur die Krakauer und Polosh ham kaufen, sie wollten auch unsere Musik, und das war der Schlüssel zur Tür des Princess Manor, eines der vier polnischen Klubs in Winnipeg. Man machte uns ein Angebot. Für hundertfünfzig Dollar pro Kopf sollten wir an den Wochenenden auftreten. Immer freitags und samstags!

Das Princess Manor liegt am Rande von Winnipeg, direkt am Highway nach Calgary. Dort heiraten die Polen ihre erste Liebe, feiern bis zum Umfallen ihre Namenstage, taufen ihre Kinder auf amerikanische Namen, schicken sie zur Erstkommunion, beerdigen ihre Nächsten und wollen ihre Freude und Trauer mit Wodka begießen, und das alles in ihrem polnischen Klub – das war unser Kapital! Wir würden uns vor Geld nicht mehr retten können, dachte ich. Onkel Jimmy würde sich in der Küche breit machen, kiloweise Schnitzel in sich hineinstopfen; außerdem würden wir uns in Winnipeg keine Sekunde und Minute mehr einsam fühlen, unser Telefon würde nicht mehr still stehen – alles Anrufe von scharfen Groupies!

Ich schlief bei Taco Bell fast im Stehen, verfolgte die Englischkurse nur noch mit einem Auge. Und Agnes? Agnes war unverwüstlich. Sie durchwühlte nach Feierabend die

Wörterbücher und schrieb sich die Vokabeln und Ausdrücke auf Blätter, die sie dann an die Wand hängte, um bloß nichts ungeklärt zu lassen.

Ich wunderte mich, dass ich an den Wochenenden im Princess Manor wie ein junger Gott meine Gitarrenparts abfeuerte und nichts mehr spürte, weder Müdigkeit noch Wut. Mein Onkel hatte endlich einen Job, seinen ersten kanadischen Job, er war kein Arbeitsloser mehr und achtete sogar darauf, dass er bei unseren Auftritten im Princess Manor nicht zuviel trank, nicht die Grenze erreichte, an der sich Gott und Teufel treffen, um mit dem Säufer einen Kampf auf Leben und Tod auszufechten. Er wollte kein Englisch lernen und verfluchte die Lehrer und Emigranten aus Osteuropa und Asien. Er kam zum Unterricht immer eine halbe Stunde zu spät oder gar nicht: »Ich guck mir das ein bisschen an und vergleiche die englische Grammatik mit meinen polnischen Notizen.«

Die ersten drei Jahre in Kanada waren Goldgräberjahre. Manchen Monat verdienten wir alle zusammen viertausend Dollar. Allein die Auftritte im Princess Manor brachten uns monatlich zweitausendvierhundert.

Jimmy und ich verstanden uns als arme Musiker aus Osteuropa, als politisch Verfolgte, von den Kommunisten schikaniert und um ihre Existenz gebracht; da sahen wir es gar nicht ein, Frongeld zu entrichten – Steuern zahlten wir grundsätzlich nicht, schon gar nicht an die Kapitalisten. Unser polnischer Klub stellte uns einfach Quittungen aus, auf denen schwarz auf weiß stand, dass wir für unsere Arbeit entlohnt wurden. Wir durften uns doch nicht mit den Kanadiern messen, denen war das Steuerzahlen in die Wiege gelegt. Solche Instinkte besaßen wir nicht. Das Finanzamt schickte uns meterlange Briefe, die Fragen wiederholten sich, es war wie in Verhörszenen schlechter Kriminalfilme. Das Finanzamt fragte nach unserer Daseinsberechtigung: »Ihr Planwirtschaftler aus Polen, wovon lebt ihr eigentlich? Bei Nulleinkünften in einem Jahr müsstet ihr doch schon am eigenen Bein knabbern!« so klangen diese Briefe, die wir sowieso nur zur Hälfte ins Polnische übersetzen konnten, obwohl Agnes mit jedem kanadischen Tag besser Englisch sprach. Dafür bewunderte ich sie. Ich liebte es, Agnes dabei zu beobachten, wie sie die schwierigsten Grammatikübungen löste. Sie bewältigte die Englischkurse mit Leichtigkeit, und ich hatte keinen Zweifel daran, dass sie eines Tages sogar einen Collegeabschluss schaffen würde.

Ich wischte bei Taco Bell den Fußboden, die Tische und Stühle und sorgte dafür, dass die Wandspiegel und Fenster immer blitzeblank waren. Mein Ziel war, den Laden so sauber zu halten, dass man vom Boden essen könnte. Trotz unserer Auftritte im Princess Manor durfte ich den Job nicht verlieren. Ich hatte jeden Monat große Ausgaben, allein die Schallplatten kosteten mich ein Vermögen, manchen Monat gab ich mehr als fünfhundert Dollar für LPs und Gitarrenzubehör aus. Ich war verrückt, ich ging in ein Kaufhaus und verließ den Tempel erst nach vielen Stunden mit prall gefüllten Tüten: Kassetten, ein neues Mikrophon, Notenhefte mit Rocksongs, neue Saitensätze, Effektgeräte für meine E-Gitarre, Live LPs von Emerson, Lake & Palmer, Genesis und Yes, Rockzeitschriften, T-Shirts, Schweißbänder, Bettwäsche und Kaffeebecher mit den Bildern von Frank Zappa drauf. Jimmy bereitete es große Freude, mir zuzuschauen, wie ich meine Beute auf dem Küchentisch ausbreitete und sie Agnes präsentierte; er schimpfte zwar, ich würde unser im Princess Manor schwer verdientes Geld zum Fenster rausschmeißen, aber man merkte, sein wehrloses Gesicht verriet es, dass er überglücklich war, vielleicht sogar glücklicher als ich, denn wir besaßen endlich etwas, auch wenn es sich nur um ein Bügeleisen oder einen Elektrorasierer handelte. Manchmal fragte mich mein Onkel: »Was hasten da wieder für komisches Zeug angeschleppt? Für diesen Müll haben wir in unserer Wohnung keinen Platz, unser Apartment sieht bald aus wie ein russischer Trödelladen, und wenn du nicht lernst zu sparen, haste bald Hunger wie wir damals, als wir noch Schuhe gegessen haben!«

Dass er selbst, vor allem an den Wochenenden, stundenlang über den Versandhauskatalogen brütete, wollte ich ihm nie zum Vorwurf machen, auch er sollte sich freuen, dachte ich, sich seine Träume erfüllen. Er saß in der Küche im Zigarettenqualm mit einem Glas Whiskey, als würde er eine Zeitung über Pferdewetten studieren.

»Mir ist irgendwie schwindelig«, sagte Jimmy, »dabei habe ich doch nur vier Bierchen und einen Whiskey getrunken!«

Nach solchen Meditationsübungen kamen meist am nächsten Morgen große Pakete ins Haus.

Ständig bestellte er neue Boxen für seine Stereoanlage, eine ganze Wand hatte er mit Lautsprechern zugebaut, um den perfekten Sound für seine Countrymusic zu haben wie in einem echten Aufnahmestudio. Über den Fernseher mit integriertem Videorecorder in der Mitte der Boxenwand brauchten wir uns sowieso nicht zu unterhalten; das Gerät hatte mehr gekostet als ein Gebrauchtwagen, mein Onkel wollte unbedingt den größten Bildschirm für die guten, alten Western haben: »Teofil, ins Kino gehen nur Arme! Und wir können's uns ja leisten. Bei der Größe der Glotze haste das Gefühl, John Wayne und Johnny Cash sitzen bei dir zu Hause auf dem Sofa!«

Agnes kaufte sich nichts, nicht einmal ein schickes Kleid zum Ausgehen, sie sparte fürs College – Turnschuhe, Jeans und Sweatshirts waren ihre tägliche Uniform, und trotzdem wurde sie immer hübscher, sie übertraf das Mädchen, das ich aus Olsztyn und Rothfließ kannte, schlug es in allen Disziplinen. Der Ehrgeiz, die neue Sprache zu lernen, beherrschte sie vollkommen, ließ sie vor Kraft und Gesundheit strotzen. Schöner, sonniger kann sie nicht mehr werden, dachte ich, unmöglich.

Meine Haare wurden immer länger, ich wusch sie jeden Morgen und ließ sie von Agnes kämmen und zum Zopf binden. Oft habe ich vor dem Spiegel im Badezimmer gestanden und das Gesicht Frank Zappas gesucht, habe meinen spärlichen Bartwuchs immer wieder rasiert, um meinem Vorbild möglichst ähnlich zu sein. Wegen meiner langen Haare musste ich mir von Jimmy allerhand anhören. Er sagte einmal: »Wenn du dir jetzt noch Pejes wachsen lässt, siehste bald aus wie ein Jude! Du weißt doch, dass die Polen keine Juden mögen!«

Während also Onkel Jimmy jeden Tag über meine Haare schimpfte und mich zum Friseur schicken wollte, musste ich mir auch noch alle erdenklichen Tricks einfallen lassen, um Agnes zu beruhigen: Sie drängte darauf, bei Jimmy auszuziehen – ich sollte mich endlich von ihm trennen. Sie nützte jede freie Minute, um mit mir über den Umzug zu sprechen, der nach ihrer Vorstellung sofort stattfinden sollte – jetzt oder nie. Sie sagte: »Siehst du nicht, was mit uns passiert? Wir verbringen kaum noch Zeit miteinander, ackern wie die Blöden, schieben Überstunden, pauken Englisch, nur für wen? Für deinen Onkel oder für uns? Wir können keine einzige Nacht durchschlafen, geschweige denn uns lieben, weil Jimmy ein paar Meter weiter in seinem Bett schnarcht wie eine Lokomotive, mit seinen Büchsen und Flaschen einen Mordskrach macht und der Fernseher die ganze Nacht läuft. Und du unternimmst nichts, damit dieser Terror endlich aufhört!«

Was hätte ich dir damals sagen sollen? Wir hatten unseren Badestrand nicht mehr, wir hatten den See von Rothfließ nicht mehr – wohin hätten wir gehen sollen, um wichtige Entscheidungen zu treffen? Unseren alten Ort der Verschwörungen und Pläne gab es nicht mehr, und ein neuer, gewaltigerer und schönerer, war nicht in Sicht.

Die Hauptschuld trage nicht ich. Es waren die Abende, die vielen, nicht enden wollenden Abende, die meinen Onkel und mich bis heute begleiten. Fangen wir einmal an zu diskutieren, entstehen dabei unendliche, namenlose Flüsse! Wir vergessen alles, die Nacht, unsere Jobs, woher wir kommen und was wir in Kanada eigentlich wollen. Wir wachen nicht mit dem Wecker auf, sondern reden so lange, bis der Kühlschrank leer ist: Kein Bier, nichts mehr zu essen, es sind dann nicht einmal zwei Salzgurken zur Hand. Wir reden trotzdem weiter, wir können auch nicht anders, wir machen nichts falsch, denken wir, weil die Welt ohne uns aufhören würde zu existieren, irgendjemand muss doch reden, irgendjemand muss doch streiten.

Stelle ich Jimmy zum Beispiel die Frage: »Lech Wałęsa, hat er nun die Dollars von der CIA oder vom Vatikan bekommen?« kontert er gleich mit der nächsten: »Ist Kanada das einzige Land, wo man einen Weltkrieg überleben kann?«

Ich spiele den Ball sofort zurück: »Hat der Russe eine neue Superwaffe, von der noch niemand etwas ahnt?«, dann fragt er wieder: »Wie viele Fremdsprachen kann der deutsche Kanzler?«

Und so geht das die ganze Nacht; Jimmy antwortet: »Klar hat der Russe eine Superwaffe! Was meinste, wie geheim das ist! Ich hab das Ding mal in Druskininkai gesehen – rot gestrichen, mit Hammer und Sichel oben drauf. Wenn sie die schmeißen, merkste erst gar nichts, aber plötzlich biste tot – alles andere bleibt stehen, dann kommen die Brüder rüber, fahren mit deinem nagelneuen Buick weg und ziehen in dein Haus ein: so läuft das!«

Für Agnes müssen das unsägliche Qualen gewesen sein, die sie fast drei Jahre lang über sich ergehen ließ, das gebe ich gern zu.

Auch wenn sie mich bat, zu ihr ins Bett zu kommen, redete ich lieber weiter mit Jimmy.

»Agnes, Liebes! Morgen bringe ich dir die Sonne für deine Lippen!« sagte ich.

»Ich will keine Sonne und keinen Mond!« sagte sie. »Ich will eine Wohnung nur für uns beide!«

Ich durfte meinen Onkel nicht verlassen. Was würde dann aus ihm werden? Wenn er einkaufte, sprach er ein Englisch, das nur Chinesen und Inder verstanden: *»Hol matsch? Sirti tu? Ekspensiv, weri ekspensiv!«*

Auf den Ämtern, wenn wir zum Beispiel unsere Aufenthaltsgenehmigungen verlängern mussten, stellte sich Jimmy immer mit seinem Standardsatz vor, den er stundenlang vor dem Spiegel geübt hatte: *»Ekskius mi! Maj nejm is Jimmy Koronko. Dis is e biutifol kantri. Aj em Polend!«* – dabei verbeugte er sich und grinste dümmlich. Mehr war nicht drin.

Und ich durfte Agnes, der ich alle meine Lieder gewidmet hatte, die wir im Princess Manor spielten, auf keinen Fall verlieren. Jedes einzelne habe ich mit meinem Namen für sie unterschrieben. Nein, natürlich durfte ich sie nicht verlieren, aber wir hatten keine Geheimnisse mehr preiszugeben wie in Rothfließ.

Wenn ich auf der Bühne im Princess Manor stand, die Augen schloss und meine Gitarrensoli abfeuerte, bildete ich mir ein, ich würde eine gewaltige Rockshow mit fliegenden Schweinen und Monden dirigieren. Onkel Jimmy war Richard Wright, und Yamaha übernahm den Part von Roger Waters und Nick Mason. Von allen meinen dunklen Seiten kannte Agnes meinen Verwandlungswahn am besten, der mich jedes Wochenende übermannte. Ich fragte mich, wofür sie mich eigentlich noch liebte.

Als Agnes im Sommer 1986 auf die High School kam und dort blitzartig zu den begabtesten Schülern gehörte, erschien sie nicht mehr zu unseren Auftritten. Sie ging lieber mit ihren neuen Freunden aus. Sie sagte: »Ich werde mir nicht ansehen, wie dein Onkel auf der Bühne bechert und versucht, das Publikum mit seinen primitiven Russenwitzen zu amüsieren!«

Sie sagte, wir seien wie Lolek und Bolek, zwei lächerliche Zeichentrickfiguren, die niemals erwachsen werden würden; wir seien wie kleine Jungs, die draußen um die Wette rennen und schreien: »Hurra! Ich bin Erster, gewonnen!«

All diese Vorwürfe trieben mich dazu, auf der Bühne zu toben wie Angus Young. Ich war verzweifelt. Warum verstand sie nicht, dass ich Abend für Abend auf meiner E-Gitarre für sie mein Bestes gab? Jede Show war doch eine einzige Liebeserklärung.

Ich war so aufgeheizt, dass man sich bei meinem Onkel und dem Klubbesitzer über mein Verhalten auf der Bühne beschwerte.

»Nimmst du Drogen, oder was ist mit dir los?« wollte Jimmy wissen.

»Onkel, das wirst du sowieso nicht verstehen«, gab ich ihm zur Antwort.

»Wenn es keine Drogen sind, dann sind es Weiber. Sag nichts, es geht um unsere Prinzessin. Die habe ich so und so schon lange gefressen!«

Die Folge war, dass Jimmy sofort zu Agnes rannte, um ein klärendes Gespräch zu suchen, wie er sich ausdrückte. Er stellte sich vor sie hin, pumpte seinen Bauch auf und begann mit seinem Vortrag: »Madame, ist Ihnen eigentlich klar, dass Sie im Begriff sind, die bedeutendste polnische Exilband zu zerstören? Poschla, otkuda prischla!* Ich hol dich raus aus dem sowjetischen Sumpf, mach aus dir einen anständigen Menschen, und jetzt glaubste, dass du was Besseres bist? Ist das der Dank für alles, was ich für dich getan habe, du Vaterlandsverräterin? Dich würde doch nicht einmal ein indischer *Diliweriboj* heiraten, der nach Pizza stinkt.«

* Ab nach Hause mit dir!

Agnes wurde nicht wütend, sie lachte sogar über das »Poschla, otkuda prischla« und sagte: »Ich werde nirgendwohin zurückgehen, du Gartenzwerg, du reichst mir nicht einmal bis zu meinem Kinn, und dein weißrussischer Wasserkopf passt durch keine Tür! Wenn ich die kanadische Staatsbürgerschaft kriege, lass ich mich von dir scheiden! Dann bin ich weg!«

Je länger ich zum Thema Ausziehen beharrlich schwieg, umso verschlossener wurde Agnes mir gegenüber.

Ihre Laune änderte sich vorübergehend, als wir uns ein Auto kauften. Für einige Wochen konnte ich durchatmen und mir Gedanken um unsere Zukunft machen, ohne mir Agnes' Vorhaltungen anhören zu müssen – nur, Lösungen, die sowohl Agnes als auch Jimmy zufrieden stellen würden, fielen mir keine ein. In meinem Kopf läuteten hundert Glocken – wirklich ohne Agnes? Ohne sie leben?, dachte ich. Ihre Giraffenbeine nicht mehr jeden Tag sehen? Und mein Onkel? Ihn kann ich doch nicht einfach ausradieren, vernichten, zusammen mit meiner Kindheit aus Rothfließ!

Das Auto kauften wir aus der Zeitung. Jimmy führte sich auf wie ein großer Autohändler und berücksichtigte keinen unserer Ratschläge: »Ihr Rotznasen habt doch keine Ahnung vom Autohandel!«

Am Telefon folterte er den Verkäufer immer wieder mit der selben Frage: »*Boss, wot is de last prajs?*«, und nachdem er sie einige Male mit lauter Stimme wiederholt hatte, war das Gespräch plötzlich zu Ende.

»Der Typ kann doch nicht einfach auflegen«, ereiferte er sich, »wir sind doch seine Kunden und ernähren seine fünf Kinder, die Geliebte und die Ehefrau! So was ist kriminell, das verstößt gegen internationale Handelsabkommen, den Verrückten müsste man anzeigen!«

Nachdem Agnes noch einmal unter der Nummer angerufen hatte und nach einigen Sätzen plötzlich Polnisch sprach, um einen Termin für eine Probefahrt auszumachen, war ich mir sicher, dass nichts mehr schief gehen konnte. Jimmy meinte: »Bin ich blöd? Der Typ hat doch Englisch mit mir gesprochen.«

»Mensch! Der ist Pole!« sagte Agnes.

»Jetzt wird mir einiges klar!« sagte er. »Die Russenmafia heuert hier Polacken an, die für sie heiße Ware verscherbeln! Von denen kauf ich doch nichts!«

Es war unser erster amerikanischer Wagen, ein alter Lincoln mit blauen Ledersitzen und Klimaanlage. Zwanzig Liter pro hundert Meilen waren vorprogrammiert. Im Winter, wenn Jimmy Agnes und mich morgens zur Arbeit fuhr, hatte ich immer den Eindruck, der Motor würde uns gleich um die Ohren fliegen.

Einmal fuhren Jimmy und ich nach einer langen Nacht im Princess Manor nach Hause. Unterwegs quollen aus der Motorhaube graue Rauchschwaden, die uns komplett die Sicht nahmen.

»Nebel wie in Sibirien hier!« nuschelte mein Onkel. »Aber was macht denn die Karre jetzt für Geräusche?«

Ich guckte in den Rückspiegel und sagte: »Eh Jimmy! Anhalten! Das sind die Bullen!«

Seitdem mein Onkel im polnischen Klub mehr trank als üblich, wusste ich, dass er früher oder später seinen Führerschein verlieren würde.

In Windeseile bestand ich die Fahrprüfung und wurde sein Chauffeur. Ich musste ihn nun durch die Stadt kutschieren. Er konnte sich nicht einmal mehr Zigaretten holen, konnte nichts mehr allein erledigen. Er sagte: »Jetzt kannste mal sehen, wie sehr du mich brauchst! Weil du noch nicht volljährig bist, muss ich selbst beim Autofahren neben dir sitzen!«

»Bin schon neunzehn!«

Für die Feste im Princess Manor besorgte uns Jimmy aus einem Kostümverleih Cowboyuniformen: »Mach dir keine Gedanken! Das können wir alles von der Steuer absetzen!«

Ich war entsetzt: »Auf diese Cowboynummer habe ich keine Lust. Ich bin doch kein Garderobenständer!« sagte ich.

»Bleib mal locker, Teofil. Ich hab da so 'ne Idee …«, sagte er. »Wir können richtig Asche machen, wenn ich für unsere abergläubischen Polen mal ein bisschen in ihre schöne Zukunft gucke. Darauf sind die doch ganz heiß. Für ein Superhoroskop zahlen die fast jeden Preis! Je größer der Unsinn, desto dicker das Portemonnaie! Das musste dir mal merken.«

Als Jimmy auch noch bunte Lichterketten für die neue Pausenshow in seinem Anzug verlegte, weigerte ich mich, weiter mit ihm aufzutreten, und drohte mit meinem Austritt aus der Band. Er sah aus wie ein Weihnachtsbaum mit Hut.

Dieser Versicherungsbeamte aus Rothfließ war eine Boa, die sich um meinen Hals schlang, mir gerade noch genug Luft zum Atmen ließ und mich mit verheißungsvollen Versprechen verführte. Wieder hatte ich mich in eine Falle locken lassen, und da bewahrheitete sich, was für ein großer Esel ich war.

Nachdem Jimmy seinen Führerschein verloren hatte, sah er keinen Grund mehr, sich mit der Trinkerei auf der Bühne zurückzuhalten.

Eines Samstags, in der ersten großen Pause, griff er zum Mikrophon und erzählte zunächst seine Russenwitze: »Es treffen sich John aus New York, Hans aus Berlin und Wanja aus Moskau. John sagt: ›Wir bauen Raketen, mit denen man zum Mond fliegen kann.‹ Hans sagt: ›Wir bauen Autobahnen für die schnellsten Autos der Welt.‹ Und Wanja sagt: ›Ich springe im zehnten Stock aus dem Fenster und komme um, aber meine Gummistiefel bleiben unversehrt!‹«

Dann schaltete er seine Lichterketten ein, Hunderte von

Lämpchen fingen an zu blinken: »Meine Damen und Herren! Und jetzt kommen wir zum absoluten Höhepunkt des heutigen Abends! Durch mich erhalten Sie die einmalige Chance, in Ihre Zukunft zu blicken! Seit mehr als fünfhundert Jahren ist die Familie Korońrzeź dafür berühmt, dass sie in den Sternen lesen kann. Wir haben schon den Untergang von Napoleon vorhergesagt, die Marienerscheinung von Święta Lipka und die Dreiundachtzigermeisterschaft von Lech Poznań. Seien Sie nicht schüchtern! Nützen Sie die Möglichkeit, gegen ein kleines Trinkgeld. Der letzte Seher Polens beantwortet Ihnen alle Fragen!«

Ich wollte meinen Augen nicht trauen: Es funktionierte wirklich! Die Leute stürmten auf die Bühne und überschütteten meinen Onkel mit Fragen.

Allein der erste Abend brachte uns mehr als dreihundert Dollar ein. Ich war sehr stolz auf ihn und habe sofort Agnes davon erzählt, die mir aber keine einzige Silbe glauben wollte.

»Meine Giraffe! Das musst du dir ansehen! Jimmy ist wirklich gut!«

Der Erfolg war überwältigend und stieg meinem Onkel so zu Kopf, dass er mit jeder neuen Show immer unerträglicher wurde. Spätestens im dritten Set war er so besoffen, dass er anfing, das Publikum zu beschimpfen. Von der Bühne herab blökte er zum Beispiel zum Bräutigam: »Was hasten da für 'ne hässliche Krähe geheiratet, da zieht's einem ja die Eingeweide zusammen!«

Mit Mühe und Not konnte ich den Brautvater davon abbringen, sich auf Jimmy zu stürzen, der weiter pöbelte: »Kommt sowieso nicht drauf an, ob ich dich zu Brei hau oder nicht! Kannst dir schon 'ne Kiste bestellen, hast eh nur noch drei Wochen zu leben!«

Am nächsten Morgen spielte er immer das Unschuldslamm, er könne sich an nichts mehr erinnern, und außerdem hätte er es doch nur gut gemeint mit dem Bräutigam. Seiner Auserwählten hätte nicht einmal eine plastische Operation geholfen – die Nase hätte man einfach amputieren müssen, und die anderen Puderdosen, die er in den letzten zwei Jahren im Klub gesehen hätte, wären auch nicht hübscher gewesen.

»Onkel, wir sind in Winnipeg«, sagte ich. »Das Princess Manor ist kein Vereinsheim oder Feuerwehrhaus, wo jede Hochzeit wie in Rothfließ mit einer wüsten Schlägerei endet.«

Und dann kam Agnes doch ins Princess Manor. Es sollte unser letzter Abend werden.

Es war im Sommer 1987 – die Winter hatten wir verschlafen wie in Rothfließ, die frostigen kanadischen Himmel waren uns nicht unbekannt –, die Stadt eroberten die Mücken, und Jimmy probierte verschiedene Insektensprays aus. Unsere Wohnung war steril, aber in der Luft hingen kalte Wolken.

Anfänglich verlief alles normal. In den Pausen zahlten manche Gäste zwanzig Dollar für eine Prophezeiung, doch irgendwann erfüllte sich das, was ich schon lange hatte kommen sehen.

Mein Onkel, der wieder ordentlich getankt hatte, erspähte im Publikum die Braut und holte sie auf die Bühne. Er legte seine linke Hand an ihren Bauch, streichelte ihn, dann schaltete er seine Lichtanlage ein, mit der rechten bedeckte er seine Augen und sprach mit Grabesstimme ins Mikrophon: »Ich sehe ein Kind!«

Die Braut fiel Jimmy um den Hals, riss ihm das Mikrophon aus der Hand und rief nach ihrem Mann: »Jacek! Jacek! Ein Kind! Ein Kind!«

Der Bräutigam torkelte in Tränen aufgelöst auf die Bühne und brüllte: »Wird es ein Junge oder ein Mädchen?«

Mein Onkel klopfte dem Riesen Jacek auf den Rücken

und sagte freundlich: »Nimm's nicht tragisch, Kumpel! Es wird von beiden ein bisschen!«

Jacek war Koch von Beruf, wog hundert Kilo und hatte die Größe eines Schwergewichtsboxers. Er war plump und kräftig wie ein tollwütiger Pitbull. Er rammte meinem Onkel das Mikrophon in den Mund. Man konnte im ganzen Saal sein sabberndes Krächzen hören. Plötzlich flogen Teller in unsere Richtung. Hühnerknochen, Kartoffelreste und Rote Beete regneten auf uns herab.

Ein Teller traf mich am linken Auge. Ich spürte keinen Schmerz, ich hörte nur die Worte von Agnes: »Ich werde dich verlassen!«

Ich hatte meine Zähne bisher vor jeglichen Faustschlägen retten können. Aber an jenem Sommerabend habe ich mir selbst einen Zahn ausgeschlagen. Ich hatte alle Schlägereien in Rothfließ ohne ein blaues Auge überstanden – nur diesen Abend nicht, als Agnes mir sagte, dass sie mich verlassen würde.

Ich hörte sie und schlug mir mit meinem Wodkaglas einen Vorderzahn aus. Ich opferte ihn für unsere Liebe.

Richard Grzybowski, der Chef vom Princess Manor, hatte uns gleich anderntags in sein Büro bestellt. Ich betrat den Klub gebrochenen Herzens und mit einer Augenbinde. Jimmy erging es nicht besser, obwohl er genauso wenig wie ich zugeben wollte, dass ihn jede Bewegung schmerzte. Auf dem Kopf trug er einen Bandagenturban, der mit Blutflecken übersät war. Er brüstete sich damit, dass er einen extrem harten Schädel hätte: »Meine dicke Birne hat mir schon oft das Leben gerettet, vor allem in Vietnam, als ich gegen den amerikanischen Imperialismus gekämpft habe!«

»Onkel! Wenn uns Grzybowski rausschmeißt, hilft uns deine dicke Birne herzlich wenig«, sagte ich.

Unser Chef war ein echter Halsabschneider. Der dürre, alte Mann saß in einem Ledersessel und rauchte Pfeife. Er sprach Polnisch mit leicht englischem Akzent, aber die Art, wie er die Wörter in die Länge zog, das R rollte, übertrieben die Vokale betonte, verriet, dass es mehr Absicht und kein langjähriger Einfluss der fremden Sprache war.

Grzybowski fletschte die Zähne, lutschte an seiner Pfeife und goss sich einen Kaffee ein. Dann begann seine Litanei im strengen Ton eines Kommandanten: »Soldaten! Erstens: Ab sofort verbiete ich euch, bei den Auftritten in meinem Klub zu sprechen. Ihr dürft singen und spielen, mehr nicht! Die Horoskope als Pausenfüller im Musikprogramm sind gestrichen: keine Russenwitze, keine Prophezeiungen und vor allem keine Beleidigungen des Publikums mehr! Im Falle einer Zuwiderhandlung werdet ihr fristlos entlassen!«

Ich schwieg und antwortete mit scheuem »Hm«, weil ich niemandem zeigen wollte, dass mir einer der Vorderzähne fehlte. Ich war ein Pirat, der an einem einzigen Abend während einer Rauferei im Hafen alles verloren hat: seine Ehre, seine Geliebte und sein Geld.

Mein Onkel dagegen war so entsetzt, dass er sich die blutigen Bandagen vom Kopf riss: »Aber Chef, guck doch mal! Da draußen herrscht Krieg! Außerdem ist der Laden doch immer rammelvoll, seitdem ich die Russen und ihre Bolschoia-Technik* in die Pfanne haue! Und die schwangeren Bräute? Sollen sie etwa zu Zigeunerinnen laufen, die sie nur abzocken wollen? Bei mir sind alle gut aufgehoben. Ich sag nichts als die Wahrheit, wie es sich für einen professionellen Seher gehört, und Monsterkinder sind heutzutage gar nicht so selten! Zwei Köpfe und weiß der Geier, was noch!«

Grzybowski war unbeeindruckt und setzte seine Predigt fort: »Unterbrechen Sie mich nicht, Mr. Koronko, wenn ich Ihnen Befehle erteile!«

»Jawohl!« skandierte Jimmy.

»Na also! Zweitens: Für sämtliche Sachschäden werdet ihr

---

* Wunder-Technik

persönlich aufkommen müssen! Und jetzt«, er legte eine lange Atempause ein, »komme ich zur Verlesung der Liste ...«

»Was für'n Ding?« fragte mein Onkel.

»Unterbrechen Sie mich nicht!« schrie Grzybowski.

»Jawohl! Jawohl! Jawohl!«

»Na also! Folgende Gegenstände wurden beschädigt oder zerstört: acht Stühle, drei Tische, zwei Lampenschirme und ein Gemälde von unserem Papst!«

»Was hat denn der Heilige Vater in einer Disko zu suchen!?« meinte Jimmy.

»Sie Gotteslästerer! Was erlauben Sie sich!« schrie Grzybowski. »Mein Klub ist keine billige Spelunke, sondern ein Restaurant mit drei Sternen!«

»Allerdings! Davon hab ich jeden Abend mindestens zwei gesehen, wenn ich ...«

»Schweigen Sie!«

»Jawohl!«

»Na also! Jetzt das Geschirr! Meine Liste weist folgende Porzellan- und Glasverluste aus: vier Warmhalteplatten, fünf Suppenterrinen, dreißig Teller, fünfzehn Tassen, siebenundfünfzig Gläser aller Art und eine kostbare Ming-Vase!«

»Was für'n Ding?« sagte Jimmy. »Doch nicht etwa dieser kleine, grüne Pisspott, der da in der Vitrine gestanden hat!?«

Unser Schuldenberg belief sich insgesamt auf etwa viertausend Dollar. Dazu waren noch eine unserer Monitorboxen und das Mikrofon zu Bruch gegangen. Da wir so gut wie keine Ersparnisse zur Verfügung hatten, mussten wir im Princess Manor fast zwei Monate ohne Honorar auftreten.

»Ich dachte, die Sklavenarbeit ist in Amerika abgeschafft«, sagte mein Onkel, »aber jetzt begreife ich wenigstens, warum der weiße Mann von den Niggern und Schlitzaugen gehasst wird! Ich glaub, ich sollte auch meine Hautfarbe wechseln!«

Mit den achthundert Dollar, die ich bei Taco Bell verdiente, konnten wir keine großen Sprünge machen.

Wir brauchten dringend neue Jobs, hatten jedoch keinen blassen Schimmer, wie wir diese Aufgabe lösen sollten. Da wurde uns beiden bewusst, wie viel Gutes Agnes für uns getan hat. Glänzende Ideen waren ihre Stärke. Die Direktheit, gepaart mit argloser Freundlichkeit, mit der sie anderen Menschen begegnete, besaßen wir nicht.

Agnes legte im September die staatliche Prüfung für Immigranten ab und machte mir anschließend eine Szene:

»Du bist so ein verdammter Narr, Teofil!« sagte sie. »Wie kann man so blind sein? Wie ein Knochen! Korońrzeź ist unser Grab! Wenn du mich wirklich lieben würdest, wären wir schon längst bei ihm ausgezogen!«

»Aga! Ich versprech's dir! Spätestens nächste Woche hast du deine Wohnung!«

»Ach! Du bist doch schon genauso verlogen wie dein Onkel!«

Zwei Wochen später ging sie mit ihrem kanadischen Pass nach Calgary, wo sie aus dem Fonds für Begabtenförderung ein Stipendium bekommen hatte. Sie begann, Medizin zu studieren, und verliebte sich in einen ihrer Tutoren.

Zu Weihnachten schickte sie uns die Scheidungspapiere und hielt in ihrem Abschiedsbrief eine Lobrede auf ihren neuen Freund: Stanley Cox, ein Doktorand, der eine große Arztkarriere vor sich hätte.

»Glaub doch nicht an solche Märchen!« sagte mein Onkel. »Die ist bestimmt mit einem Apotheker durchgebrannt! Der Typ verkauft Drogen und schnüffelt heimlich an Schuhkleber wie unser Schuster Sątopiec aus Rothfließ – unter solchen Umständen lass ich mich gern scheiden!«

7 ▶╫╫╫╫╫╪ Ich bildete mir ein, Agnes würde eines Tages zu mir zurückkehren. Dieser Glaube sollte lange Zeit die einzige Abhilfe gegen meine Sehnsucht sein.

Doch Jimmy hatte kein Erbarmen mit mir. Er riss einen Zettel aus seinem Notizblock heraus und sagte: »Gute Medizin für verliebte Schwachmaten.«

Dann gab er mir den Auftrag, seinen Spruch mindestens einmal am Tag zu lesen.

Auf seinem Zettel stand: »Es gibt zwei Sorten von Männern – die einen sind scharf auf Röcke, die zweiten aufs Saufen. Na ja. Es gibt noch was dazwischen: Pantoffelhelden, und die sind die Schlimmsten. Eins haben sie aber alle gemein: Zum Schluss werden sie vollkommen schwachsinnig.«

»Super, Jimmy!« sagte ich. »Vielen Dank! Fühl mich schon viel besser!«

Am ersten Weihnachtstag räumte ich im Kleiderschrank auf. Agnes hatte ein paar Schlüpfer und das Sommerkleid mit den Mohnblumen vergessen. Vergessen? Ich redete mir ein, sie hätte die Sachen mit Absicht dagelassen, um mich zu bestrafen; für meine Unfähigkeit, eine Entscheidung zu treffen?

»Schau, Teofil«, glaubte ich, ihre Stimme zu hören, »du bist wie ein Vampir, du hast mein Herz leergesogen, ich liebe dich nicht mehr, aber du sollst etwas von mir behalten, die Mohnblumen, sie werden dich immer an unseren Sommer in Rothfließ erinnern!«

Ich packte ein Päckchen und schickte die Schlüpfer und das Sommerkleid nach Calgary, ohne einen Brief beizulegen.

Ich räumte auch in meinen eigenen Sachen auf. Ich sortierte die T-Shirts mit meinen Helden aus und schmiss die Hälfte in den Müllschlucker, nicht einmal bei Frank Zappa machte ich eine Ausnahme. Ich war wild entschlossen, mit meiner Musik kurzen Prozess zu machen: Die Schallplatten und die E-Gitarre versteckte ich unter meinem Bett.

Ich ließ mir die Haare schneiden, ich ging gleich zweimal zum Frisör. Nach dem zweiten Besuch hatte ich eine Glatze. Mein Onkel war zu Tode erschrocken, als ich nach Hause kam und er mich in der Tür sah: »Was ist denn mit dir los? Auf dem Kopp nichts, und drinnen noch viel weniger!« meinte er. »Mit so 'nem Schwerverbrecher kann ich mich nirgendwo blicken lassen, schon gar nicht im polnischen Klub! Unsere Fans verkriechen sich vor dir unter die Tische! Du Mörder!«

»Aber Jimmy, wir haben keine Fans mehr!«

Er sagte nur: »Schwere Zeiten muss jeder große Star einmal durchmachen, danach klingelt bei den meisten die Kasse erst richtig! Schon mal was von *Kombek* gehört?«

Nur zwei Erfolge konnten wir verbuchen, und zwar etwa eine Woche nach Agnes' Abschiedsbrief. Ich bestand die staatliche Prüfung und bekam prompt einen kanadischen Pass, als handele es sich dabei nur um eine Kleinigkeit. Ich fragte mich: Wo sind die drei Jahre des Wartens und der Hoffnung geblieben? Ich war das erste Mal in meinem Leben sehr stolz auf mich, weil ich endlich etwas geschafft hatte, und das will schon was heißen! Ich war also doch nicht so dumm, wie ich immer dachte, wie vielleicht sogar Agnes, meine Giraffe aus Rothfließ, all die gemeinsamen Jahre in Winnipeg von mir gedacht hatte.

Auf einer Weihnachtsfeier im Princess Manor brach mein Onkel das uns auferlegte Schweigen. Er sagte, er habe den Anwesenden eine wichtige und äußerst erfreuliche Mitteilung zu machen.

»Meine Damen und Herren!« sagte er. »Ich hab die Weihnachtslotterie gewonnen!«

Grzybowski, der seit der Schlägerei jeden unserer Auftritte aufmerksam verfolgte, zeigte sich gelassen. Er ging auf die Bühne und griff sich das Mikrophon: »Mr. Koronko, verraten Sie uns bitte, was Sie gewonnen haben! Etwa einen Staubsauger?«

Jimmy spielte auf dem Keyboard eine kurze Trompetenfanfare, das glückliche Tatata-Tam, und sagte: »Chef! Ich bin kein Pole mehr! Ich hab eine Nationalität gewonnen! Unsere Regierung in Ottawa hat mich auserwählt!«

Grzybowski ließ meinen Onkel reden. Ich habe mit einer Geldstrafe gerechnet oder gar mit unserem Rausschmiss, er aber ließ ihn reden und meinte zu mir, dass wir mehr Glück als Verstand in unseren Spatzenhirnen hätten. Die Heilige Nacht wäre schließlich dazu da, um sich anzuhören, was die Tiere im Stall zu sagen hätten, nur wären wir keine erstklassigen Zuchtbullen, sondern zwei Affen aus dem kommunistischen Zoo.

»Nach der Silvesterfeier werde ich euch schon das Maul wieder knebeln!« sagte er.

Derselbe Abend brachte eine weitere Überraschung.

»Du hast ihr eine Karte mit Weihnachtsgrüßen geschrieben? Echt?« sagte ich.

»Aber nur eine Zeile«, sagte Jimmy: »›Agnes! Sei ein Mann! Komm zurück!‹ Vielleicht ist ihr Apotheker ja gar kein Kanadier, sondern ein Asylbetrüger, irgend so ein impotenter mexikanischer *Kauboj*.«

Es kam das erste Jahr ohne Agnes. Ich wartete auf eine Antwort von ihr. Ich schaute mehrmals am Tag in den Briefkasten, langte mit geschlossenen Augen und voller Hoffnung nach der Post, aber außer Mahnungen und neuen Rechnungen war nie eine Nachricht aus Calgary dabei. Trost spendeten mir allein Liebesfilme. Im indischen Viertel entdeckte ich eine Videothek, die den Kunden einen Preisnachlass nach dem anderen bot – wo kriegt man schon ein Video für zwei Dollar?, dachte ich. Die absoluten Renner, sie standen auf den ersten Plätzen meiner Bestsellerliste, waren »Dirty Dancing«, »9½ Wochen« und »Love Story«. Ich belieferte auch meinen Onkel mit seinen Western, und jeden Abend entbrannte ein hitziger Streit darüber, was Qualität ist: Cowboy- und Indianerfilme oder Liebesschnulzen.

»Deine Pornos hängen mir zum Hals raus, Junge«, sagte

Jimmy einmal, »und wenn du poppen willst, geh in die Disko und bändle mit einer Polin an – manche machen's sogar umsonst, auf der Toilette oder in der Garderobe. Aber mit so 'nem Schmutz will ich nichts zu tun haben! Schließlich bin ich Katholik und orthodox obendrein! Ich will harte Burschen sehen, die mit ihrem Revolver schneller sind als *Brus Li* und die Bösen mit einem einzigen Schuss zwischen die Augen erledigen. Ich will Rothäute rings ums Lagerfeuer tanzen, hüpfen und heulen sehen!«

Ich sagte dann: »Typen, die ›Klapperschlange‹ heißen, wild um sich ballern und immer gewinnen, gehen mir auf die Nerven!«

»Und was ist mit deinen *Plejbojs*«, antwortete Jimmy, »die ihre Miezen dabei beobachten, wie sie sich in der Badewanne die Beine rasieren? Diese Kerle sind doch total pervers! Und so was Schlimmes schaust du dir an!?«

Wir konnten uns nie einigen, keinen einzigen Film haben wir zu Ende laufen lassen. Wir brachen die Hauptszenen und Höhepunkte ab, legten eine neue Kassette ein und wiederholten nach einer halben Stunde das Ritual: Nichts, kein einziger Film stellte uns beide gleichermaßen zufrieden, alles war immer schlecht!

Unsere Nächte wurden immer länger und hatten schon fast wieder die Qualität von früher, als Agnes noch mit uns zusammen wohnte und wir, mein Onkel und ich, die Gespräche über Politik und Wirtschaft vor Morgengrauen nicht zu Ende bringen konnten.

Unser Einzimmerapartment verwandelten wir in einen Kinosaal. Wir liehen die Videos nicht nur aus, wir kauften sie, um Beweismaterial zu haben, um jederzeit vorführen zu können, was genau uns an den Filmen nicht gefiel. Wir nummerierten die Kassetten und fertigten eine Liste mit den Titeln an, um den Überblick nicht zu verlieren.

Seitdem wir jeden Dollar in unser Heimkino steckten, rann uns das Geld nur so durch die Finger, und wir gerieten ständig mit der Miete in Verzug. Nie überwiesen wir pünktlich.

Im Frühling wurde der Lincoln gestohlen: »So was nennt man Totalschaden«, urteilte Jimmy, nachdem er an vielen Nachmittagen unter fachmännischen Kommentaren zweier russischer Nachbarn und dem Einfluss vieler Büchsen Wild Cat den Parkplatz inspiziert hatte.

»Jetzt musste umsatteln, Junge«, sagte mein Onkel, »kauf dir bloß kein Fahrrad, niemand soll denken, wir wären arm! Wir sind doch Popstars. Fahr wieder mit dem Bus – vielleicht lernste eine junge Köchin kennen. Frag sie aber erst, ob sie tatsächlich kochen kann! Diese Agnes hat uns mit ihren Süppchen beinah in den Hungertod getrieben, wenn ich nicht ein bisschen darauf aufgepasst hätte, dass auch mal dicke Rindsknochen und ein bisschen Schmalz in den Topf gewandert wären! Wenn ein Mann hungrig ist, wird er böse und fängt an zu morden. Ich wundere mich, dass ich noch nie jemanden umgebracht habe. Na ja, solange genügend Fettaugen im Suppenteller schwimmen, bin ich bereit, mit allen vernünftig auszukommen!«

»Fressen ist wirklich das einzige, woran du denken kannst«, sagte ich. »Ich habe Agnes geliebt, ihren Atem, ihre Wimpern, jede einzelne Zuckung ihrer Augenlider, und wenn sie sich die Haare kämmte – was für ein Glück, ihr bei all den Ritualen zuzusehen: Von diesem anderen Leben hast du, Onkel, noch nie gekostet. Du siehst nur überall Fleisch, das leidet und stirbt.«

»Du hättest wirklich in Rothfließ Schlachter werden sollen«, sagte Jimmy. »Du engstirnige Kröte! Ich hab doch Agnes eingeladen, nach Hause zurückzukommen, das weißt du doch. Und was macht sie? Sie schweigt, als hätten wir nie existiert, als hätten uns unsere Mütter nie geboren! Dabei erinnere ich mich sogar noch daran, wie ich das erste Mal ›Mama‹ gesagt hab.«

Nach dem Diebstahl des Lincolns rühmte sich mein Onkel, er hätte das *Ressajkling* erfunden.

Ich fuhr also mit dem Bus zur Arbeit, aber der Putzjob bei Taco Bell brachte mich um.

»Ich hab die Faxen dicke!« sagte ich zu meinem Onkel. »Ich werde kündigen, oder ich schmeiß mich vor ein Taxi!«

»Nimm doch gleich die Straßenbahn! Die Dinger sind wenigstens todsicher!«

»Jimmy, du spinnst. Bei uns in Amerika gibt's keine Straßenbahnen.«

»Wenn du Selbstmord begehst, rede ich kein Wort mehr mit dir! Außerdem geht's mit uns bald steil nach oben! Ich hab mir einen Job gesucht, wollte dir aber noch nichts sagen. Es sollte eine Überraschung zu deinem einundzwanzigsten Geburtstag werden!«

»Was für einen Job?«

»Ich werde im Büro arbeiten!«

»Im Büro?«

»Ja! Staubsaugen, Schreibtische wischen, Papierkörbe leeren und Fußböden bohnern! Saubere Arbeit und voller Verantwortung! Ich mein, Büro ist Büro! Ich hab von Montag bis Donnerstag sowieso nichts zu tun, also hab ich mir gedacht, in der Woche ins Büro, an den Wochenenden ins Princess Manor! Allerdings ist das auch Nachtarbeit – am Tag machen die da was mit Computern. Und das wollte ich nicht, zur Schule bin ich schon gegangen, schreiben und rechnen kann ich!«

»Onkel«, sagte ich, »du wirst putzen, du?«

»Na und! Irgendjemand muss doch in diesem Saustall von dreißig Stockwerken für Zucht und Ordnung sorgen. Eigentlich sollte ich *Scherif* werden! Hab doch die besten Referenzen, die man sich nur vorstellen kann: sechs Jahre Zuchthaus in der Sowjetunion, vierzig Jahre Kommunismus in Polen und den Krieg in Vietnam setz ich obendrauf, das macht dann mindestens sechzig Jahre! Eigentlich lebe ich schon länger, als ich überhaupt alt bin, doch wenn ich mich nicht täusche, ist da so und so was bei meiner Geburtsurkunde falsch gelaufen. Meine Eltern waren Orthodoxe aus Minsk – die buchstabieren die Wörter anders als wir Amerikaner. Wahrscheinlich bin ich schon pensioniert, und in Alma-Ata wartet eine fette Rente auf mich!«

»Wo?«

»Na in Kasachstan! Hast du in Winnipeg noch nie einen Kasachen gesehen? Das sind solche Mongolen, die überhaupt nicht lesen und schreiben können wie die Indianer!«

Der Sommer nahte. Jimmy hörte Countrymusic auf dem Walkman und bohnerte die Büroflure im Wolkenkratzer. Ich konnte nachts durchschlafen, nach fast vier Jahren, das war für mich eine neue Erfahrung. Die Träume von Agnes wurden sanfter und blauer wie der sonnige Himmel über dem See von Czerwonka. Die Gerberlohe von Rothfließ bahnte sich ihren Weg zurück in die tierische Dunkelheit, aus der sie stammte. Der schmale Fluss mündete wieder im Wald. Dann kehrte auch Frank Zappa zurück. Er spazierte mit Agnes auf den Feldwegen von Rothfließ zwischen Getreidefeldern und Meeren von Mohnblumen. Unseren Badestrand verpflanzte Zappa nach Kanada; der Strand breitete sich in meinen Träumen aus, und ich freute mich jede Nacht darauf, ihn aufzusuchen, in die rote Ferne zu gehen, die ich aus meiner Kindheit kannte.

Zappa hatte für mich eine neue Botschaft: »We can shoot you.« Sie erschloss sich mir erst an dem Tag, als ich in der Videothek im indischen Viertel bemerkte, dass einer der Verkäufer seit mehreren Wochen fehlte. Es war ein junger Mann aus Moldawien, der mich immer gut beraten hatte. Er hieß Leonid.

»Was ist mit Leonid? Hat er gekündigt?« fragte ich.

Der Videothekbesitzer Mr. Short, ein echter Kanadier,

sagte: »Das weißt du nicht? Hängst hier jeden Tag rum und siehst nicht, wie die Leute abgeballert werden?«

»Wie?«

»Man hat uns überfallen und ausgeraubt! Die Schweine haben Leonid erschossen. In der Kasse waren siebzig Dollar.«

»Echt?«

»Ja, echt!«

»Da wird sich mein Onkel aber eine Knarre zulegen, wenn ich ihm davon erzähl!«

»Die hab ich auch schon. Hier in der Schublade, immer griffbereit!«

Short holte die Waffe auf den Ladentisch und demonstrierte mir, wie man damit umgehen muss. Er sagte: »Und denk dran! Wenn einer mit so 'nem Gerät hier hereinspaziert, ziehste immer als erster ab!«

»Was soll ich?«

»Du bist zwar ein bisschen bescheuert, aber du lernst das schon. Schließlich hast du bei mir lange Monate Probezeit genossen, und die ist nun zu Ende. Ab sofort bist du eingestellt!«

Ich dachte, ich würde verrückt vor Glück. Krankenversicherung! Festes Gehalt! Urlaub! Feste Arbeitszeiten! Der Tod von Leonid war nicht umsonst! Er hatte sich für mich geopfert, war als Märtyrer der Videobranche in die Geschichte eingegangen.

Es geht wirklich aufwärts mit uns, hab ich gedacht, Schritt für Schritt. Unser Englisch war inzwischen so gut, dass wir die Sprachkurse abbrachen. Die Videofilme und der Fernseher waren außerdem die besten Lehrer, und wir gaben jedem neu angekommenen Greenhorn den Ratschlag, auf einen Englischkurs zu verzichten: »Ihr müsst fernsehen, das ist die einzige Methode! Da lernt man am schnellsten.«

Jimmy gratulierte mir zu meinem neuen Job und sagte: »Jetzt nehmen wir den Laden auseinander! Und du avancierst zu meinem U-Boot! Deine Aufgaben sind klar – den Feind aus dem Hinterhalt beobachten und alle Informationen an mich weiterleiten: Wir werden Videos vermitteln. Wir machen aus unserer Wohnung eine Short-Filiale, meinetwegen Jimmy & Co., und leihen die Filme zum halben Preis an die Nachbarn aus, nachdem du Abend für Abend einige Kassetten herausgeschmuggelt hast. Und ich werde der Geschäftsführer!«

»Jimmy, das ist Betrug!« sagte ich.

»Betrug ist noch lange kein Ehebruch!« sagte er. »Ich hab mal im Fernsehen gesehen, dass Frauen früher für so was Furchtbares gesteinigt wurden. Deine Agnes hat Schwein gehabt! Was wir vorhaben, ist knallhartes Geschäft, und was schon im Sozialismus funktioniert hat, wird auch den Kapitalismus nicht so schnell zusammenbrechen lassen! Seitdem ich im Büro bin, sehe ich da auch keine Unterschiede mehr. Bei uns in Amerika wird auch nach Plan gearbeitet: dreißig Stockwerke, dreißig lange Flure, dreißig kurze Jahre an der Bohnermaschine und ab in die Kiste!«

Zu meinem einundzwanzigsten Geburtstag ließ sich mein Onkel etwas Originelles einfallen: Er schenkte mir ein Essen in »Li Hongzhis Wild Duck«.

»Unglaublich dieser China-Mann!« sagte er. »Da kannste den ganzen Tag sitzen und mampfen – bis dir schlecht wird! Und jeder Gast zahlt nur einen Zehner!«

Ich war schon nach einer Viertelstunde satt und sagte zu Jimmy: »Ich krieg das Affenzeug hier nicht runter. Und der Teofil möchte sich selbst ein Geschenk machen! Komm, Onkel, wir gehen in einen Musikladen!«

Aber das schien nicht drin zu sein, auf meiner eigenen Geburtstagsparty! Er holte sich einen Nachschlag nach dem anderen, aus jedem Topf noch ein exotisches Etwas, und sagte: »Wenn's mir schmeckt, fress ich alles: selbst Regenwürmer und Ratten!«

Ich kündigte bei Taco Bell, und Short versprach mir, dass ich bald Supervisor werden könnte, wenn ich mich mit der Kassenabrechnung und den Bestellungen von neuen Filmen vertraut gemacht hätte. Ich war sehr aufgeregt, vor allem deswegen, weil ich sozusagen in zwei Firmen arbeiten musste: für Short und meinen Onkel. Jimmy hatte Recht. Es war überhaupt nicht schwierig, jeden Abend ein paar Videos mit nach Hause zu nehmen. Ich konnte ja immer behaupten, dass ich mir die Filme nur ansehen wollte, um unseren Kunden etwas Gutes empfehlen zu können. Und wenn Short glaubte, ich sei ein wenig unterbelichtet, so wollte ich ihn gar nicht vom Gegenteil überzeugen. Er durfte nicht misstrauisch werden. Die Taktik meines Onkels war genial. Er sagte: »Wir leihen die Videos nur an die Russen aus! Die fragen nicht so viel wie die Polen. Die freuen sich über jeden gesparten Dollar, denen kannste jeden Schund andrehen, Hauptsache es glitzert und ist billig! Wie die sich schon anziehen, diese Barbaren! Die laufen in Hausschuhen auf der Straße rum. Die Polen würden uns sofort erpressen und spätestens nach einer Woche mit 'ner Flasche Cognac bei uns zu Hause anklopfen, um über eine Beteiligung am Geschäft zu sprechen. Teofil, merke: keine Geschäfte mit den Polen!«

Ich merkte mir alles, was er mir über unsere Brüder erzählte, aber ich verstand es trotzdem nicht. Agnes schrieb ich ein paar Zeilen über meinen neuen Job und erklärte ihr, was ein Supervisor ist. Ich wollte ihr zeigen, dass ich sehr wohl imstande war, für den Unterhalt einer Familie aufzukommen, und dass mir keine Verantwortung zu groß wäre, denn Supervisor könne ja nicht jeder werden. Von Leonid und seinem tragischen Tod habe ich nichts geschrieben. Sie sollte nicht glauben, mein Onkel hätte wieder einen teuflischen Plan ausgeheckt, um mir endlich einen gut bezahlten Job zu verschaffen. Sie würde denken, er hätte einen Ukrainer beauftragt, dem armen Leonid die Birne wegzuballern. Dass sie so denken würde, schmerzte mich; Jimmy war kein Killer.

Unsere Mietschulden verkleinerten sich geringfügig, doch wir mussten weiterhin die ganze Zeit mit einer Zwangsräumung rechnen, aber solange der Hausverwalter schwieg, hatten wir nichts zu befürchten.

Im September und Oktober, den besten Monaten für Hechte und Barsche, fuhren wir mit dem Bus an den Winnipegsee und angelten mit den Spinnruten solche Riesenviecher, dass die anderen Angler vor Neid ihre Sachen packten und verduftetem. Die Gefriertruhe platzte aus allen Nähten, aber wenigstens lebten wir gesund. Mein Onkel sagte: »Wenn du viel Fisch isst, brauchste nie zum Arzt gehen. Das Geheimnis ist der Kopf – da steckt was drin!«

»Halleluja!« sagte ich. »Was willst du mir jetzt auftischen? Meine erste Spinnrute, die du mir gebastelt hast, war halb russisch, halb polnisch: Die Rolle klemmte, die Laufringe, geschnürt und zusammengeklebt mit dem Nagellack von Tante Ania, hielten keine zwei Saisons, aber ich hab mit diesem Stock mehr gefangen als du mit deiner Shakespeare, und da war ich erst dreizehn. Haben mir damals die Hechte besondere Kraft verliehen? Übersinnliche Fähigkeiten zum Beispiel? Du verschaukelst mich schon wieder!«

Eines Morgens, eben in der Hauptsaison der Hechtjagd, kam Jimmy von der Nachtschicht im Büro zu mir in die Videothek und rief schon von weitem: »Du sag mal! Was hasten mir für'n Schlüssel gegeben? Kann die Tür gar nicht mehr aufschließen?«

Er stürmte an den Tresen, schubste einen langen, dünnen Indianer mit einer Adlernase und rundem Gesicht, der ganz vorne in der Schlange wartete, zur Seite, und sagte: »Platz da, Rothaut!«

»Moment mal!« entgegnete der Indianer. »Ich war zuerst hier!«

»Was ist das denn für'n Vogel?« fragte mich Jimmy. »Kennste den?«

»Stammkunde«, antwortete ich. »Spezialgebiet: Western.«

»Ho, ho! Seit wann gucken sich Eingeborene Western an!?« fragte Jimmy und meinte zu dem Indianer: »Was hasten da für'n Film?«

»›Zwölf Uhr mittags‹«, sagte er. »Du sprechen lustig! Du kommen aus fremdem Land?«

»Von wegen!« sagte Jimmy. »*Aj em Kanada,* aber geboren bin ich in Litauen, dann kam der Krieg, da habter noch mit Pfeil und Bogen Büffel gejagt! Wir hatten schon Flugzeuge. Polen hat den Krieg gewonnen. Meine Eltern mussten nach Ostpreußen umsiedeln. Ein grusinischer Mongole aus Moskau hat es so befohlen. Und wie ist dein Name, Rothaut!?«

»Babyface«, sagte er.

Es war noch sehr früh am Morgen, aber die beiden Männer beschlossen, in eine Bar zu gehen, danach wollten sie sich zusammen »Zwölf Uhr mittags« ansehen, und ich rief bei unserem Hausverwalter an. Man wollte uns hinauswerfen.

An unserer Tür fand ich einen merkwürdigen Zettel aus Jimmys Notizblock: »Prima Lösung gefunden. Aufgabe erfüllt. Haben neue Bleibe. Ziehen zu den Indianern.«

Das soll doch wohl ein Witz sein, dachte ich, zu den Indianern? Ich hatte es plötzlich so eilig, dass ich das nächstbeste Taxi nahm und mich auf den Weg zu meinem Onkel ins Büro machte, um eine Erklärung zu verlangen.

Sollte es wirklich wahr sein, dass wir so schnell eine Bude gefunden hatten? In solch einer fatalen Situation waren krumme Scherze nicht angebracht. Keine Schüsse mehr ins Blaue! Ohne Wohnung würden wir unsere Jobs verlieren, auf der Straße erfrieren wie die Penner. Den Bären würden wir zum Fraß vorgeworfen, was laut Jimmy eine gängige Prozedur in Kanada wäre: »So spart der Staat jede Menge Geld für unnötige Beerdigungen.«

Ich fand meinen Onkel im vierundzwanzigsten Stockwerk.

»Ist dir die Bohnermaschine auf den Kopf gefallen?« fragte ich. »Das mit dem Zettel soll doch wohl ein Joke sein?«

»Nee!« sagte er. »Ich hab uns ein Luxusapartment besorgt!«

»Hm! Vielleicht hat uns Genia in ihre Abendgebete eingeschlossen!« meinte ich.

Jimmy wurde böse, seine dicken Backen erbleichten: »Komm mir nicht mit diesem Aberglauben von Genia! Du wirst alles vermasseln, wenn du Babyface irgendwelche Jesusgeschichten erzählst! Die Indianer können auch zaubern! Die verwandeln dich noch in einen Bison-Burger! Hier ist der Schlüssel für unsere neue Wohnung, fahr hin und sei ein Indianer! Morgen regeln wir den Umzug!«

Die neue Bude war Wirklichkeit! Die verrückte Rothaut Babyface hatte meinem Onkel tatsächlich angeboten, in sein kleines Haus im Indianerviertel zu ziehen. Im Erdgeschoss wären zwei Zimmer frei, hatte er gesagt, die seit langem niemand mehr bewohnte: Für nur fünfhundert Dollar im Monat könnten wir sie mieten. Ich dachte nur, besser mit Dick und Doof unter einem Dach, als obdachlos.

Aus unserer alten Wohnung hatten wir nicht viel zu holen: nur die Musikinstrumente, Jimmys Boxen und seine Stereoanlage, dann den Fernseher und meine Schallplatten und alte Fotoalben. Da wir kein Auto mehr besaßen, mussten wir den ganzen Umzug mit dem Bus bewältigen.

»Keiner berührt meine Glotze! Das Ding trage ich selbst!« sagte mein Onkel.

Ich war für unser Bandmitglied zuständig, Mr. Yamaha. Aber damit würde ich schon irgendwie fertig werden, dachte ich, nur wie will sich der kleine Dicke dieses Riesengerät auf den Buckel zwängen?

Jimmy klemmte sich den Fernseher vor den Bauch und sagte: »Achtung! Ich komme! Aus dem Weg!«

»Onkel, du siehst doch gar nichts!«

Wir marschierten zur Bushaltestelle, und ich machte den Blindenhund. Als wir mit der ersten Ladung bei Babyface eintrafen, dirigierte er uns in den Vorgarten. Da erblickte ich zwei seltsame Kreaturen: ein Zwergpony und einen Hund, die sich in Form und Farbe kaum unterschieden – zwei aschgraue, zottelige Viecher. Sie liefen freudig auf Jimmy zu, und ich sah die Glotze schon in tausend Teile zerspringen. Er kollidierte mit dem Pony, stolperte, bekam mächtig Schlagseite, landete auf seinem Hintern, hielt seine Fracht aber weiter fest umklammert und rief: »Du nichtsnutzige Töle! Siehst doch, dass ich schwer geladen hab!«

Babyface sagte: »Der Hund ist ein Pony und heißt Crazy Horse. Es ist ein Welsh-Mountain – was ganz Edles!«

»Könnten wir nicht diesen Mustang für eine Tour einsetzen?« fragte Jimmy.

»Das kommt gar nicht in Frage!« sagte Babyface. »Das ist doch kein Muli! Dann fahr ich eure Klamotten lieber mit dem Auto!«

ONKEL JIMMY, DIE INDIANER UND ICH

Babyface lebte mit seinem Adoptivsohn Chuck, einem 🐟 **8**
Navajo aus Chicago, zusammen.

Außer dem Pony und dem Hund, der auf den Namen
Crazy Dog hört, hat Babyface in der Küche noch ein riesiges Aquarium mit Zierfischen aus Brasilien. Jeden Frühling pflanzt er in seinem Garten Pfirsichbäumchen ein, aber
sein Traum von Kalifornien geht in der kanadischen Kälte
nie in Erfüllung. Das Häuschen hat zwei Etagen und ist aus
Holz gebaut. Auf der Veranda steht eine Bank, auf der
Babyface seine Tage verbringt. Er beobachtet mit einem
Fernglas die Straße und liest in der Tageszeitung die Wettervorhersagen. Die Regierung zahlt ihm eine Indianer-
unterstützung, gelegentlich fährt er mit seinem Chevrolet
in den Villenvororten von Haus zu Haus und erledigt
im Auftrag eines Kleinunternehmers Gartenarbeiten. Im
Winter steuert er für ihn eine Schneeraupe durch Winnipeg.

In der Garage reparierte Chuck gebrauchte Autos, Kühlschränke, Waschmaschinen und elektrische Herde und handelte mit ihnen.

Auf der Einweihungsparty zog mein Onkel alle Register,
er zeigte den Indianern die Fotos aus Rothfließ, er erzählte
ihnen vom Gemeindevorsteher Malec, vom Schweine-
schlachten und vom Streit um die Wurstwaren. Er berichtete
von seiner Arbeit in der Staatlichen Versicherungsanstalt
PZU und von den Bränden.

»Mann o Mann!« sagte er. »Ihr Rothäute könnt euch echt

nicht vorstellen, wie es bei uns gefackelt hat: überall Holz-
kohle und verkokelte Leichen!«

Babyface meinte: »Polen muss ein gefährliches Land sein.
Habter keine Feuertreppen?«

»So 'ne komplizierte Ingenieurstechnik wie den Bau einer
Feuertreppe beherrschen wir in Rothfließ nicht. Wenn es bei
uns brennt, müssen wir nach Amerika fliehen«, sagte Jimmy.

Mein Onkel, der eine besondere Vorliebe für Raubfische
hat, schenkte Babyface zwei Piranhas.

»Liebe Rothaut! Am liebsten hätt ich für dein Aquarium
einen Hecht gefangen«, sagte er, »aber die kleinen Piranhas
sind auch nicht von schlechten Eltern!«

Babyface sagte: »Danke Jimmy. Ab heute ist mein Haus
dein Haus, und meine Geschenke sind auch deine.«

Er gab die Tüte mit den Fischen meinem Onkel zurück.

»Verstehe«, sagte er, »das kenne ich, das ist Sozialismus!«

Chuck ist zwei Jahre älter als ich. Er hat lange schwarze
Haare und einen durchtrainierten Körper. Er trägt meistens
eine alte, hier und da vom Autoöl beschmierte Uniformjacke
der GIs ohne Rangabzeichen, dazu Turnschuhe. Chuck sah
den beiden Alten zu, lachte von Ohr zu Ohr und verschluckte
sich. In seinen breiten Mund passte eine ganze Faust.

»Teo«, sagte er, »für dich habe ich hier etwas Köstliches,
das mir meine ehemaligen Armeekameraden Big Apple und
Ginger aus den USA mitgebracht haben!«

Er holte unter dem Tisch eine Flasche Cognac und eine
Stange Lucky Strike ohne Filter hervor. Jimmy wunderte
sich: »Big Apple und Ginger? Diese Verbrecher kommen mir
bekannt vor, da war doch was!«

Dann wandte er sich an mich: »Und du? Seit wann trinkst
du?«

»Der einzige, der trinkt, bist ja wohl du!« sagte ich.

»Ja, dann ist halt sein Geschenk auch mein Geschenk! Du
Alkoholiker!«

Der Navajo Chuck ist immer noch mein bester Freund. Er

wurde 1985, da war er zwanzig, unehrenhaft aus der US Army entlassen. Chuck hat nämlich ein Problem. Er verliebt sich in jedes Mädchen, das ihm über den Weg läuft. Japanische, chinesische, mexikanische – kleine, dicke, dünne; amerikanische, russische, schwedische – schwarze, rote, blonde: Alles wird ausprobiert. Sein breitgefächertes Repertoire weist jedoch eine Lücke auf: Eine Polin hat er noch nie rumgekriegt. Die Frau des Generals war für den jungen GI einige Kaliber zu groß und das Ende seiner Militärkarriere. So kehrte er nach der Affäre zu Babyface zurück. Nachdem Jimmy die Geschichte gehört hatte, taufte er meinen Freund auf den Namen »General, der Schrecken des Pentagon«.

Ich beschloss, die Stilrichtung zu ändern – von den Lovestorys wechselte ich in die Horrorabteilung. Alle meine Kassetten mit den Liebesfilmen vermachte ich Chuck, um ihn von seiner schweren Krankheit zu heilen.

»Wenn du dir das ganze Zeug angeschaut hast«, sagte ich, »wirst du dich bestimmt nicht mehr so oft verlieben – vielleicht wird's dann leichter, die richtige Frau zu finden, sozusagen fürs Leben!«

Er sagte: »Du meinst so eine wie Agnes, die abhaut, wenn's brenzlig wird. Du verkriechst dich jeden Abend in deinem Zimmer, jammerst mir ständig wegen deiner Polin die Ohren voll. Ich frage dich, wer schlimmer krank ist: du oder ich?«

Chuck versuchte, mich auf seine Weise zu heilen: Er zerrte mich in die Kneipen und Diskotheken. Wir waren wie zwei Fallschirmjäger, die im feindlichen Gebiet abspringen, um wichtige Bodenaufklärung für einen späteren Angriff durchzuführen. Wir bezogen Posten an einem dunklen Tisch und beobachteten den Feind.

»Was hältst du von dem Geschoss da, Teo? Die geht bestimmt ab wie eine Rakete«, sagte mein Freund, »für die würde ich töten!«

»Die hat doch abstehende Ohren. Das ist keine Giraffe.«

»Na gut. Und die andere? Ist sie eine Giraffe? Die hat sogar was von einem Tiger!«

»Willste mir eine Kannibalin andrehen? Die würde mich schon zum Frühstück verspeisen!«

Chuck sagte: »Dir ist wirklich nicht zu helfen!«

Mein Onkel klagte zunehmend über Rücken- und Ohrenschmerzen: »Wenn du sechs Stunden bohnerst und Musik auf dem *Wolkmen* hörst, wirst du reif für die Klapsmühle. Ich muss vielleicht was durchmachen! Und das für lausige siebenhundert Dollar im Monat! Selbst Babyface, der eigentlich gar nichts tut, lebt besser! So weit ist es schon gekommen – die Rothäute sind reicher als der weiße Mann!«

Im Frühjahr 1989 war es dann endgültig vorbei mit den Nachtschichten im Wolkenkratzer.

»Ich werde mein eigener Chef! Hab den Job im Büro an den Nagel gehängt!« sagte er. »Du hast mich mit deinen Horrorfilmen auf eine gute Idee gebracht. In der Unterhaltungsbranche war ich schon immer ein As, du wirst schon sehen, meine Firma wird aber nichts mit Mord und Totschlag zu tun haben. Das verspreche ich dir! Du Monster!«

Im polnischen Klub war am schwarzen Brett ein Job ausgeschrieben: ZUVERLÄSSIGER FAHRER FÜR SOFORT GESUCHT.

Babyface half meinem Onkel bei der Wiedererlangung des Führerscheins – ein Verwandter musste bestätigen, dass der betroffene Anwärter mit dem Alkohol keine Probleme mehr hatte, und da Babyface Jimmy jeden Tag und jede Nacht im Frotteeschlafanzug, mit rot gesprenkeltem Gesicht und einer Büchse Bier schnaubend durchs Haus trotten sah, erklärte er eidesstattlich: »Besoffen ist er nie!«

Ein Beerdigungsunternehmer stellte Jimmy Koronko als

Aushilfsfahrer ein. Zwei Tage in der Woche musste er Leichen transportieren.

Manchmal öffnete er heimlich Särge und durchsuchte die Kleidung der Verstorbenen nach Wertgegenständen – der Kehlkopfgenerator war seine größte Beute. Er erklärte mir: »Wer tot ist, braucht nichts mehr; außerdem, warum wollten sie den armen Opa mit einem Rasierapparat begraben? Wenn ich sterbe, kannst du meine Leiche einer Uni verkaufen oder einfach den Bären und Wölfen zum Fraß vorwerfen!«

»Das ist doch kein Rasierapparat, Onkel«, sagte ich, »bei dem Ding handelt es sich um einen Sprachgenerator. Der Typ hatte keine Stimmbänder mehr.«

Ich staunte aber darüber, dass Jimmy Koronkos Portemonnaie immer mit Bargeld gefüllt war. Ich fragte mich, ob diese Tatsache nicht im Zusammenhang mit seiner neuen Firma stand, deren Gründung er mir angekündigt hatte.

Ich staunte auch deswegen, weil bei uns zu Hause immer wieder Pakete mit HiFi-Geräten auftauchten und nach ein paar Tagen auf Nimmerwiedersehen verschwanden. Mein Onkel behauptete, er wolle sich erst einmal alles genau ansehen, um dann das beste Gerät auszusuchen.

»Du musst höllisch aufpassen«, sagte er, »die versuchen, dir meist einen Schrott anzudrehen, dabei weißt du ganz genau, dass das eine chinesische Montagsproduktion ist: Am Dienstag kannste nur noch Radio Shanghai empfangen, und am Mittwoch explodiert die Kiste. Ich bin doch nicht lebensmüde. Den Billigkram schicke ich immer sofort zurück!«

Er sagte, um seine Raten solle ich mir bloß nicht den Kopf zerbrechen, zumal ich selbst meinen Videorecorder und den Fernseher abzuzahlen hätte. Da kam der Kehlkopfgenerator das erste Mal zum Einsatz. Babyface fand sogar, dass Jimmy besser Englisch sprach, wenn er den Kehlkopfgenerator einschaltete, zumindest könne man ihn dann nicht nur verstehen, sondern vor allem besser hören. Der Navajo sagte: »Mein Großvater war ein Medizinmann. Er hatte auch so 'ne elektrische Stimme, wenn er in seiner Schwitzhütte sang.«

So etwas braucht man meinem Onkel nicht zweimal zu sagen. Er lud unsere Freunde ins Princess Manor ein, um sein neues Programm vorzustellen.

»Onkel«, sagte ich, »was für ein neues Programm? Wir haben nichts Neues geprobt. Wir spielen doch seit Jahren immer dasselbe.«

»Babyface hat mich mit seinem Großvater verglichen, und der war ein berühmter Medizinmann und Sänger. Das heißt, dass ich mit meiner Stimme auch Leute heilen kann!«

»Ich warne dich, Onkel«, sagte ich, »wir fliegen raus, wenn du wieder mit diesem Unsinn anfängst!«

Der Abend mit Jimmys brandneuer Nummer verlief glatt. Babyface und mein Freund Chuck waren begeistert. Sie applaudierten nach jedem Song wie in einem richtigen Popkonzert. Nur Grzybowski empörte sich: »Mr. Koronko – wie Sie da heute gesungen haben, klang ja ganz grässlich. Was war mit dem Mikrophon los?«

»Chef! Ich hab mir in Ihrem Laden die Stimmbänder ruiniert! Da bin ich neulich aus lauter Verzweiflung zum Arzt gegangen, und der hat mir einen Kehlkopfgenerator verschrieben«, sagte Jimmy. »Ich glaub, ich hab sogar das Recht auf eine Entschädigung. Ich dachte so an fünftausend Dollar!«

»Mein Klub ist keine psychiatrische Anstalt und eine Bank oder Versicherungsanstalt schon gar nicht!«

Außerdem sah sich Grzybowski gezwungen, unsere Stunden zu reduzieren.

»Die Polen wollen einfach nicht mehr heiraten«, sagte er, »die leben lieber ohne Fahrerlaubnis zusammen wie die Kanadier, und unsere katholischen Frauen nehmen heimlich die Pille. Wohin soll das noch führen? Zum Bankrott eines ganzen Volkes? Und Sie, Koronko, wenn Sie noch einmal ihre beiden Indianer mitbringen, diese Heiden, schmeiße ich Sie raus! Und jetzt ab nach Hause! Sie sind schon wieder blau!«

»Jawohl, Chef!« sagte Jimmy.

Chuck wurde wütend. Ich musste ihn zurückhalten, sonst wäre er Grzybowski an die Gurgel gesprungen. Er fühlte sich in seiner Ehre gekränkt. Auf dem Parkplatz zappelte er immer noch, er wirbelte seine GI-Jacke durch die Luft und drohte, er würde wiederkommen und den polnischen Klub anzünden. Ich bugsierte ihn ins Auto, und wir redeten erst zu Hause wieder miteinander. Jimmy sagte: »Das mit dem Anzünden könnte klappen, aber leider bin ich kein Versicherungsbeamter mehr! Da ist kein Geld rauszuholen.«

Nach dem Konzert im Princess Manor ging Chuck mir aus dem Weg. Er verließ kaum noch seine Garagenwerkstatt. War er in seinem Zimmer, schloss er die Tür hinter sich ab. Für eine Woche waren wir geschiedene Leute, und ich versuchte immer wieder, von Babyface zu erfahren, was ich gegen Chucks Wut auf Richard Grzybowski unternehmen könnte, aber er wiederholte nur andauernd: »Ein zorniger Mann weiß nicht, was er tut, und will er sich rächen, darf er nicht zornig sein.«

Mein Onkel wollte mir sogar seinen Kehlkopfgenerator leihen, damit ich Chuck von seiner selbstgewählten Einsamkeit heilen könnte.

»Der Typ hat bestimmt diese Chinesin geschwängert, die ihren BMW bei ihm reparieren lässt«, sagte er, »und jetzt traut er sich nicht, uns die Wahrheit zu sagen! Das Kind wird ein gelbroter Bastard! Na denn prost!«

Schließlich kam Chuck in die Videothek und sagte: »Teo! Euer polnischer Boss kann mich mal!«

»Mann, es ist völlig sinnlos, sich wegen diesem alten Knacker zu ärgern«, meinte ich.

»Das stimmt nicht, aber egal! Ich bin nicht mehr sauer! Übrigens, weißt du eigentlich, warum dein Onkel andauernd HiFi-Geräte bestellt? Er verkauft sie an die Russen: die Verstärker, die Receiver, die Videorecorder, die Kassettendecks und alles! Er verkauft die Sachen, während du arbeitest!«

»Du sagst mir nichts Neues«, warf ich ein.

»Kürzlich hat er mich sogar gefragt«, fuhr Chuck fort, »ob ich ihm nicht Autos verkaufen und reparieren könnte, weil er gute Kunden aus Minsk hätte! ›Für schnell verdientes Geld müsse man schon einiges riskieren!‹ hat er mir gesagt! Der bringt es fertig und holt uns die Russenmafia ins Haus!«

»Lass dich mit Koronko nicht auf irgendwelchen Kuhhandel ein!« antwortete ich. »Er wird dich versklaven und nie wieder aus seinem Gefängnis lassen. Wir sollten uns um die ganze Sache kümmern!«

Wir beriefen zu Hause eine Krisensitzung ein und forderten meinen Onkel auf, uns die Wahrheit über seine dubiosen Geschäfte zu sagen. Im Gegenzug versprachen wir ihm, bei der Rückzahlung der Raten zu helfen, die sich inzwischen auf mehr als dreitausend Dollar beliefen. Seitdem ich in der Videothek arbeitete und mehr verdiente als bei Taco Bell, hatte ich einige Dollar zurückgelegt. Das Geld war nicht auf der Bank, ich versteckte es nach der alten Methode aus Rothfließ zwischen den Bettlaken in meinem Kleiderschrank. Jimmy wehrte sich jedoch, seine Firma für Unterhaltungselektronik würde prächtig gedeihen. Er käme mit dem Abstottern gar nicht in Verzug, im Gegenteil, er hätte sogar eintausend Dollar beiseite legen können.

Eines Tages entdeckte ich in der Zeitung, die Babyface las, die Anzeige eines polnischen Kreditvermittlers: RUSSI-SCHE EMIGRANTENBANK BIETET DARLEHEN ZU

GÜNSTIGEN ZINSEN. Ich sagte zu Chuck: »Diese paar Piepen, die ich hab, sollten wir in irgendwas investieren!«

Wir entwickelten zwei Geschäftsideen und rechneten aus, dass wir etwa fünfzigtausend Dollar an Startkapital bräuchten.

Als mein Onkel hörte, dass wir etwas ganz Grosses planten, entschloss er sich sofort, sein eigenes Erspartes bei uns anzulegen.

Wir erläuterten ihm und Babyface unseren Plan. Für zweitausend Dollar konnten wir bei der russischen Emigrantenbank einen Kredit für die Gründung einer Firma beantragen. Nach der Einzahlung der kleinen Summe für den Einstieg ins Geschäft würde man uns sofort fünfzigtausend Dollar zur Verfügung stellen.

»Ich hab schon immer gesagt«, meinte Jimmy, »dass die Russen das einzige slawische Volk sind, das seine Brüder aus Polen nie im Stich lässt!«

Chuck hatte in der Vogue von Ginger gelesen, dass japanisches Essen die Entdeckung der Saison wäre. Deswegen wollten wir zunächst bei uns zu Hause ein Sushi-Restaurant eröffnen. Man müsste nur das Erdgeschoss ein wenig umbauen. Ich habe mich bereit erklärt, in den Keller zu ziehen, um mein Zimmer für das Restaurant freizugeben.

»Was für'n Ding? Ein Susi-Restaurant?« fragte Jimmy.

»Nein! Ein Sushi!« ärgerte sich Chuck. »Da kriegt man rohen Fisch aus Japan! Nori Maki und Sashimi und Tokio und Osaka!«

Jimmy verdrehte die Augen und zündete sich eine Zigarette an: »Was kriegt man da? Etwa Piranha auf Toast?«

»Wir werden einen Japaner einstellen«, sagte ich, »der sogar Kugelfisch zubereiten kann! Da darf man nichts falsch machen! Sein Gift ist tödlich!«

Jimmy war begeistert: »Ich werd Koch bei euch! Und der erste polnische Kugelfischzubereiter! Und Babyface wird mein Assistent! Ihr könnt doch nicht einen echten Japaner aus Japan holen, das ist zu teuer, und wenn ich mich so richtig im Spiegel angucke, dass mir die Augen wehtun, sehe ich aus wie ein Samurai!«

»Ist das auch ein Fisch?« fragte Babyface.

Das Sushi-Restaurant sollte nur der Anfang werden, denn wir hofften, das meiste Geld mit einem Beerdigungsinstitut zu verdienen – Onkel Jimmys kurzer Aushilfsjob eines Leichenwagenfahrers gab uns den entscheidenden Anstoß –, bloß unsere Firma sollte sich auf Scheintote spezialisieren; Zeitungsmeldungen aus der ganzen Welt bestätigten unser Vorhaben: Überall tobte in den Leichenhallen das Leben. »Der sprechende Sarg« würde unsere Firma heißen, und wir bereiteten schon den Eintrag in die gelben Seiten vor. Unsere Särge wollten wir mit Funkanlagen ausstatten, damit die Angehörigen zu Hause mit einem Empfänger Notsignale ihrer irrtümlich begrabenen Verwandten erhalten konnten.

Chuck baute eine Funkanlage, was sich nicht als besonders schwierig erwies. In seiner Garagenwerkstatt besaß er alle nötigen Teile für den ersten Prototyp.

Meinem Onkel gefiel unsere Idee gar nicht: »Ihr Leichenschänder! Wollt ihr dem Allmächtigen in die Suppe spucken? Der hatte schon genug Probleme, seinen eigenen Sohn zu reanimieren! Wer einmal in der Kiste liegt, der hat auch gefälligst drinzubleiben und nicht als Zombie in der Gegend rumzustolpern. Umbuchen ist nicht. Und die Nummer mit dem ewigen Leben könnt ihr euch sowieso abschminken! Dann würden ja wohl alle Menschen sofort Selbstmord begehen und hier nicht noch siebzig oder achtzig Jahre rumlungern. Ihr glaubt doch wohl nicht wie Babyface an ein Paradies mit glücklichen Büffeln und Jägern?«

Ich zahlte bei dem polnischen Kreditvermittler zweitausend Dollar ein und wartete nun auf das Darlehen von der russischen Emigrantenbank, das nach zwei Wochen auf ein neu eröffnetes Konto namens »Haru Sushi und der sprechende Sarg« überwiesen werden sollte. Chuck und ich renovierten mein Zimmer und zeichneten einen Umbauplan. Ich schlief bei meinem Onkel mit. Aus dem Keller war ich wieder ausgezogen, denn dort wollten wir eine Vorratskammer für Getränke, Gemüse und Fische anlegen.

Mein Freund sägte Bretter für die Särge, leimte und nagelte sie zusammen und baute die Funkanlagen ein. Wir mussten umfangreiche Proben durchführen, um einen Antrag auf Patentanmeldung stellen zu können.

Für die Generalprobe liefen die Vorbereitungen auf vollen Touren: Damit ein Betrug völlig ausgeschlossen war, lud Chuck sogar zwei Zeugen ein, Big Apple und Ginger.

»Das ist ein wissenschaftliches Experiment«, sagte er, »da muss alles perfekt funktionieren!«

Nach zwei Wochen – auf dem »Haru Sushi und der sprechende Sarg«-Konto war noch kein Guthaben verzeichnet – konnten wir mit unserem Experiment starten. Am Himmel schien die Sonne, es war heiß wie auf Hawaii. Die Empfangs- und Sendestation befand sich im Garten: ein einfaches Telefon mit einer Antenne und einer digitalen Funkskala. In der Garage stand auf zwei Metallböcken der Sarg mit dem anderen Funkgerät. Die Antenne würde unterirdisch nach draußen herausgefahren, sobald der Verstorbene versuchte, seine Angehörigen zu kontaktieren, vollautomatisch wie in einem Auto, erklärte Chuck. Das war alles.

Wir bildeten rings um den Tisch mit dem Telefon einen Kreis: Mein Onkel, Chuck, Babyface, Ginger, Big Apple und ich. Ginger bat ich, Fotos zu machen, und zwar von jedem technischen Vorgang: dem Schließen des Sargdeckels, dem Anruf und dem Gespräch, das mit einem Kassettenrecorder aufgenommen würde.

»Und wer wird jetzt sterben?« fragte uns Jimmy. »Ihr habt an alles gedacht, aber wir brauchen doch eine Leiche!«

»Wir könnten losen …«, sagte ich.

»Warum nehmt ihr nicht Crazy Dog?« sagte Babyface. »Er ist ein tapferer Wolf!«

»Das wäre Tierquälerei!« sagte Jimmy. »Es reicht, dass die Sowjets ihre räudigen Köter ins Weltall schießen! Ich mach's – für die Wissenschaft! Irgendwann muss man so und so ins Gras beißen – da schadet es nicht, wenn ich schon mal ein bisschen übe!«

Wir begleiteten Koronko in die Garage.

»Wenn ich den Sarg zugemacht habe, musst du nichts weiter tun als liegen und warten!« meinte Chuck. »Irgendwann sagst du halt was, das Mikro hängt direkt über deinem Kopf!«

»Erklär mir nicht, wie man stirbt!« zischte Jimmy. »In Vietnam hab ich solche Jünglinge, wie du einer bist, zu Hunderten fallen sehen! Du roter Imperialist!«

Wir schlossen die Garagentür, gingen in den Garten zurück, und Chuck schaltete die Funkanlage ein.

»*Mejdej! Mejdej!*« hörten wir in unserem Lautsprecher auf dem Tisch.

»Onkel! Bist du tot? Hier ist Teofil!« sagte ich. »Onkel! Ich wiederhole: Bist du tot?«

Ein lautes Klick-Klack ertönte im Lautsprecher, dann rauschte es für einige Sekunden. Der Kehlkopfgenerator sorgte für Störungen.

»Ja, ich bin tot, aber ich kann sprechen!« sagte er. »Gib mir die Rothaut!«

»Ja! Hier ist Babyface! Hast du irgendwo meinen Großvater gesehen?«

»Ich sehe überhaupt nichts! Bringt mir eine Taschenlampe! An das Licht habter überhaupt nicht gedacht, ihr Ingenieure! So ein Sarg ist ganz schön duster!«

Der polnische Kreditvermittler war in Winnipeg unauffindbar, und die russische Emigrantenbank bestritt, jemals irgendwelche Verträge oder sonstige Vereinbarungen über ein

Darlehen von fünfzigtausend Dollar mit Chuck und mir unterschrieben zu haben. Auf dieser Basis sah man auch keinen Anlaß, unsere Forderung nach Rückzahlung der zweitausend Dollar anzuerkennen: Eine Überweisung der von uns genannten Summe sei nirgendwo eingegangen, Belege dafür könne man auch dementsprechend nicht finden – das Geld war weg. Es blieb uns nichts anderes übrig, als das Handtuch zu werfen und unsere beiden Geschäftsprojekte aufzugeben. Das Haru-Sushi-Restaurant, das Beerdigungsinstitut, selbst die sprechenden Särge – alles nur Seifenblasen, dachten wir, und mein Onkel sagte: »Ihr Lumpen! Ihr habt die ganze Kohle dem KGB gespendet! Der Russe baut jetzt für meine Dollars Panzer und wird bald in Rothfließ einmarschieren!«

Im Juni 1989 gewann Solidarność die Parlamentswahlen. Jimmy saß jeden Abend und jede Nacht mit der polnischen Nationalfahne und dem Insektenspray vor dem Fernseher und schaute sich auf allen Sendern sämtliche Nachrichten an. Zusätzlich zeichnete er eine Tabelle in seinen Notizblock und trug jede neue Nachricht aus Polen, gegliedert nach Uhrzeit, Ort, Namen und Ereignis, in winzige Kästchen ein. Babyface war sein Kammerdiener. Er leerte die Aschenbecher aus und holte aus der Küche Bier und etwas zu essen.

Der Sommer war heiß, die Mücken tranken sich die Bäuche voll. Mein Onkel schmierte sich mit Vaseline ein und rauchte pausenlos Zigaretten, um so den Stichen vorzubeugen. In seinem Zimmer hingen milchig süße Wolken, er saß da in einem dunkelblauen Jogginganzug, hatte unausgeschlafene Augen, ein todernstes, violettes Gesicht und wiederholte andauernd wie in Drogentrance: »Polen sieht anders aus – die lügen wie die Raben, die haben alles im Studio nachgestellt!«

Jimmy behauptete, seinen Freund Malec im Fernsehen gesehen zu haben, auf einer Jubelfeier der Solidarność; am Revers seines Sakkos ein Anstecker mit dem Bildnis der Schwarzen Madonna von Tschenstochau. Er sagte zu Babyface: »Alles Lug und Trug! Der Malec, unser Gemeindevorsteher, ging doch bei der PZPR in Biskupiec ein und aus und hat im Poker mit dem ersten Sekretär Balicki seine Datscha am See von Rothfließ verspielt! Der gerissene Hund! Unsereins paddelt über den Atlantik ins politische Exil, und der Kaschube macht auf Demokrat! Ich trete in den Streik!«

Babyface nickte nur mit dem Kopf und sagte: »Deine weißen Brüder rauchen die Friedenspfeife – du musst nicht mehr streiken!«

»Warum haben die mir aber nicht Bescheid gesagt, Rothaut!?« regte sich Jimmy auf. »Immerhin war ich der erste, der in Rothfließ die Marktwirtschaft eingeführt hat. Dafür wollte mich der Jaruzelski sogar nach Sibirien verbannen! Und jetzt kriege ich von der polnischen Botschaft nicht einmal eine lumpige Einladung!«

Manchmal dachte ich, wir wären gar nicht nach Amerika ausgewandert, wir würden weiterhin in Rothfließ leben, in der Kopernikusstraße. Was hatte sich schon großartig geändert? Vielleicht nur, dass Jimmy keine Angel mehr zum Umschalten der Fernsehprogramme brauchte – in Kanada gab es dafür eine Fernbedienung. Zu den alten Feinden aus Moskau und Warschau gesellten sich neue – »der Sklavenhalter« Richard Grzybowski und »das Emigrantenpack« aus Osteuropa und Asien, und über Ronald Reagan sagte er: »Dieser Blindgänger hat keine einzige Rothaut übers Knie gelegt! Der konnte nur seine eigenen Leute verpfeifen! Und so einen haben die Amis zu ihrem Präsidenten gewählt? So dämlich sind doch nicht einmal die Russen!«

Für den Navajo Babyface brachen schwere Zeiten an. Dass er sauber machte und kochte, reichte meinem Onkel nicht. Er musste auch noch in der Tageszeitung alle Berichte über Polen lesen und kurz zusammenfassen.

»Auf dich kann man sich wenigstens verlassen!« sagte Jimmy zu seinem Freund. »Weil du indianischer Staatsbürger bist und nicht lügen kannst. Der weiße Mann schreibt meistens so Ausdrücke, dass selbst Studierte nichts verstehen – du wirst mir aber immer schön die Wahrheit erzählen!«

»Ich will meinen Bruder nicht enttäuschen«, sagte Babyface. »Die Wettervorhersagen zum Beispiel – die les ich sehr genau: Da merk ich sofort, wenn da was nicht stimmt!«

Mit mir sprach Jimmy überhaupt nicht mehr. Wenn er mich sah, keuchte er nur und schlurfte wieder zurück in sein Zimmer, schwer wie ein Bagger. Gelegentlich fasste er sich vor die Brust und stieß einen polnischen Seufzer aus: »Kurwa, mein Herz!«

Ich begann, mir Sorgen um seine Gesundheit zu machen, weil er kaum schlief, und selbst wenn wir am Wochenende im Princess Manor gespielt hatten, fand er nach dem Auftritt keine Ruhe und fiel nicht vor Müdigkeit ins Bett. Er hielt die ganze Zeit Wache und erwartete, dass die Welt bald untergehen würde.

Ich befragte nachts mein Orakel – Zappa –, um Jimmy zu helfen, aber meine Träume waren stumpfsinniger als jeder Schweinerüssel, und auf Bestellung kam von meinem Mäzen noch nie eine Rückmeldung: Ich musste mich wohl ein bisschen in Geduld üben.

Nach dem Umbau für das Sushi-Restaurant hatte ich in meinem Zimmer zusätzlich zwei neue Türen – eine zur Küche und eine nach draußen in den Garten. Eines Abends, es war August, platzte mein Onkel ohne anzuklopfen bei mir herein, halbnackt, unrasiert und mit einer geknickten Zigarette im Mund; er schaute sich entgeistert um und ging genauso hastig wieder raus, wie er reingekommen war. Als er nach wenigen Sekunden noch einmal erschien, durch dieselbe Tür, fragte er: »Wo ist hier eigentlich der Haupteingang?«

»Aber Onkel, was ist los? Ist was Schlimmes passiert?«
sagte ich.

»Du haust wie im Bahnhof!« sagte er und fing plötzlich an
zu weinen: »Du hirnloses Monster! Anstatt Horrorfilme zu
gucken, solltest du auf CNN umschalten! Da sprechen sie
von uns! Wir sind das erste Land der Welt mit drei Präsidenten! Der Speichellecker Jaruzelski, der Pfaffe Mazowiecki und
der Elektriker Wałęsa werden jetzt regieren! So 'ne Demokratie gibt's nicht einmal in Amerika!«

Mein Onkel war wieder der alte; er klagte nicht mehr
über Schmerzen in der Herzgegend, alle Müdigkeit war aus
seinem Gesicht gewichen, die Aufregung und die Veräre-
rung, die vielen schlaflosen Nächte – alles war plötzlich vergessen. Er packte seine Notizen aus und schlug sie in der
Mitte auf, wo unter der Überschrift GEBALLTE POLEN-
POWER geschrieben stand: »Durch die Vereinigung aller re-
volutionären Kräfte haben wir dem roten Bären in Moskau
den Garaus gemacht: Und ich war auch dabei – dank meiner
modernen Satelliten- und TV-Technik.«

Er liebkoste wieder endlich mit beiden Händen seinen fetten Bauch, diese riesige Trommel, kratzte sich an der Brust –
er hatte vom Bier und von den Schweinshaxen mittlere
Körbchengröße wie ein Sumoringer – und wollte jede Idee,
jeden Gedanken, der ihm neu in den Kopf kam, sofort in die
Tat umsetzen.

Jimmy Koronko schlug vor, in unserer Straße einen Autokorso mit polnischen Fahnen, Sekt, Böllern und Konfetti zu
organisieren; er meinte, jeder im Indianerviertel solle erfahren, wer die Kommunisten besiegt habe: nicht Towa-
rischtsch Gorbatschow und auch nicht die CIA, und der
Gemeindevorsteher Malec schon gar nicht, sondern wir – der
polnische Widerstand!

»Rothaut!« sagte er zu Babyface. »Wenn ich heute in den
Krieg ziehen müsste, würde ich nur dich mitnehmen. Du bist
ein furchtloser Krieger! Unsere beiden Jungs Chuck und

Teofil sind von Natur aus Deserteure! Die kneifen immer! Selbst in Friedenszeiten!«

»Wir helfen euch Weißen, wo wir nur können!« antwortete Babyface.

»Sorry«, sagte ich, »aber ich hab wirklich keine Lust auf eine wilde Spritztour durch die halbe Stadt!«

Die polnische Nationalfahne und der weiße Adler waren mir so fremd wie die Lobreden der pensionierten Offiziere, die uns in der Schule an den nationalen Feiertagen vom Zweiten Weltkrieg erzählten, jedoch nie vom Töten und Sterben. Damit wollten sie nichts zu tun haben, mit den aussichtslosen Kämpfen, mit den unüberlegten Heldentaten, mit dem vergossenen Blut der Verzweifelten und Wahnsinnigen.

Chuck ließ sich jedoch nicht lange bitten. Jimmys Idee gefiel ihm ausgezeichnet: ein bisschen rumfahren, schreien und die Korken knallen lassen! Und das alles für eine gute Sache – er sagte: »Teo! Ich verstehe dich nicht! Wenn man uns Indianern unser Land zurückgeben würde, mit allen Rechten und Machtbefugnissen, würde ich doch nicht den Kopf hängen lassen! Da müsste man ganz schön doof sein! Und das biste doch nicht, das weiß ich! Hör doch einmal auf deinen Onkel! Er ist nicht schlecht. Er weiß nur nicht, wie er dir sagen soll, dass er dich sehr braucht.«

»Ist doch alles eine Lüge!« sagte ich. »Der Typ war doch selbst Parteimitglied. Er führt sich manchmal auf wie ein Heiliger. Und das stinkt mir!«

Chuck rief bei seinen alten Armeekameraden Big Apple und Ginger an: »Jungs! Wir kommen gleich vorbei! Onkel Jimmy gibt heute Abend einen aus!«

»Wer ist denn Onkel Jimmy!?« hörte ich das Gebrüll von der anderen Seite.

Ich musste mich geschlagen geben. Da war nichts zu machen. Ich zog mich widerwillig an, schaltete den Fernseher und den Videorecorder aus und fragte mich plötzlich, welche Tür ich benützen sollte. Ich entschied mich für den direkten Weg in den Garten, wo das Zwergpony von Babyface den Rasen kahl fraß. Der Wahnsinn färbt ab, dachte ich – werde ich eines Tages auch so ein dicker Pole mit Schnurrbart und einem leergefegten Bankkonto wie Jimmy? Einsam und ohne Frau? Werde ich ständig vor der Glotze hängen und die Nachrichten aus aller Welt verfolgen, als ginge es um mein Überleben? Grauenvoll. Es war wohl nur eine Frage des Alters, dann würde auch ich mit der polnischen Fahne und dem Insektenspray auf dem Sofa sitzen, Bier trinken, Zigaretten fressen und CNN-Nachrichten anschauen und über mein Herz schimpfen und klagen.

Babyface und Jimmy führten mit dem Chevrolet den Konvoi an. Chuck und ich folgten ihnen im Schneckentempo.

»Müssen die so langsam fahren?« fragte Chuck. »Mein Sportwagen ist einiges gewohnt, aber das Getriebe ist für Spaziergänge nicht gebaut!«

»Erst sich freuen und dann jammern«, sagte ich, »solche Leute sind mir am liebsten.«

Chuck grinste: »Das musst du grade sagen! Sei doch wenigstens ein bisschen glücklich. Was willste denn? Dich umbringen? Mach doch Harakiri – ich seh dir dabei gerne zu! Kein Wunder, dass du bei den Frauen immer den Kürzeren ziehst. Keine einzige Tussi hat was für einen depressiven Polacken übrig. Die Hübschen riechen schon von weitem, ob ein Typ ein Spinner ist oder nicht! Damit kenn ich mich aus. Glaub mir!«

»Woher willste wissen, wer ich bin?« fragte ich. »Agnes hat mich geliebt!«

Big Apple und Ginger wohnten nur ein paar Blocks weiter, und keine zwanzig Minuten vergingen, dann waren wir da.

Immer wenn mein Onkel irgendwo zu Gast ist, geht er nach der kurzen Begrüßung sofort auf die Toilette; es dauert lange, bis man ihn wiedersieht. Was er dort macht – keine

Ahnung. Aber an dem Abend, als wir das erste Mal Chucks Freunde besuchten, zog sich alles extrem in die Länge: Jimmy tauchte unter, und wenn ich bei ihm anklopfte, war es auf der anderen Seite mäuschenstill. Nur die Mücken summten mit ihren zarten Flügeln.

Wir setzten uns und tranken zollfreien Whiskey. Babyface ist Abstinenzler. Er zapfte sich in der Küche einen Becher Leitungswasser: »Köstlich! Das Feuerwasser ist heißer als die Sonne«, sagte er, »davon wird ein echter Navajo gefährlich! Seine Zunge schürt dann überall Hass!«

Die ganze Wohnung war mit Flaschen und Zigarettenstangen vollgestopft, zwei kleine Zimmer ohne Klimaanlage mit nikotingelben Wänden. Eine richtige Spelunke, die ich noch aus der Zeit kannte, als in Polen Alkohol vor dreizehn Uhr nicht verkauft werden durfte und Jimmy in den Schlangen vor den Einkaufsläden randalierte. »Was gibt's da? Fleisch oder Wodka?« war die gängige Frage. Die Männer, schon am frühen Morgen betrunken, liefen Amok, drehten sich im Kreis und spuckten trockenen Speichel auf die Straße. Der Schwarzhandel blühte.

Wir leerten eine halbe Flasche, und ich musste Big Apple und Ginger erklären, wer die Wahlen in Polen gewonnen hatte. Das hat mich viel Überwindung gekostet, denn sicher konnte man sich ja nie sein, ob sich in meinem Land wirklich etwas bessern würde.

»Wir haben die Deutschen und die Russen im Nacken«, sagte ich nach dem dritten Whiskey, »für die sind wir so 'ne Art Durchreiseland, ab und zu kommen sie vorbei und sagen Guten Tag. Wir bringen es einfach nicht fertig, die Jungs mal richtig in den Arsch zu treten!«

Babyface meinte: »Ja, die Polen scheinen auch nicht grade Irokesen zu sein. Wenn alle Indianer Irokesen gewesen wären, hätten uns die Bleichgesichter unser Land nie wegnehmen können!«

»Blödsinn!« sagte Chuck. »Teo hat mir erzählt, wie seine

verrückten Landsleute mit Pferden und Eseln gegen Panzer und Flugzeuge angetreten sind. An Mut hat's denen nicht gefehlt. Die hatten einfach keine Chance, genauso wie wir!«

Ich warf einen Blick auf meine Casio – da waren schon fast dreißig Minuten vergangen, seitdem mein Onkel spurlos verschwunden war.

»Duscht er?« fragte Ginger. »Nimmt er ein römisches Bad?«

»Nee«, sagte Babyface. »Er ist bestimmt eingepennt!«

Ich stand vom Tisch auf. Ich wollte Ginger beruhigen, wollte prüfen, ob Jimmy überhaupt noch da war, sich nicht heimlich aus der Wohnung geschlichen hatte. Auto fahren konnte ich nicht mehr, mein Gehirn drohte von den vielen schnellen Drinks zu zerplatzen: Ich sah plötzlich alles doppelt und dreifach und wurde so schläfrig wie an den allerschlimmsten Winterabenden, wenn ich mich nach Agnes sehnte.

Ich traf meinen Onkel im Flur. Seine lange Sitzung war beendet, und er wollte gerade mit der Vogue von Ginger zu uns stoßen. Er sagte: »Der Typ ist total pervers! Diese schwule Bestie wischt sich den Hintern nicht mit Toilettenpapier, sondern mit schönen Frauen ab! Ich war Widerstandskämpfer – ich hab in der tiefsten Wirtschaftskrise, als es in den Läden nur Essig und Brot zu kaufen gab, immer die Parteizeitung Trybuna Ludu genommen!«

»Onkel! Ginger ist nicht schwul, sondern ein Transvestit«, sagte ich.

»Was?« fragte er. »Die Sorte kenne ich Gott sei Dank nicht!«

Wir setzten uns wieder zu unseren indianischen Freunden und begannen, ordentlich zu bechern. Die leeren Flaschen vermehrten sich wie Pilze nach dem Regen. Das Programm für den Abend wurde von Jimmy kurzfristig geändert: kein Autokorso! Er witterte nämlich ein neues Geschäft und stieß mich ständig unter dem Tisch mit dem Fuß, aber so brutal, dass ich dachte, ich bräuchte gleich ein neues Bein. Jedenfalls hatte ich bestimmt schon blaue Flecken.

»Guck mal«, flüsterte mein Onkel, »keine einzige Stange hier ist vom Staat abgesegnet, der Whiskey auch nicht!«

»Ach was!« sagte ich. »Weißte nicht mehr, wo wir eigentlich sind!? Bei Big Apple und Ginger!«

»Diese schwulen Bestien schlafen auf Geld«, sagte er, »und wir tratschen mit diesen Wilden über unser geliebtes Vaterland, statt gleich zur Sache zu kommen: wie viel Kohle, wann und wo?«

»Hauptsache, wir rühren jetzt unsere Karren nicht vom Fleck, sonst sind wir die Lappen gleich los«, sagte Chuck.

»Ich hab noch zwanzig Dollar«, sagte ich, »für'n Taxi reicht es allemal!«

Ich zählte die Scheine nach. Zwanzig oder vierzig? Ich staunte und brauchte eine ganze Weile, um zu begreifen, dass ich auch das Foto von meinem Großvater in den Fingern hielt.

»Ach so, der Deutsche«, sagte ich mir, »also doch nur zwanzig!«

»Was ist das denn für einer?« fragte Chuck, der mir über die Schulter guckte. »Seit wann trägst du olle Soldatenfotos mit dir rum? Und dann noch diese hässliche Uniform!«

Die Indianer sahen sich das Foto an.

»Das ist mein deutscher Opa. Glaube ich zumindest, sicher bin ich mir aber nicht«, erklärte ich.

»Ich dachte, du bist Pole!« sagte Big Apple.

»Ich bin da auch schon ganz durcheinander«, sagte Jimmy. »Niemand weiß ganz genau, wie das damals alles so war! Immerhin hat Teofil ein Foto von seinem Opa, einem echten Wehrmachtssoldaten. Diese Pappnase soll sogar neunundreißig die polnische Grenzschranke durchgesägt haben. Schöne Verwandtschaft!«

Chuck sagte: »Ist doch egal! Aber wenigstens kann sich Teo ungefähr vorstellen, wie sein Alter ausgesehen hat!«

»Stimmt!« sagte Jimmy. »Genauso dämlich wie der Typ auf dem Foto!«

»Onkel! Wer war denn nun wirklich mein Vater?« fragte ich.

»Keine Ahnung, aber die Pfeife, die ich kannte, hat sich jedenfalls nach der großen Nummer davongemacht!«

Babyface sagte: »Auch Chuck hat kaum Erinnerungen an seine Eltern. Sie lebten in einem Reservat, und wenn ich den Jungen da nicht rausgeholt hätte, wäre aus ihm bestimmt ein Krimineller geworden, ein Trinker, genau wie seine Erzeuger!«

»Das möchte ich jetzt gar nicht hören«, sagte Ginger, »das sind keine schönen Geschichten!«

»Was können Teo und ich dafür? Wir haben uns unsere Sippschaft nicht ausgesucht«, antwortete Chuck.

Ob mit oder ohne Vater – mein Leben musste ich alleine auf die Reihe kriegen, auch wenn ich meinen Onkel Jimmy bis heute verdächtige, vielleicht Tante Sylwia, meine Mutter, geschwängert zu haben.

Ich wollte nicht einmal über die Dinge nachdenken, die sich schon so viele Male in Rothfließ abgespielt hatten: die zufälligen Treffen in den dunklen Speisekammern oder im Badezimmer, auf der Waschmaschine, wenn irgendjemand aus unserer Verwandtschaft seinen Namenstag feierte; unter den Tischen oder auf den Klappsofas, wenn alle schon schliefen, besinnungslos betrunken.

Wer auch immer mein Vater war – der Ostpreuße Bäcker oder mein Onkel persönlich –, ich hatte es nicht eilig, die volle Wahrheit zu erfahren. Ich wartete lieber auf den Tag, an dem mir meine Mutter aus Rom schreiben würde. Sie hatte es mir versprochen, als ich neun Jahre alt war und sie mich verließ.

Je später ihr Brief mich erreichen würde, desto besser, weil ich Sylwia dann wenigstens über meine große Karriere in Winnipeg berichten könnte. Ich wollte doch Supervisor werden, die Videothek vollkommen auf den Kopf stellen, der Beste sein, aber wozu eigentlich?

Die Knarre von Mr. Short rührte ich nicht an, und **10** wenn ich manchmal die Schublade unter dem Ladentisch herauszog, um meine Brotdose zu verstauen, beachtete ich die Waffe gar nicht: Sie lag da, jederzeit griffbereit, neben den Bleistiften und dem Radiergummi und einer Packung Heftzwecken; manchmal dachte ich an Leonid, doch niemals daran, dass ich sie tatsächlich benützen müsste.

Die Videothek öffnete jeden Tag um zehn, dann begann meine Frühschicht, und ich musste pünktlich da sein, weil ich morgens immer allein im Laden war; bis Mittag musste ich alles für den Ansturm der Kunden vorbereitet haben. Meine Kollegen vom Spätdienst kamen erst um zwei, zusammen mit Mr. Short, der mich jedes Mal genau ausfragte, ob ich wirklich an alles gedacht hätte: »Sind die neuen Kassetten richtig einsortiert?«

»Aber sicher, Chef!«

»Haste die Preise im Griff? Kannste zwischen alt und neu unterscheiden? Was ist mit den Mahnungen? Sind die rausgeschickt?«

»Na klar, Chef!«

Über den Zustand der Videorecorder verloren wir nie ein Wort. Die Geräte waren der letzte Schrott. Mein Chef hatte immer ein und dieselbe Ausrede parat: »Das können wir uns nicht leisten! In unserem Geschäft wird nicht in tote Materie investiert! Wir sind Vermittler und keine Verkäufer! Wir handeln mit Unterhaltung! Wir funktionieren wie eine Bank! Bei uns kann sich jeder seine Träume erfüllen!«

Ich hörte seinen Monologen mit halbem Ohr zu, und das war immer noch zu viel. Ich hätte auf Taubstumm umschalten sollen. Irgendwie schaffte ich es, neben den Neuheiten in unser Programm einige der besten Filme aufzunehmen, auch die Klassiker aus den Fünfzigern und Sechzigern, in jeder Sparte und Altersklasse; ich sorgte dafür, dass wenigstens ein paar Videorecorder immer einsatzbereit waren und dass unsere Kunden regelmäßig mit Prospekten und Preislisten beliefert wurden. Seitdem ich für Mr. Short arbeitete, hatte sich unsere Kundschaft im indischen Viertel verdoppelt, und das war schon eine Leistung. Selbst die Action- und Pornofilme mussten entstaubt werden. Die Russen und Chinesen besuchten uns wieder.

Von all diesen Erfolgen nahm Mr. Short keine Notiz, und das war mein großes Problem. Ich fragte mich: Ist er dümmer, als ich dachte, oder stellt er mich nur auf eine Probe?

Die Schublade mit der Knarre beschäftigte mich kaum, bis zu dem Tag, an dem ich beim Aufräumen auf eine Fotokopie stieß: Es war eine Aufstellung von Schäden, die bei einem Überfall entstanden waren. Ich nahm die Fotokopie mit nach Hause und las sie Zeile für Zeile durch. Beim Lesen des Datums wurde ich stutzig: War das nicht der Tag, an dem Leonid erschossen worden war?

Nach seinem Tod hatte Mr. Short von der Versicherung Ausgleichszahlungen für die Zerstörung der Einrichtung, der Kasse, der Regale und den Diebstahl von Videofilmen bekommen. Es war eine ordentliche Summe.

Da fielen mir die siebzig Dollar wieder ein, und ich dachte daran, was mir Mr. Short von dem Überfall erzählt hatte – von irgendwelchen Schäden war da niemals die Rede.

Ich schlief einige Nächte unruhig und wollte schon über die ganze Sache Gras wachsen lassen. Ich konnte doch nicht plötzlich in die Haut von James Bond schlüpfen und mit der ganzen Bande aufräumen, die Menschheit vor dem Bösen retten. Aber mein Schutzengel Leonid ließ mich nicht schweigen. Ich musste was tun. Ich hatte bei ihm eine dicke Rechnung zu begleichen, und zwar so schnell wie möglich.

Ich berichtete Chuck von meinen Recherchen.

»Du hast einen Knall!« sagte er. »Du wirst deinen Job los! Vergiss die Detektivnummer!«

Ich sagte: »Ich hab das Gefühl, ich bin Leonid was schuldig! Nur weil er tot ist, hab ich diesen Job gekriegt.«

»Dein Kumpel Leonid hat halt ein bisschen Pech gehabt!« sagte er. »Damit hast du nichts zu tun! Und wenn du in den Papieren fremder Leute schnüffelst, kannst du Leonid bald Gesellschaft leisten! Du schaufelst dir dein eigenes Grab! Das ist die Wahrheit! Du bist auf die Kohle angewiesen, da kannste nicht einfach so den Helden spielen und in alten Geschichten kramen, die niemanden mehr interessieren!«

»Chuck«, sagte ich, »du sprichst wie mein Onkel! Du bist doch mein Bruder! Das biste doch!«

»Na klar, aber lass dir von mir eines sagen, bitte, und achte auf die Betonung: Take it easy! Du bist nicht in Polen! Hier ist der wilde Westen! Jeder ist sich selbst der Nächste! Sammle Dosen und verkaufe sie. Werd ein Penner, aber kümmere dich um deinen eigenen Kram! Die Probleme von Mr. Short gehen dich nichts an!«

Mein Freund schenkte mir eine kugelsichere Weste. Ich zog sie jeden Tag unter dem Hemd an. Ich sah aus, als würde ich regelmäßig in ein Bodybuildingstudio gehen. Ich stopfte sogar die Hemdsärmel mit Watte aus, um Stärke vorzutäuschen. Ich wollte prächtige Bizeps und keine künstlichen, mit irgendwelchem chemischen Pulver aufgebauschten Kissen. Ich war zwar kein Schlägertyp, doch ich hatte endlich Power in meinen Armen für die selbstsichere Ausstrahlung: »Dieser Muskelprotz kennt keine Furcht! Der schlägt seine Gegner zu Brei!« phantasierte ich im Namen einer Schönheit.

Allein mein Wuschelkopf musste jedem Gegner eine Heidenangst einjagen. Ich sah doch wild aus, meine platte und zornige Aboriginesnase spaltete das Gesicht unter den Locken wie ein Beil. Mein Onkel sagte oft, ich hätte in jedem Gruselfilm die Hauptrolle spielen können.

Es gab aber einen Gegner, den ich nicht unterkriegen konnte: die Schlaflosigkeit; mit dem Ende des Sommers kam sie in mein Reich, und ich musste gegen das Unbesiegbare antreten – ich wartete Nacht für Nacht auf das Klingeln des Weckers, bemühte mich, einzuschlafen, was mir manchmal für kurze Zeit gelang, aber die Träume, die mich dann in dieser Kürze übermannten, waren so intensiv, dass ich jedes Mal sofort aufwachte. In einem Traum sagte ich zu Mr. Short: »Chef! Wir wurden wieder ausgeraubt. Doch schau mal – meine Ritterrüstung hat alle tödlichen Kugeln abgefangen! Mir fehlt nichts!«

Eines Tages im August fuhr ich eine Viertelstunde früher als sonst zur Arbeit. Kaum hatte ich die Nase in den Laden gesteckt, die Tür hinter mir geschlossen, als auch schon der erste Kunde eintrat, allerdings etwas seltsam bekleidet: ein von Kopf bis Fuß schwarz Vermummter mit Schlitzaugen.

»Wir haben noch nicht geöffnet«, sagte ich.

Der Mann schwieg, ging nicht weg. Er zog nur ein superscharfes Schwert hinter seinem Rücken raus, fuchtelte damit in der Luft herum, direkt vor meinen Augen, und sagte plötzlich: »Her mit dem Schotter, oder ich rasier dir gleich gründlich deine dämliche Fresse!«

Zu Hause erzählte ich von dem Überfall auf die Videothek in denselben Worten wie auch schon zuvor Mr. Short: »Es war ein echter Ninja! Ich weiß doch, was ich gesehen hab! Er hätte mich in kleinste Stücke zerhackt, wenn ich die Kohle nicht rausgerückt hätte! Diesmal waren in der Kasse sogar zweihundert Dollar!«

Trotzdem wurde ich von meinem Onkel und von Chuck ausgelacht. Niemand glaubte mir, nicht einmal Babyface, und schon gar nicht die Polizei.

Den Job des Supervisors konnte ich erst einmal vergessen,

und wenn die Videothek ständig ausgeraubt würde, hing mein Leben an einem Haar, und bald könnte ich tatsächlich Leonid einen Besuch im Jenseits abstatten. Für Videofilme und Mr. Short wollte ich aber nicht sterben. Ich bin doch kein Security man, dachte ich, der sich für schlappe tausend Dollar im Monat abmurksen lässt!

Eine Woche war seit dem Überfall vergangen, da entließ der Beerdigungsunternehmer urplötzlich alle Aushilfen mit der Begründung, dass die Zahl der Verstorbenen stetig gesunken sei. Jimmy meldete sich arbeitslos, die Lücken zwischen den einzelnen Jobs waren jedoch bei ihm so groß, dass das Arbeitsamt keine einzige Forderung anerkannte. Außerdem hätte er den ständigen Wechsel der Arbeitgeber selbst zu verschulden gehabt.

»Sei froh«, sagte Babyface, »dass es so glimpflich ausgegangen ist! Du bist doch selbstständig, hast eine Band, handelst mit gebrauchter Unterhaltungselektronik! Du bist ein Businessmann!«

Mein Onkel sagte: »Alles gelogen! Euch Rothäuten wird eine Unterstützung nach der anderen gezahlt, und wenn ein anständiger Mann, wie ich es einer bin, eine Durststrecke durchmachen muss, wird ihm jede Hilfe versagt! Ich bin doch Weißer und dazu noch Europäer! Normalerweise müsste ich mit einer Peitsche auf euch Wilde einhauen, damit ihr endlich zur Vernunft kommt, aber du weißt, dass ich ein gutes Herz habe und niemandem was Böses antun könnte! Niemals!«

»Ich weiß«, antwortete Babyface, »eigentlich bist du kein schlechter Kerl!«

»Genau«, sagte Jimmy, »aber was ich jetzt brauche, ist eine saftige Geldspritze!«

Nichtsdestotrotz gab ich die Hoffnung nicht auf, dass mein Onkel irgendwann eine Arbeit länger behalten würde als es bis jetzt der Fall war. Ein zweites Gehalt würde, uns sofort aus allen Schwierigkeiten herauskatapultieren, und dann könnten wir uns sogar ein Kanu kaufen und die Spinnruten auf Vordermann bringen. Von Kanada hatten wir noch nichts gesehen, und wenn wir nicht einmal am Wochenende zum Angeln rausfahren würden, könnte ich mit der Hand auf dem Herzen behaupten: Ich sitze im Gefängnis.

Die Honorare vom Princess Manor deckten unsere Miete; der Rest des Geldes reichte kaum für neue Instrumente, geschweige denn für Ersatzteile. Wir waren restlos pleite.

Ich teilte mein Videotheksgehalt in zwei Hälften: Was zu essen und dann sparen für unseren ersten Urlaub in Kalifornien oder Mexiko, den ich gemeinsam mit Chuck plante, auch für meinen Onkel und Babyface.

Das Bier und die Zigaretten mussten von den Spesen im polnischen Klub finanziert werden. Schallplatten wurden auf dieser Rechnung gestrichen. Ich kaufte Kassetten und plünderte die Rundfunksender nach Rockmusik aus. Ich verbrachte jede freie Minute am Radio, Kopfhörer auf und neben mir einen Zettel für Notizen. Kein einziger Song blieb namenlos. Ich notierte alles genau. Die HiFi-Geräte, die mein Onkel bestellte und weiter verkaufte, radierte ich auf meiner Bilanzliste weg – damit wollte ich nichts zu tun haben. Ich zahlte Jimmy nur ein Taschengeld. Er bekam von mir jeden Monat zwanzig Dollar.

Mein Sparplan funktionierte nicht; das Geld entfernte sich von uns nach wie vor mit Lichtgeschwindigkeit und zwang uns auf die Knie. Ich konnte machen, was ich wollte: Für unseren großen Urlaub sparte ich Summen, die es im Grunde genommen überhaupt nicht gab.

Am Ende jedes Monats sah ich mit Ungeduld dem nächsten Scheck entgegen, zumal mir Mr. Short wegen des Überfalls auf die Videothek mein Gehalt etwas gekürzt hatte. Er sagte: »Ich hab dir doch erklärt, was du zu tun hast! Und du kneifst und erzählst mir irgendwelchen Schwachsinn von schwarz vermummten Terroristen, anstatt dich zu wehren! Du hast dir zu viele Actionfilme angesehen, dann passiert auch so was! Wir sind doch kein Wohlfahrtsinstitut für Diebe!«

Ich arbeitete weiter an meinen detektivischen Untersuchungen. Ich konnte feststellen, dass unser Laden bis jetzt viermal überfallen worden war. Vor dem Tod von Leonid zum Beispiel hatten russische Panzerfahrer die Pornoabteilung fast vollständig ausgeraubt.

Ich vermutete hinter all den Überfällen eine perfekt organisierte Verbrecherbande, denn das Seltsame war, dass die Räuber immer verkleidet waren: zwei Apachen, drei Panzerfahrer der Roten Armee, ein Cowboy und ein Ninja.

Leonid wurde vom Cowboy erschossen.

Ich hatte keinerlei Beweise in der Hand, aber ich vermutete auch, dass Mr. Short an allen Überfällen als Drahtzieher beteiligt war, um von der Versicherung Geld zu kassieren.

Die Theorie, die ich entwickelt hatte, und die Angst vor erneuten Überfällen bewogen mich, den Job bei passender Gelegenheit zu kündigen.

Es dauerte nur vier Tage, dann besorgte sich mein **11** Onkel einen neuen Job, diesmal auf einer Baustelle. Es war auch keine große Kunst: Am Winnipegsee lernte er einen Angler kennen, Mr. Miller, etwa Anfang Fünfzig, der Bauunternehmer war und nur Osteuropäer einstellte, schwarz und ohne jegliche Garantien – jederzeit konnte ein Arbeiter wieder entlassen werden. Jimmy sagte: »Den Typen wickle ich mir um den Finger! Du wirst schon sehen, Teofil! Die Angler halten immer zusammen! Der wird mich nicht rausschmeißen, wenn er erst mal gemerkt hat, dass ich arbeiten kann wie ein Ochse!«

Ich wunderte mich: Jimmy ließ sich von Chuck einen alten Buick zusammenschweißen, der Motor war angeblich wie neu, und bezahlte den Wagen in bar. Nachts schnarchte er in seinem Zimmer lauter denn je, und neben seinem Bett hatte er zwei Wecker und ein Radio aufgestellt, damit bloß nichts Unvorhergesehenes eintreten konnte, denn mit dem Trinken hielt er sich nach wie vor nicht zurück. Aber er stand zeitig auf und morste uns morgens geheime Zeichen durch; wenn er fünfmal den Lichtschalter im Treppenhaus betätigte, bedeutete das: »Towarischtschi! Ich komme erst am späten Abend nach Hause! Wartet nicht auf mich mit dem Abendbrot!« Sechsmal Schalten bedeutete wiederum: »Towarischtschi! Ich komme heute gar nicht nach Hause! Stellt meine Schweinshaxen in den Kühlschrank! Ich fahr mit meinem Chef angeln!«

Wir mussten uns eine Liste mit allen geheimen Zeichen anlegen, wir hängten sie im Flur auf, denn wir sahen Jimmy kaum, er war ständig unterwegs.

»Was ist mit deinem Onkel los?« fragte Chuck. »Der schuftet sich noch tot!«

Wenig später bekamen wir Besuch. Jimmy Koronko brachte schon die zweite Woche ohne besondere Vorkommnisse auf der Baustelle, die praktisch sein neues Zuhause wurde.

Eines Tages kam ich früher von der Arbeit nach Hause, und Babyface saß wie immer auf der Veranda, nur diesmal war er nicht alleine. Neben ihm hockte ein junger Mann, der sich auf einem Zettel etwas notierte.

»O Shit!« sagte ich mir. »Der Gerichtsvollzieher ist da!«

Doch an Flucht war nicht mehr zu denken. Also stieg ich die Verandatreppe hinauf und hörte Babyface mit sanfter Stimme sagen: »Lieber Freund! Ihrer Meinung nach sollten wir in Kriegsbemalung den Supermarkt leer räumen? Mit dem Tomahawk das zurückholen, was man uns gestohlen hat? Die Dinge sind, wie sie sind. Ich selbst zum Beispiel lebe in einer polnisch-indianischen WG, und das klappt wie verrückt!«

»Hi!« sagte ich. »Besuch?«

»David Young: Winnipeg Tribune«, sagte der Fremde, erhob sich und gab mir die Hand – sie war so feucht wie ein Waschlappen, was ich hasste.

»Wie kommen wir denn zu der Ehre?« fragte ich. »Hat Babyface sein Zeitungsabo nicht bezahlt?«

Crazy Dog spitzte die Ohren, und ich auch.

»Alles purer Zufall«, sagte Young. »Ihr Freund mäht bei meinen Eltern den Rasen, und ich mach gerade eine Reihe über soziale Minderheiten.«

»Bin doch keine Minderheit«, sagte Babyface und wies mit dem Daumen auf mich: »Die sind noch viel weniger! Ich bin ein völlig normaler Navajo von den Schlafenden Ute-Bergen, von uns gibt's Tausende.«

»Mr. Babyface!« sagte Young. »Das ist genau die Story, die ich gebrauchen könnte: Sie kommen aus Utah nach Winnipeg, lernen einen Polen kennen und nehmen ihn in Ihr Haus auf! Nicht schlecht!«

»Wieso einen?!« dröhnte Jimmys Stimme durch den Vorgarten. »Immerhin bin ich auch noch da!«

Mein Onkel kam auf uns zu getrottet, wie immer schwer beladen: Brottasche, Rucksack und ein Radio unterm Arm. Er schmiss den Rucksack in die Ecke, streifte seine Tasche ab, holte eine Thermoskanne heraus, setzte sich auf die Bank und fing an, seinen überzuckerten, kalten Grog zu trinken.

»Jimmy! Darf ich vorstellen?« sagte Babyface. »Mr. Reporter! Winnipeg Tribune!«

»Angenehm!« sagte mein Onkel. »Jimmy Koronko. Import-Export. Lassen Sie mich raten: Sie interviewen erfolgreiche Geschäftsleute!«

»Könnte sein!« sagte Young. »Eigentlich bin ich wegen Mr. Babyface hier.«

»Schreiben Sie mal lieber über meinen Neffen!« sagte Jimmy. »Der hat wenigstens Kriegshelden zum Großvater!«

»Genau!« sagte Babyface. »Ein echter deutscher Pole!«

Ich sagte: »Nee. Kanadier bin ich, aus Czerwonka in Warmia und Masuren. Mein Großvater war deutsch, aus Königsberg.«

»Das müssten Sie mir alles genau erklären ...«, sagte Young. »Worum geht es hier eigentlich?«

»Mr. Reporter! Bevor du mit dem Interview loslegst«, sagte Jimmy, »musst du für dein Blatt ein paar Fotos von uns machen!«

David Young packte den Fotoapparat und das Diktiergerät aus und drückte auf Aufnahme.

»Kommt das alles echt in die Zeitung?« fragte Babyface.

»Mal sehen, was ihr Freaks so zu bieten habt!« sagte Young.

Er schoss Fotos, überhäufte mich mit Fragen, die ich wie ein Maschinengewehr beantwortete. Bevor ich zur Story mit der Grenzschranke kam, holte ich weit aus und begann an der Stelle, als mein Großvater in die Klomuschel gefallen war, 1922 in Königsberg.

»Interessant«, sagte Young, »aber mehr nicht! Ich müsste was Handfestes haben! Dokumente und so!«

»Er soll sogar in Afrika gekämpft haben!« sagte ich noch.

»Wie?« wunderte sich Jimmy. »Dieser Gefreite? Dieser Kriegsverbrecher? Erst ermordet er uns alle, dann geht er in Kenia auf Safari?«

»Ihr kriegt von mir eine Nachricht!« sagte Young. »Vielleicht kann ich euch ja unterbringen.«

Nachdem der Reporter weggefahren war, stritten wir noch eine ganze Stunde miteinander darüber, welchen Nutzen die Veröffentlichung in der Zeitung uns bringen könnte, wobei Babyface die ganze Zeit darauf pochte, das Gespräch in der

Wildnis am Winnipegsee weiterzuführen, wo man seine Gedanken klarer formulieren könne.

»Aber dass mir keiner irgendwas Dummes anstellt!« sagte Jimmy. »Ich hab für das Wochenende die Anglerhütte von meinem Chef angemietet. Wenn die abfackelt, dreht er mir den Hals um!«

Mein Onkel, stolz darauf, dass er ein Auto besaß, fuhr mit uns zunächst zum Supermarkt, um für den See Bier und Grillkoteletts zu kaufen. Die Rechnung wollte er allein bezahlen: »Ich mach das schon«, sagte er an der Kasse, »armen Leuten muss geholfen werden!«

»Dein Taschengeld ist ab sofort gestrichen!« sagte ich.

»Dann will ich es haben!« sagte Babyface.

Jimmy grinste die Kassiererin an und sagte: »Mein kleiner Neffe leidet an Gedächtnisschwund. Der vergisst sogar, dass ich ungefähr eine Million Złoty in seine Bildung reingesteckt habe. Dabei ist gerade mal ein Hauptschulabschluss rausgekommen!«

Die Anglerhütte entpuppte sich als echte Luxusvilla – es war ein alter, verrosteter Wohnwagen. Ein wütender Grizzlybär hätte keine große Mühe gehabt, den Blechkasten auseinanderzunehmen, alles würde nach wenigen Minuten einstürzen.

Die Grillparty wurde mit dem Zischen der Bierbüchsen eröffnet.

Onkel Jimmy lässt das Fleisch immer so lange auf dem Grill, dass es zum Schluss wie ein Brikett aussieht und man sich fast die Zähne daran ausbeißt. Anschließend schaut man sich im Spiegel sein schwarzes Maul an.

Babyface schmeckten die verbrannten Koteletts seltsamerweise sehr gut. Er lobte seinen Freund als erfahrenen Trapper, der in der Natur unter den schlimmsten Bedingungen überleben könne: »Das Fleisch muss steinhart sein, damit es sich im Magen länger hält und ein Mann keinen Hunger mehr verspürt!«

Gegen Abend rasten auf der Straße nach Winnipeg alle zwanzig Minuten Autoscheinwerfer über unsere Köpfe hinweg. Diesen Teil des Urwalds würden die Grizzlybären meiden, da konnten wir uns ganz sicher sein. Wir saßen schläfrig vom schweren Essen auf dicken Baumstämmen, Jimmy und ich bearbeiteten die Büchsen Wild Cat und warfen die Zigarettenkippen ins Lagerfeuer. Wir schwiegen uns an. Der Zeitungsartikel über meinen Großvater konnte uns gestohlen bleiben. Erst als wir den Sportwagen von Chuck auf dem Waldweg schnurren hörten, wurden wir sofort wach.

Chuck hatte zwei Mädchen im Schlepptau. Er stellte sie uns als Tina und Mona vor. Sie waren nicht älter als zwanzig und kamen aus Deutschland.

Jimmy sagte leise: »Tini-Mini! Wenn das keine Nutten sind, fress ich einen Besen!«

»Sei ein netter Onkel!« sagte Chuck. »Wenigstens war deine Morsebotschaft von heute Morgen gut. Die Wegbeschreibung war sehr genau!«

»Von leichten Mädchen war da aber nicht die Rede!«

»Alles klar, Jimmy!« sagte ich auf Polnisch. »Nutten in Wanderstiefeln und Norwegerpullovern!«

Dann fragte ich Chuck: »Wo hast du die nun wieder aufgegabelt?«

»In meiner Werkstatt«, sagte er. »Klassisch: Kolbenfresser! Das Auto reparier ich bis Montag, kein Problem! Dann können Tina und Mona ihre Urlaubsreise fortsetzen!«

»Ach so ist das!« sagte Babyface. »Kunden von dir!«

Die Mädchen hatten Hunger. Onkel Jimmy drängte mich, zu übersetzen, er würde gleich die besten Koteletts in ganz Manitoba servieren. Er sagte noch: »Erzähl ihnen von der Wehrmacht und deinem Opa! Immerhin ihr Landsmann! Den kennen sie bestimmt!«

»Haste nicht gehört? Die sprechen gut Englisch!« sagte ich. »Was soll ich mich da einmischen, mit meinen paar

Brocken Deutsch! Und hör endlich mit meinem Großvater auf!«

Ich nahm Tina und Mona genau ins Visier. Sie gefielen mir nicht. Wo waren die spitzen Wangenknochen von Agnes? Die blonden Haare? Und sie trugen Hosen, Jeans noch dazu, das mochte ich überhaupt nicht – ich wollte Röcke, verrückte Röcke und Mohnblumen und Strümpfe!

Chuck verschlang Jimmys Koteletts in Rekordzeit, denn um neun Uhr wollte er mit den Mädchen wieder in Winnipeg sein.

»Komm doch mit, Teo!« sagte er. »Wir gehen tanzen!«

»Mit diesen beiden germanischen Vogelscheuchen!? Nee! Niemals!« sagte ich.

»Was mach ich nur falsch? Ich zieh dicke Beute an Land, und du bist mal wieder der Spielverderber!« sagte Chuck und machte sich mit den Mädchen auf den Weg.

»Guck dir deinen Freund an«, sagte Jimmy, »diesen kleinen Schrauber und Heimwerker! Nicht viel auf dem Kasten, aber in einem Punkt hat er Recht: Du bist unqualifiziert! Die Frauen laufen dir weg, weil du einem Gespenst namens Agnes nachjagst. Ich zum Beispiel kümmere mich 'n Dreck um die alten Geschichten, lebe immer nur jetzt, und das volle Pulle!«

Wir blieben bis zum Sonntag in der Anglerhütte, wie wir es uns vorgenommen hatten. Der Winnipegsee war wie leergefegt, die Hechte bissen nicht, obwohl mein Onkel seine Spezialblinker auswarf, die er aus alten Suppenlöffeln bei Chuck angefertigt hatte. Auch wenn er die Hechte zu ihrer letzten Mahlzeit liebevoll einlud, geschah einfach nichts: »So, ihr Haie! Ihr habt ein bisschen gebadet und euch den Bauch vollgefressen, aber jetzt seid ihr dran!«

Babyface kratzte sich nur am Kopf und sagte: »Der See ist groß, die Ufer ohne Horizont, und der Angler – will er den Hecht überlisten, muss er sich ein Motorboot zulegen!«

»Keine Bange, Rothaut!« sagte Jimmy. »Teofils Zeitungsartikel wird uns berühmt und reich machen! Dann kaufen wir ein Stromaggregat! Tauchen einen Kescher mit tausend Volt ins Wasser! Sollst mal sehen, was wir dann alles rausholen. Die Fischer und die Wilderer aus Rothfließ tun auch nichts anderes! Glaub mir!«

Am Montag rief David Young an und sagte: »Wir machen die Story!« Zunächst war ich gegen die Veröffentlichung. Ich wollte nicht, dass fremde Leute in meiner Vergangenheit wühlten, mit ihren neugierigen und dreckigen Fingern. Wer weiß, was dabei noch alles ans Tageslicht kommen würde. Die Gerüchte, die meine Verwandtschaft aus Rothfließ in die Welt gesetzt hatte, sorgten schon für genügend Verwirrung. Wem konnte ich schon glauben? Jimmy oder meiner Mutter? Nicht einmal Sylwia, die seit Jahren schwieg und wahrscheinlich nicht wusste, dass ich Rothfließ für immer verlassen hatte, konnte ich glauben.

Mein Onkel belächelte mich nur und sagte, ich würde mich selbst bemitleiden, statt endlich ein erwachsener Mann zu werden und mit den Kindheitserinnerungen zu brechen.

»Hol endlich deinen Großvater aus der Kiste«, sagte er. »Der bringt vielleicht jede Menge Zaster!«

Ich ließ mir alles hundertmal durch den Kopf gehen und gab schließlich meine Einwilligung. Jimmy hatte mich überzeugt, ich musste wirklich einen dicken Strich unter meine Vergangenheit ziehen und alles umkrempeln, selbst meine Liebe zu Agnes.

Mr. Young schickte Babyface Pralinen ins Haus und eine Karte mit den besten Wünschen. Ich bekam dagegen einen Scheck: fünfundsechzig Dollar.

»Ich nehm ja wohl mal an«, sagte Jimmy, »dass das nur der Vorschuss ist!«

Mitte November war es dann soweit – wir landeten unter dem Titel »Der deutsche Soldat und die Indianer« auf der ersten Seite, wie es Mr. Young vorhergesagt hatte, allerdings im Regionalteil von Winnipeg. International hatten wir keine Chancen gegen die Nachrichten aus Berlin: »GRENZ-ÖFFNUNG IN GERMANY!« Mein Onkel las die Schlagzeile und sagte: »Ich werd verrückt! Deutschland hat Deutschland überfallen!«

»Ist das der Dritte Weltkrieg!?« fragte Babyface.

Ein paar Tage nach der Veröffentlichung der Story über meinen Großvater rief Grzybowski bei uns an und befahl uns, unverzüglich und ohne Widerrede in seinem Büro im Princess Manor zu erscheinen.

Ich ahnte Böses. Onkel Jimmy beschwichtigte mich und sagte: »Wir zeigen Richard den Zeitungsartikel! Der wird aber staunen! Das Foto von deinem Opa und auch das von Familie Koronko und Babyface kann er sich ausschneiden und an die Wand in seinem Büro hängen. Wir kriegen bestimmt bald den Verdienstorden für Völkerverständigung!«

Jimmy wollte unbedingt noch zwei Bilderrahmen kaufen, in Gold. Deswegen verspäteten wir uns um eine halbe Stunde und trafen unseren Chef in schlimmem Zustand an. Sein Gesicht war gelb und grün, seine Augen verwirrt. Ich hatte den Eindruck, der Mann steht von seinem Sessel nicht mehr auf, und wenn, kippt er sofort tot um.

»Chef! Was ist mit Ihnen? Herzinfarkt oder was?« fragte Jimmy.

»Sie und Ihr Neffe!« sagte Grzybowski leise. »Sie und dieser Volksdeutsche! Dieser Szwab! Ich hab alles gelesen! Den ganzen Artikel! Der Opa überfällt unser Vaterland, und der Enkel ist auch noch stolz auf die ganze Geschichte und lässt sie in der Zeitung drucken. Ich werde es nicht dulden, dass durch diese Nazipropaganda mein guter Ruf zerstört wird! Im Ausland und in der Heimat!«

»Verzeihung!« sagte Jimmy. »Durch was für ein Ding?«

»Schweigen Sie!« schrie Grzybowski. »Hiermit erteile ich

dieser Nazikapelle Black is White Auftrittsverbot! Ihr seid gefeuert! Ihr Renegaten!«

»Jawohl!« sagte mein Onkel. »Aber Chef? Haben Sie sich das gut überlegt? So schnell findest du keine neue Band, die für diesen Hungerlohn spielen würde!«

»Lass es sein, Onkel«, sagte ich, »der Alte hat sie ja nicht mehr alle! Der wird eines Tages auf Knien angerutscht kommen und winseln, dass wir wieder bei ihm auftreten sollen, wirst schon sehen!«

»Nur über meine Leiche!« schrie unser Chef. »Verlassen Sie auf der Stelle diese polnische Kulturstätte! Ihr Kollabora-teure!«

Das Auftrittsverbot im Princess Manor ließ mich kalt; ich hatte mich damit abgefunden, gelegentlich in einem Ein-kaufspark oder einfach auf der Straße zu spielen.

Ich brauchte nicht einmal eine Mütze mit Münzen und Eindollarscheinen vor mich hinzulegen, um trotzdem fast ein Drittel von dem zu verdienen, was ich mit Black is White bekommen hatte.

Ich war hundertprozentig davon überzeugt, dass Richard Grzybowski uns noch vor Weihnachten wieder auf die Bühne zurückholen würde, denn, für wahr, eine Ersatzband für Jimmy und mich konnte es auf keinem Breitengrad dieser Erde geben, völlig ausgeschlossen. Ich glaubte also an eine baldige Wiedergeburt von Black is White.

Mein Onkel hielt von der ganzen Sache überhaupt nichts. Er schrieb unsere Band einfach ab. Er verabschiedete sich von ihr mit vielen Büchsen Bier und einsamen Abenden, an denen er sich in seinem Zimmer die Live-Aufnahmen der letzten zwei Jahre auf Kassette anhörte.

Es war Dezember. Jimmy beichtete mir eines Abends zufäl-lig, dass sein Chef eine neue Arbeitertruppe zusammenstel-len würde, die jederzeit anfangen könnte – die Leute sollten zunächst im Innenausbau beschäftigt sein, im Sommer aber vor allem als Dachdecker.

Ich erkannte sofort, dass das meine Chance war, und sagte freudestrahlend: »Da bin ich aber dabei!«

»Woher der plötzliche Gesinnungswandel?« fragte er. »Der Intellektuelle will sich zu uns, der Arbeiterklasse, herablassen?«

»Nee – er möchte nur seinen Hals retten! Der nächste Dieb, der in die Videothek kommt, wird vielleicht ein durchgeknallter GI mit einer Bazooka sein! Funkt's endlich bei dir?!«

»Und wie! Du bist nervlich ganz schön angeschlagen – kurz vor dem Zusammenbruch«, meinte er. »Wenn das so ist, kann ich den Angler ja morgen fragen! Allerdings wird dieser Deal etwas kosten. Sagen wir mal: zwanzig Dollar!«

Am nächsten Tag bekam ich von Jimmy in der Mittagspause einen Anruf. Er fasste sich kurz: »Du bist Laufbursche, sagt der Angler!«

»Und ab wann?« fragte ich ihn.

»Ab zweiten Ersten – Befehl deines neuen Vorgesetzten!«

Ich legte auf und rannte in derselben Minute nach hinten zu Mr. Short und sagte: »Bevor ich von irgendeinem Verrückten abgeknallt werde, geh ich lieber von alleine! Und Sie sind ein Versicherungsbetrüger!«

Er war baff, fing sich aber schnell wieder und sagte: »Kein schlechter Witz! Den muss ich mir merken, und jetzt beweg deinen verehrten Hintern nach draußen und lass dich hier nie wieder blicken! Bekloppte Psychopathen hinterm Tresen kann ich nicht gebrauchen!«

Richard Grzybowski beschimpfte mich und meinen Onkel immer noch als Verräter, es fehlte nur noch, dass er uns auf der Strasse »Heil Hitler!« nachriefe, was manche Dorfbewohner von Rothfließ taten, wenn sie Busse mit Rentnern aus Westdeutschland durch Warmia und Masuren gondeln sahen, die alte ostpreußische Heimat.

Grzybowski würde uns nicht wieder einstellen, das war mir jetzt klar, ich hatte mich mit meiner Prognose ein wenig verkalkuliert: Weihnachten 1989 – ein Witz! Hätte ich doch bloß auf Zappa gehört, der mir vor einigen Monaten offenbart hatte: »You have to work for it! Stinkfoot!«

12 Seit Monaten klingelte der Wecker jeden Morgen um fünf. Mein Onkel war meistens schon wach und belagerte die Toilette. Er rasierte sich nass und schnitt sich immer wieder an denselben Stellen; auf den Adamsapfel und das Kinn klebte er riesige Pflaster. Ich tänzelte in meinem Zimmer, sprang von einem Bein aufs andere, knetete meinen Pimmel wie ein kleiner Junge und winselte: »Koronko! Ich halt's nicht mehr aus!«

Ich sprintete dann nach draußen zusammen mit Crazy Dog, der mich nicht einmal anblickte und zu dem ich sagte: »Pass du bloß auf, dass du mir nicht schon wieder auf die Füße pinkelst!«

Ich schmierte mir für die Arbeit dicke Brote, »die Boxer«, wie Jimmy sie nannte, mit Schweineschmalz und Salz, Tomaten und Zwiebeln, ohne Wurst. Erst als ich am späten Abend wieder zu Hause war, verschlang ich fette Holzfällersteaks mit Ketschup und trank dazu kanadisches Bier, das Onkel Jimmy gerne gegen Hochprozentiges tauschte.

»Anstatt ständig diese Plörre zu saufen«, sagte er, »solltest du deinem Magen ab und zu etwas Gutes tun, mit einem Schnaps!«

Led Zeppelin – das war meine Musik auf der Baustelle. Ich bombardierte meine Ohren mit voller Lautstärke und machte eine alte Erfahrung: Ich war wieder nicht krankenversichert, und wenn ich jeden Morgen mit meinem Walkman auf das Dach kletterte, vertraute ich auf die Stimme von

Robert Plant und betete zur aufgehenden Sonne Manitobas, dass ich nicht von der Leiter oder vom Gerüst hinunterstürzte.

Einmal, im Sommer 1990, hätte es Jimmy fast erwischt. Wie üblich hatte er zum Richtfest mit einer Büchse Bier in der Hand den Dachfirst erklommen. Wie eine Galionsfigur thronte er auf dem halbfertigen Haus und schrie in den Himmel: »O Herr! Malocht wie zu Pharaos Zeiten, und wieder keine Schwerverletzten. Wir danken dir! Prost!«

Er nahm einen riesigen Schluck Bier, kippte plötzlich nach hinten weg und verschwand zwischen den Dachstreben. Sein Glück war, dass er auf Dämmmaterial aus Glasfaser landete.

Eine Biene hatte sich in seine Büchse verirrt und ihn in die Zunge gestochen, die so dick anschwoll, dass er zu würgen anfing, weil er keine Luft mehr bekam. Ich wollte sofort einen Notarztwagen rufen. Aber der Bauherr Mr. Miller und die anderen Arbeiter protestierten: »Das gibt's nicht! Nur weil Koronko ein paar Probleme mit der Atmung hat? Wenn die sehen, dass hier nur schwarz gearbeitet wird, wandern wir alle in den Knast!«

»Mörder!« grunzte mein Onkel, der vor Schmerzen seinen fetten Hals mit beiden Händen umschlungen hielt.

Seit diesem Tag ging er nie ohne Trinkhalme aus dem Haus. Er kaufte sich regelmäßig eine Hunderterpackung, so schützte er sich vor den todbringenden Insekten.

Der angeblich nagelneue Motor von Jimmys Buick machte gleich im nächsten Winter schlapp. Chuck musste allein dreimal die Wasserpumpe auswechseln. Alles kostenlos, versteht sich. Er isolierte die Gummischläuche mit Leukoplast, doch der Kühler behielt nichts und spuckte ständig grüne Soße auf die Straße.

Eines Morgens im Dezember gab Onkel Jimmys Gefährt völlig den Geist auf. Auf halber Strecke zur Arbeit blieb es stehen und sprang nicht mehr an, und wir mussten uns ein Taxi nehmen.

Ein paar Tage später holte Chuck den kaputten Wagen mit einem Trailer ab. Nach einer ausgiebigen Untersuchung auf der Hebebühne sagte er: »Da habter aber noch mal Glück gehabt! Der Motorblock ist total durchgegammelt! Lebensgefährlich so was!«

Mein Onkel sagte: »Du Wucherer! Schraubt aus drei Schrottkarren ein Sondermodell zusammen, verkauft es für ein Heidengeld an seine besten Freunde, bringt sie fast um und tut so, als hätte er diesen Tod auf Rädern noch nie gesehen. Hauptsache, ihr Autohändler macht schnell die dicke Kohle!«

»Wie bitte?« sagte Chuck. »Was erwartest du für zweihundertfünfzig Dollar? Etwa einen Neuwagen?«

Jimmy antwortete: »Das kann nicht sein! Hab ich damals echt so viel bezahlt?!«

Der Streit zwischen meinem Onkel und Chuck um den Buick führte dazu, dass der Frieden in unserem Haus nachhaltig gestört war. Vor allem als Koronko obendrein zu meinem Freund sagte, er solle lieber wieder im Indianerreservat für die Primitiven schrauben.

Als Babyface zwei Tage später davon hörte, ging er zu Jimmy, baute sich vor ihm auf und sagte: »So! Kleiner, dicker weißer Mann! Jetzt werde ich dich das Fürchten lehren! Sofort kommst du mit in den Garten!«

»Was ist denn nun kaputt? Hat deine Töle einen Toten ausgegraben? Ich zittere schon wie Espenlaub!«

Babyface holte aus dem Schuppen, in dem Crazy Horse übernachtete, ein riesiges Beil. Das Ding wog bestimmt drei Kilo. Chuck und ich standen am Küchenfenster und beobachteten das absurde Schauspiel.

»Schwachsinn scheint ansteckend zu sein«, sagte Chuck kopfschüttelnd. »Lass uns bloß dazwischen gehen, sonst krachen die morschen Schädel noch aneinander.«

Wir liefen in den Garten und hörten meinen Onkel quie-
ken.

»Jesus Maria!« schrie er. »Der wird uns noch alle ab-
schlachten wie die Schweine! Da kannste aber Gift drauf
nehmen, Teofil!«

Babyface wischte sich die Nase mit dem Ärmel seines
Pelzmantels und schlug das Beil in den Schnee, direkt vor
Chucks Füße, so dass der Holzstiel fast senkrecht stand. Er
sagte: »Einmal anschleifen bitte! Ich mach mit den Bleichge-
sichtern kurzen Prozess! Leiden sollen sie nicht!«

»Kommt gar nicht in Frage«, sagte Chuck. »Wenn ihr beiden Zittergreise eine offene Rechnung miteinander habt,
müsst ihr euch nicht gleich eure bescheuerten Rüben einhauen – hier wird kein Blut vergossen!«

Chuck griff sich das Beil und warf es über den Zaun in
den Nachbargarten.

Ich sagte nur zu Babyface: »Fängst du jetzt auch noch so
an? Dann machen wir die Biege. Wir haben Besseres zu tun,
als mit zwei kranken Geistern hier zu versauern. Denkt dran!«

Damit hatten sie nicht gerechnet, unsere Väterchen, dass
wir meutern würden. Jimmy sagte: »Rothaut! Ich glaub, du
hast dir den Falschen ausgesucht! Nicht mich, sondern diese
Rotznasen müsstest du dir vornehmen!«

»Genau!« sagte Babyface. »Aber kein Krieger, der was von
sich hält, geht mit einem Beil auf seine eigenen Kinder los!«

»Dann spring mal schnell über den Zaun und versteck das
Gerät wieder!« sagte Jimmy.

Babyface hatte meinem Onkel einen schönen Schrecken
eingejagt. Der alte Koronko sagte zu mir, er müsse seine Notizen gründlich überarbeiten, und floh in sein Zimmer. Am
Abend trug er mir diesen traurigen Satz vor: »Der Indianer
ist auch nicht mehr das, was er mal war. Er ist eine blutrüns-
tige, degenerierte, korrumpierte, schwule, drogenabhängige,
gottverlassene und rachsüchtige Bestie, die es vor allem auf
Polen abgesehen hat!«

Nach einem Jahr auf der Baustelle hatte ich endlich so viel Geld verdient – natürlich ohne einen einzigen Dollar Steuern und Krankenversicherung bezahlt zu haben –, dass ich mir alle Wünsche erfüllen konnte. Ich war auch zu einer radikalen Veränderung in meinem Leben bereit. Ich überlegte: Mit Chuck und den beiden alten Knackern nach Mexiko in den Urlaub fahren? Vorher in Calgary Agnes besuchen? Oder mit Chuck nach Kalifornien auswandern? Den erträumten Urlaub in der Sonne in alle Ewigkeit verlängern? Eine neue Existenz aufbauen, ohne Jimmy und Babyface?

So viele Ideen mir durch den Kopf schwirrten, einen festen Entschluss zu fassen fiel mir schwer. Eines war jedoch sicherer denn je: So weiterzuleben wie bisher, ständig mit der Angst im Nacken, dass wieder etwas vollkommen außer Kontrolle geraten würde, war unmöglich. Mein Onkel konnte ohne mich keinen einzigen Schritt machen, er drehte sich seit Jahren im Kreis, riss mich immer tiefer in seinen Wahnsinn hinein, und die strengen Winter Manitobas raubten mir die allerletzten Kräfte.

Ich zermarterte mir das Hirn: Winnipeg endgültig zu verlassen, hieße auch, mit einem großen Teil meiner Vergangenheit abzuschließen, und Agnes und Jimmy waren immerhin meine einzige Familie gewesen. Durfte ich aber meinem Onkel antun, was Agnes mir angetan hatte? Einfach so abhauen?

Aber unser Badestrand in Rothfließ, selbst ihre Flucht nach Calgary – all das lag doch weit weg, wie in einem anderen Sonnensystem. Warum sorgte ich mich also?

Was mich auffraß, war, dass ich oft gedacht hatte, ich hätte bei ihnen eine Schuld zu begleichen, ich müsste etwas ausbügeln, vor allem bei meinem Onkel, der mir die Ausreise nach Kanada ermöglicht hatte.

Ich überlegte schließlich ernsthaft, ein neues Auto zu kaufen, um endlich die frostigen Morgen an der Bushaltestelle los zu sein, aber Chuck sagte: »Stop! Biste vollkommen bedeppert? Du pumpst dein ganzes Geld in einen hässlichen Toyota, fährst deinen Onkel durch die Gegend, und wir können unseren Urlaub abblasen, weil du wieder keine Mäuse hast!«

Im Januar 1991 löste Jimmy auf der Baustelle in einem fort Feueralarme aus, die uns ein bisschen in Bedrängnis brachten. Wir verlegten in den Wolkenkratzern Parkettböden. Unser Chef Mr. Miller, der Angler, kontrollierte regelmäßig, ob alles wirklich nach Plan verlief, und war sehr zufrieden, denn wir waren wirklich gut. Wir arbeiteten im Akkord und waren meist als Erste fertig. Doch die neuen Gebäude waren größtenteils noch unbeheizt. Mein Onkel fror wie ein kahlgeschorenes Schaf. Manchmal machte er ein kleines Feuerchen. Er verbrannte Holzreste, alte Pinsel und Pappe. Einfach alles, was ein bisschen Wärme schenkte, wurde in Metalleimern verheizt.

Eine Elektrikertruppe, bestehend aus lauter Kasachen, beschwerte sich einige Male bei Jimmy über den unerträglichen Qualm.

»Guckt euch den Polen an!« schimpften sie. »Fett wie ein Schwein und friert wie 'ne Ratte! Der fackelt noch die ganze Bude ab!«

Sie drohten, ihn bei der Bauleitung zu melden. Er reagierte gar nicht auf die Beschwerden der Kasachen, stritt sich fast täglich mit ihnen und begann sogar, das Parkett zu verheizen.

Im Februar zeigten die Thermometer minus siebenunddreißig Grad an: Kälterekord.

An diesem Morgen legten wir die Arbeit nach drei Stunden nieder, weil uns der Atem gefror.

»Bin gleich wieder da«, sagte mein Onkel und verschwand für zwanzig Minuten.

Ich stellte mich in die Ecke und wartete. Rauchte eine und hörte Radio.

Als Jimmy wieder erschien, mit einem chinesischen Mini-ölofen unterm Arm, klapperten meine Zähne so heftig, dass ich dachte, ich würde mit Kastagnetten spielen.

»Kannst aufhören«, sagte er. »Hab uns was Feines vom Trödler gleich ums Eck besorgt. Das Ding funktioniert mit Öl! Gibt so viel Hitze, dass du denkst, du bist sonst wo!«

Ich sagte: »Und was jetzt? Soll ich etwa zur Tankstelle rennen, mit einem Zwanzigliterkanister?!«

»Nee. Schau dich doch mal um!« sagte er. »Hier stehen doch überall Pötte rum: Farben, Lacke und Verdünner. Das Zeug brennt wie Zunder! Sollst mal sehen!«

Er schnappte sich eine Flasche Verdünner und einen Eimer mit roter Ölfarbe und füllte die beiden Flüssigkeiten in den Ofen ein.

Es gab ein fantastisches Feuerwerk, Rauchwolken und einen Gestank, der anfing, sich über viele Stockwerke auszubreiten.

Ich riss sofort das Fenster auf, um die roten Rauchschwaden rauszulassen.

»Nichts wie weg hier!« schrie ich panisch.

Wir stürzten ins Treppenhaus. Als wir unten ankamen, hörten wir schon die Sirenen der Feuerwehr, die von den Anwohnern alarmiert worden war.

Ich kam mit gewaltigen Kopfschmerzen nach Hause und wollte nur noch ins Bett. Unseren Job waren wir los.

Mein Onkel sah überhaupt keinen Grund zum Verzweifeln. Er sagte: »Ich hab noch zweitausend Dollar, und mein Geschäft mit den Katalogen läuft wie geschmiert: Manchen Monat mach ich mit den HiFi-Geräten einen Supergewinn! Das soll mir einer nachmachen!«

Er beschloss, in den nächsten Tagen sein Zimmer nicht mehr zu verlassen.

Er versteckte sich in seinem Bett und setzte kaum einen Fuß vor die Tür, höchstens wenn er wegen Zigaretten und

Wodka zum Liquor store ging. Einmal im Monat schrieb er mir einen Scheck aus, damit ich die Miete bezahlen konnte. Wir teilten sie uns normalerweise, nur wurden die Beträge auf seinen Schecks immer kleiner, und für die ganze Miete aufzukommen – das sah ich überhaupt nicht ein.

Manchmal ging ich zum Arbeitsamt und erkundigte mich nach allen möglichen Jobs, aber es gab nichts, was für mich in Frage kam. Für fünf Dollar die Stunde wollte ich nicht mehr arbeiten. Auf der Baustelle hatte ich ein Gehalt kassiert, für das ich mir mit Chuck jeden Spaß erlauben konnte: die nächtlichen Sauftouren, die Abende bis zum Morgengrauen.

Mein Onkel hatte auch den Frühling sorglos verschlafen, aber im Sommer folgte das große Erwachen: Sein Geld war alle, und die Russen kauften ihm nichts mehr ab. Auf seinem Bankkonto herrschte gähnende Leere, sein Erspartes hatte sich der Teufel Liquor store gegriffen, und seine Mietschulden schrieb ich gar nicht mehr auf, weil mir klar war, dass er sie mir nie zurückzahlen würde.

Babyface machte meinem Onkel ein Friedensangebot: »Im Sommer geht der Grizzlybär auf die Jagd. Dann arbeitet er. Das solltest du auch tun. Ich werd mal mit meinem Chef sprechen. Einen osteuropäischen Rasenmäher kann er bestimmt gut gebrauchen!«

Jimmy sagte: »Ich leide zwar an chronischem Asthma, aber mit so 'nem blöden Rasen werd ich allemal fertig! Verlass dich drauf, Rothaut!«

Im Winter müsste er allerdings im Schneeräumdienst arbeiten wie Babyface.

Ich mischte mich nicht mehr in ihre Angelegenheiten ein. Die Zeit, dass ich mir den Kopf darüber zerbrach, wie es mit Jimmy weitergehen sollte, war vorbei. Ich war vierundzwanzig Jahre alt. Einen Schulabschluss konnte ich nicht vorweisen, selbst einige der bestandenen Englischkurse bedeuteten nichts. Nicht einmal unsere Band Black is White konnte mir in irgendeiner Weise dienlich sein. Als ein Gitarrist, der nur auf Hochzeiten im polnischen Klub gespielt hatte, stand ich auf verlorenem Posten, und Rockbands ohne Plattenvertrag gab es in Winnipeg wie Sand am Meer, in jedem Schlupfwinkel der Stadt, in jedem verbarrikadierten Keller – alles gottverdammte Genies. Ich hatte es auch versucht, mit polnischen Texten und Countrymusic von meinem Onkel.

Er zog sich eine grüne Latzhose an und fuhr mit Babyface zu den Rasen und Hecken und Rosensträuchern. Er spekulierte zu Anfang auf ein gutes Monatseinkommen, musste sich aber mit eintausend Dollar zufrieden geben, obwohl er nach zehn Stunden Mähen, Hacken, Sägen und Schneiden jeden Tag wie ein nasser Sack ins Bett fiel.

Nur im Schneeräumdienst sollte Jimmy Koronko mehr Geld bekommen, zum Beispiel den Zuschlag für Nachtschichten auf der Straße.

Er freute sich: »Zweihundert Piepen extra! Da krieg ich immerhin acht *Sikspeks*, drei Stangen Kippen und zwei leckere Weihnachtstruthähne für die Familien Babyface und Koronko, dafür müssen manche wochenlang stehlen und Büchsen sammeln!«

 IV

KALIFORNIEN
ODER
MEXIKO

Mit dem November 1991 war auch mein Geld fast ganz aufgebraucht, ich verfügte nur noch über eine kleine Reserve, die ich nicht anrühren wollte, weil mir dann ein Leben auf der Straße nicht erspart bliebe.

Viertausend Dollar, fragte ich mich, was stelle ich damit an? Chuck grübelte nicht lange, was mit meinem Ersparten geschehen sollte. Er sagte: »In Ferien fahren können wir immer noch. Lass uns endlich Agnes besuchen!«

Ich entwarf dagegen weiter große Auswanderungspläne – lediglich für ein paar Tage zu Agnes zu fahren war meiner Meinung nach völlig absurd. Außerdem würde man nur daran denken, dass in Winnipeg die beiden alten Trottel auf uns warteten.

Chuck sagte: »Ich hab von Babyface und deinem Onkel auch die Schnauze voll! Wenn wir jetzt nichts Vernünftiges auf die Beine stellen, werden wir bald genauso bescheuert wie diese Blindgänger! Wetten?«

Ich sagte: »Ist gebongt, Kumpel! Aber ich bin schon einmal von zu Hause geflohen, und was ist daraus geworden? Ich sitz in der Patsche, hab nichts gelernt, bin arbeitslos, und wegen Agnes hätte ich mir beinah auch noch die Kugel gegeben!«

Chuck sagte: »Und mich packt schon das blanke Entsetzen, wenn ich das Wort Ölwechsel nur höre. Mein Kopf fängt sofort an zu fiebern! Ich muss endlich mal ein bisschen entspannen!«

Sein Telefon schwieg, seine Frauen riefen nicht mehr an.

»Da kannste mal sehen«, meinte er, »wie sehr sie mich lieben! Nichts will mehr klappen: die betrunkenen Nächte, die schnellen Namen und Gesichter, die am nächsten Morgen sofort vergessen sind – alle unheimlichen Zufälle, die nicht mehr eintreffen! Ich bin am Ende!«

Wir besprachen unsere Lage bis ins kleinste Detail und trafen gemeinsam eine Entscheidung. Das Ziel lag so klar auf der Hand wie noch nie bei uns beiden: Besuch bei Agnes in Calgary, dann der Abstecher nach Kalifornien. Wir wollten die Sonne erobern! Vielleicht noch die Palmen und die kilometerlangen Strände, die Studentinnen in Bikinis und die eiskalten Drinks, Piña Colada und Gin Tonic, und die süßen Mangos am Stiel! Mit dem Auto wollten wir in aller Herrgottsfrühe abhauen, ohne jegliche Abschiedszeremonie, ohne Jimmy und Babyface etwas zu sagen; sie sollten im Dunkeln tappen.

Eine Woche vor unserer Reise packten wir heimlich zwei Rucksäcke; nur die notwendigsten Sachen wollten wir mitnehmen, das heißt vor allem jede Menge Musik.

Für eine Autopanne waren wir mit dem schlauen Werkzeugkasten von Chuck bestens ausgestattet, obwohl ich Bedenken anmeldete: »Und was machst du mit dem Schweißgerät? Schraubst du ihn auseinander? Das kannste vergessen! Dann könnten wir gleich das ganze Haus abreißen und Ziegel für Ziegel auf einen Sattelschlepper laden!«

»Ich bin ja nicht blöd!« sagte Chuck. »Die Werkstatt mit all dem Zeug, das ich über viele Jahre gesammelt hab, ist mein kleines Geldpolster. Ich kann immer und jederzeit nach Winnipeg zurückkehren und die Geschäfte wieder aufnehmen, mein Freund!«

Ich sagte: »Und ich würde mich nicht wundern, wenn mein Onkel diesen ganzen Krempel verscheuert, dann ist deine Garage leer. Und du?! Vor Wahnsinn halb am Abkratzen!«

»Keine Bange!« sagte er. »Ich werde das Garagentor so verriegeln, dass nur eine Panzerfaust meinen Sesam aufkriegt!«

Er verscheuerte auf den letzten Drücker seinen Sportwagen und meldete den Pickup an, der im Garten unter einer Plane vor sich hinrostete. Dass diese Gurke, ein alter Ford, überhaupt noch ansprang, grenzte schon an ein Wunder, doch viel interessanter erschien mir die Frage, wie wir mit diesem Haufen Schrott ein paar Tausend Kilometer zurücklegen sollten.

»Chuck!« sagte ich. »Hast du nicht alle Tassen im Schrank? Das ist doch kein Auto, damit kommen wir keine zwei Blocks weit! Und guck dir die Reifen an!«

»Alles kein Problem! Kostet mich drei Tage, dann ist der Ford wie neu!«

Onkel Jimmy schaute ab und zu in Chucks Garagenwerkstatt vorbei und murmelte: »Irgendwas stimmt hier nicht!«

Chuck ist manchmal ein Großmaul. Er verliert den Boden unter den Füßen und sagt Dinge, die jeder Geheimhaltung spotten. Zu seinem Adoptivvater meinte er nur so aus Spaß: »Wenn ich dir eine Postkarte aus San Francisco schicken würde, würdest du mir glauben, dass ich ganz oben bin und Geld habe wie Heu?«

Babyface sagte: »Das weiß ich nicht! Das muss ich mit Jimmy besprechen! Er kennt sich damit aus, wie ein Krieger zu Ansehen kommt!«

Ich vergaß ihr Gespräch nicht, wartete einen Tag ab und stellte dann meinen Freund zur Rede: »Wir haben doch eine Abmachung! Die alten Säcke sollten von unseren Absichten nichts erfahren – und du kannst einfach die Klappe nicht halten!«

»Ach, denen kannste doch alles erzählen«, antwortete Chuck, »musst nicht gleich ausflippen!«

An unserem letzten Abend in Winnipeg, der Ford war fertig, die Kotflügel lackiert, der Auspuff geschweißt, die Zylinderkopfdichtung ersetzt, die Bremsen und die Heizung repariert, die Reifen und die Batterie ausgewechselt, stürzte Jimmy in mein Zimmer und überschüttete mich mit Fragen: »Du gehst weg? Und das muss ich vom Feind erfahren? Warum weiß Babyface mehr als ich? Und was ist mit der Miete? Was soll ich hier alleine ohne dich, noch dazu mit diesem mordlustigen Indianer? Und wie ist das alles überhaupt zu verstehen? Ich helf dir, wo ich kann, aber nein – Teofil spuckt auf die Hand, aus der er isst! So sieht's also mit dir aus!«

Ich sagte: »Du und mir helfen? Davon merk ich nichts! Bin ich nicht derjenige, der bei der ganzen Sache hier draufzahlt? Schon seit Monaten? Sonst hätte dich der Navajo längst rausgeworfen! Sieh zu, dass du den Laden alleine schmeißt! Mein Zimmer kannste in einen Hühnerstall verwandeln, ist mir egal!«

»So sprichst du mit mir, deinem Onkel, du Schmarotzer?« sagte er. »Ich gehe! Und bete zu Gott, dass ich nicht den Ausnahmezustand verhänge, mit Polizeistunde und Leibesvisitation und so! Dann wird mir keiner das Haus ohne gültige Papiere verlassen, Freundchen! Das kannste mir aber glauben!«

Er stapfte davon, und ich kroch in mein Bett, zog die Decke bis zu den Ohren hoch und träumte zum letzten Mal von Agnes: mehr als eintausend Kilometer trennten mich von ihr – Calgary sollte unsere erste Etappe sein und hoffentlich ein guter Ort für eine Rast.

Babyface weckte uns um vier Uhr am Morgen. Er hatte Kaffee gekocht. Das Frühstück aßen wir ohne Jimmy – er schlief draußen. Er hatte sich vor dem Ford als lebende Wegfahrsperre ein Lager aufgebaut. Er schlief in voller Montur, um nicht zu erfrieren: Eine Gummimatratze, zwei Wolldecken, ein Schlafsack, drei Pullover, eine Flasche Smirnoff und ein elektrischer Wärmestrahler, angeschlossen an eine Kabeltrommel, sorgten für normale Körpertemperatur. Über dem Ganzen wachte ein Sonnenschirm, der die Schneeflocken abfangen sollte, aber zum Glück hatte es in der Nacht wenig geschneit.

Babyface half uns, Kartons und Rucksäcke zum Auto zu tragen. Wir befestigten das Gepäck mit Seilen und machten dicke Knoten, damit die Sachen auf der Ladefläche nicht hin und her geschleudert würden. Dann deckten wir alles mit einer Plane zu.

Chuck verabschiedete sich von seinem Adoptivvater. Er hob seine rechte Hand hoch und spreizte zwei Finger: »Leb wohl!« sagte er.

»Leb wohl!« sagte Babyface, dann wandte er sich an uns beide: »Jeder Krieger muss einmal von zu Hause weggehen – meinen Segen habter. Und macht euch um Jimmy keine Gedanken. Der pennt wie ein Toter! Ich hab 'n bisschen mit Schlaftabletten nachgeholfen!«

Chuck setzte sich ans Steuer, ich machte es mir unter einer Wolldecke auf dem Beifahrersitz bequem. Der Ford hörte sich an wie ein Trecker, als mein Freund den Rückwärtsgang einlegte.

»Junge!« sagte er. »Wir haben sogar eine Klimaanlage, und die funktioniert einwandfrei!«

»Die brauchen wir jetzt auch dringend!« sagte ich und wechselte das Thema: »Da wird mein Onkel aber böse aus der Wäsche gucken, wenn er aufwacht! Stell dir vor! Jimmy reißt den Schlafsack auf, reckt sich, reibt sich die Augen und sieht plötzlich die Reifenspuren im Schnee – die weiße Leere. Er fragt dann: ›Wo ist das Auto hin?‹ Und Babyface? Der freut sich jetzt schon! Der wird sagen: ›Die sind rückwärts weggefahren!‹«

Ich war froh, diese verfluchte Stadt endlich hinter mir zu lassen, und die acht verflixten Jahre, die mir wie ein Tag vorkamen, an dem ich nichts Außerordentliches zustande gebracht hatte. Meine Zeit hier war abgelaufen, es fehlte nur noch ein amtliches Siegel – das wollte ich mir von Agnes holen.

14 ▶┼┼┼┼┼┼╫🐟 Auf dem Highway hielten wir nur einmal an, um zu tanken. Achtzehn geschlagene Stunden waren wir unterwegs, viel zu lange, denn es schneite fast ohne Unterbrechung, und Chuck trat andauernd auf die Bremse, um den waghalsigen Überholmanövern der Truckfahrer auszuweichen. Wir mussten uns durch etliche Kleinstädte durchboxen, die der Highway miteinander verband. Da waren Hunderte von Arbeitern beim Bau der Trans-Canada umgekommen, aber keiner dachte heute daran, dass man hier praktisch auf einer Landstraße aus Menschenknochen fuhr.

Am späten Abend erreichten wir Calgary, und ich rief von einer Telefonzelle aus Agnes an, die mir den Weg zu sich nach Hause beschrieb. Unsere Schneefahrt war beendet, ohne dass der Ford nur eine einzige Macke gezeigt hätte: »Siehste, kein Ärger mit der Kiste«, sagte Chuck. »Das verdammte Ding fährt wie von alleine!«

»Das ist Glück«, sagte ich. »Aber solange du mit an Bord bist, kann ja nichts passieren. Du bist der Mechaniker – ich sorg für die Unterhaltung: Auf dem Programm steht Besuch bei Agnes!«

»Na, da bin ich aber gespannt, auf deine Giraffe!« sagte er.

Hundemüde traten wir Agnes vor die Augen. Ihre Wohnung, siebzig Quadratmeter in einem modernen Hochhaus mit Sauna und Schwimmbad, war zweifarbig eingerichtet. Schwarze Möbel und Couchen, alle Wände und Lampen in Weiß. Nichts Gebrauchtes, keine fleckigen und aufgerissenen Sofapolster wie bei uns in Winnipeg. Alles neu und poliert, die Ordnung der Dinge pedantisch. Auf dem

Schreibtisch hatte jeder Gegenstand seinen Platz, selbst der Radiergummi und der Bleistiftspitzer. Ich dachte, wo bin ich? Im Wartezimmer einer Arztpraxis? Im Büro einer Versicherungsgesellschaft?

Als wir uns zur Begrüßung umarmten, war ich von einer seltsamen Gleichgültigkeit gelähmt. Darauf war ich nicht gefasst, im Gegenteil, während der langen Fahrt hatte ich eher daran gedacht, dass wir uns auf Anhieb wieder vollkommen verstehen würden wie einst am Badestrand von Rothfließ und dass dann alles Böse zwischen uns in Vergessenheit geraten würde. Doch gar nichts. Ich stand einfach da wie ein Pfahl und hoffte nur auf eines: nicht lange reden, schlafen gehen.

Von Agnes' Lippen konnte ich das Gleiche ablesen, zumindest glaubte ich es: Sie war genauso gleichgültig wie ich. Ihre Augen strahlten nicht.

Chuck dagegen war glücklich wie schon lange nicht mehr. Ihm gefiel meine Giraffe, das sah ich sofort. Er gab Acht auf jeden Satz, den sie sagte, nickte mit dem Kopf und stimmte allem zu. Der alte Fuchs, dachte ich, mimt den Verständnisvollen und weiß ganz genau, dass die Frauen darauf abfahren.

Agnes wohnte alleine. Stanley Cox, ihr berühmter Freund, war Oberarzt am städtischen Krankenhaus geworden, sie selbst schrieb an ihrer Dissertation und arbeitete in einer Kinderklinik.

»›Teo‹?« wunderte sie sich. »Dein Freund hat sich einen schönen Namen für dich einfallen lassen. Ich mag ihn.«

»Ich weiß von Teo sehr viel über dich!« sagte Chuck. »Eigentlich heißt du ›Agnieszka‹. Agnes ist aber auch ganz nach meinem Geschmack. Du bist die erste Polin in meinem Leben, obwohl alle Welt davon spricht, wie hübsch sie sind.«

»Und?« sagte sie. »Bist du enttäuscht?«

Ich sagte: »Chuck! Es ist wirklich schade, dass du deine Briefmarkensammlung nicht mitgenommen hast.«

»Ganz der alte Teofil«, sagte Agnes lächelnd. »Schon damals hätte er mich am liebsten eingesperrt.«

Chuck sagte: »Wirklich? So was würde mir nie einfallen.«

Agnes stellte uns für die eine Nacht großzügig ihr Schlafzimmer zur Verfügung, sie würde im Salon schlafen.

Sie entkorkte eine Flasche Rotwein: Barolo, Direktimport aus Italien. Holte Kristallgläser aus der Küche.

»Wir sollten anstoßen«, sagte sie.

Ich sagte leise zu Chuck: »Ich kotz gleich im Strahl!«

»Alter! Benimm dich«, zischte er. »Wenn du mir die Tour vermasselst, kannst du zu Fuß nach Kalifornien gehen.«

Er sagte laut: »Auf die Gastgeberin!«

Den ganzen Abend blickte mich Agnes kaum an. Ich war für sie so gut wie abwesend. Sie trug ein enges schwarzes Abendkleid. Ihr Haar hatte sie kastanienbraun gefärbt und kurz geschnitten.

Das Mädchen in ausgewaschenen Jeans, das ich aus Winnipeg gekannt hatte, musste eine Einbildung gewesen sein. Die neue Agnes lackierte sich die Fingernägel und trug Seidenwäsche. Stanley Cox verdiente wohl einen Haufen Geld, womit er jede Laune meiner Giraffe befriedigte.

Ich trank zwei Gläser Wein und sagte, dass ich mich schleunigst ins Bett legen müsste. Ich war völlig fertig.

Agnes sagte zu mir: »Tja – wenn das so ist! Du warst schon immer recht schnell erschöpft …«

Chuck grinste. Er war mehr als begeistert.

»Dein Freund wird mir bestimmt gerne erzählen«, setzte sie fort, »wie es deinem Onkel geht.«

Mir war alles egal. Ich sagte: »Genau! Aber Chuck, denk dran: Um fünf wollen wir aufbrechen. Hast du schon vergessen? Wir sind doch nur auf Durchreise …«

Der nächste Morgen war tagebuchreif. Mein Freund behauptete, so was wie gestern Nacht hätte er überhaupt noch nicht erlebt. Ich sagte: »Wieso? War es so wild?!«

»Du Trottel!« sagte Chuck. »Ich musste ihr die ganze Zeit über deinen blöden Onkel Bericht erstatten. Alles wollte sie wissen, nur nichts von mir.«

»Oh!« sagte ich. »Mr. Charming ist nicht zum Zuge gekommen!«

»Bild dir bloß nichts ein! Für sie bist du die größte Memme westlich der Wolga!«

»Du kannst dir nicht vorstellen, wie egal mir das inzwischen ist!«

»Doch, doch«, antwortete Chuck. »Jetzt verstehe ich einiges. Du hast einen Eiszapfen geliebt!«

Ich sagte: »Und du wolltest diesen Eiszapfen sogar noch pimpern, obwohl sie meine Exfreundin ist! Was soll ich denn davon halten?«

»Wieso? Was regst du dich auf! Du liebst sie doch gar nicht mehr!«

»Nee. Und trotzdem! Ein guter Mann macht sich nicht an die Exfreundin seines besten Freundes heran! Das ist ein kosmisches Gesetz!«

»Vielleicht in deinem polnischen Miniaturuniversum! Eure Gesetze können mir gestohlen bleiben. Ich bin Indianer, und die sind nun mal scharf auf weiße Squaws. Frag mal Babyface. Der kann dir ein Lied davon singen. Erst seit er fünfzig geworden ist, geht er die Sache etwas ruhiger an. Aber ich möchte nicht wissen, wie viele Kinder er wirklich hat!«

»Und ich dachte, er hat's nicht so mit den Frauen.«

»Von wegen, mein Lieber. Du musst noch viel lernen.«

»Danke. Wozu hat man Freunde?«

Chuck und ich schliefen im Auto in unseren Schlafsäcken. Nur einmal gingen wir in ein Motel, um duschen und richtig ausschlafen zu können.

Chuck nervte. Er brachte mich mit seinem Gefasel über Frauen auf Hundertachtzig.

Das Kapitel Agnes war für mich endgültig abgeschlossen – für alle Zeiten erledigt.

Ich hatte zwar Lust auf eine neue Frau, nur diesmal wollte ich alles anders machen. Mein Onkel hätte sich gefälligst aus allem rauszuhalten.

Eine ganze Woche mit meinem Freund im Auto bewies mir, dass der Mensch ein aggressives Wesen ist. Selbst Indianer werden unausstehlich. Gemessen an meinem Onkel war Chuck zwar immer noch harmlos, doch trotzdem: Rauchverbot in einem Wagen, den sowieso niemand mehr kaufen würde, schien mir aberwitzig.

»Du rauchst Pall Mall«, sagte Chuck. »Die stinken nach alten Putzlappen. Wenn ich so unter die Leute geh, geräuchert wie ein Elch, wird mich kein einziges Weib mehr mit dem Hintern angucken!«

Saß ich mal am Steuer, musste ich mir allerhand Blödsinn anhören. Chuck sagte, ich würde andauernd in die Seitenspiegel schauen, statt einfach geradeaus zu fahren. Seitenspiegel würde ein guter Fahrer gar nicht brauchen. Und wenn er mich pilotierte, mit dem Rand-McNelly-Straßenatlas auf dem Schoß, den wir uns auf einer Tankstelle gekauft hatten, verfuhren wir uns ständig.

»Nach rechts!« schrie er. »Einbiegen, los einbiegen!«

»Du Pfeife!« sagte ich. »Du musst nicht alles zehnmal wiederholen. Ich bin ja nicht blind und schwerhörig!«

Trotzdem fuhr ich nach links, weil er mich ständig behandelte wie einen rumänischen Taxifahrer, der in seinem ganzen Leben nichts anderes gesehen hat als Schlaglochpisten.

Der Rand-McNelly, Chucks Wegbeschreibungen und meine Fahrkünste führten uns nach Utah zum Großen Salzsee, Great Salt Lake. Nach sechs Tagen Irrfahrt durch Berge und Wüsten waren wir dem Geburtsort von Babyface näher gerückt – Kalifornien hatte andere Koordinaten.

Wir hatten uns zuviel vorgenommen. Eine Pause am Salzsee käme uns sehr gelegen, entschieden wir.

»Santa Barbara und San Francisco laufen uns nicht weg!«
sagte Chuck. »Hier ist es schon etwas wärmer als in Winnipeg. Wir bleiben so lange, bis uns die Fressalien ausgehen,
dann fahren wir weiter!«

»Abgemacht«, sagte ich.

Das war der Chuck, den ich mochte. Nach allem Streit,
den wir unterwegs gemeinsam durchgestanden hatten, war
er immer noch in der Lage, gute und vernünftige Entscheidungen zu treffen – ich war da anders: Ich konnte nicht so
schnell vergessen, zudem fiel es mir schwer, offen auszuspre-
chen, was mich dabei quälte.

Wir parkten auf einem seltsamen Campingplatz, der direkt am Salzsee lag. Ein gewaltiger grauer Strand erstreckte
sich bis zu den Bergen. Die Gipfel der Wasatch Range bildeten in der Ferne eine verschwommene dunkle Grenze.

Der Campingplatz bestand aus drei Chemieklos. Wer sie
wirklich benutze, musste schon in ganz dringenden Geschäften unterwegs sein. Halbtote Fliegen umkreisten in
schwarzen Staffeln mühsam die Buden und nisteten sich in
den dreckigen Schlupfwinkeln ein.

Wir waren nicht allein. Zwei silberne Wohnmobile glühten in der kalten Sonne, und das aluminiumfarbene Metall
der Camper erzeugte Regenbögen, die in den Salzsee tauchten.

Wir schlugen unser Lager auf. Unser Zelt war in null-
Komma nichts aufgebaut. Wir zählten die Fleischkonserven.
Sie würden für eine Woche reichen. Dann setzten wir uns in
den Ford und hörten Musik.

Wir knackten zwei Büchsen Budweiser, als ein Mann auf
unserem Grundstück auftauchte, etwa fünfzig Jahre alt. Er
kam von den Campern und sah aus wie ein Indianer. Seine
glatten, langen Haare waren zu einem hüftlangen Zopf zu-
sammengebunden. Er war groß, hatte keinen Bauch, und an
seinen kräftigen Knochen klebten pralle Muskeln.

»Hi!« sagte er. »Mieses Wetter heute. Wenn es nicht bald

besser wird, könnte es hier gefährlich werden. Im Gebirge regnet's schon seit Tagen. Und ihr? Wo seid ihr her?«

»Aus Kanada!« sagte Chuck. »Wir wollen nach Kalifornien.«

»Na ja. Da habt ihr noch ein langes Stück zu fahren«, sagte er. »Man sieht sich.«

Am nächsten Tag schliefen wir bis zum Mittag. Dann rauchten wir ein paar Zigaretten und redeten über die Weiterfahrt nach Kalifornien.

Abends spielten wir einige Runden Poker, mehr oder weniger aus Langeweile. Wir starrten gelegentlich den See an, dessen Wellen das Salz aufschäumten und an den Strand schwemmten, oder beobachteten einfach die Camper. Wir stellten fest, dass dort noch zwei oder drei andere Menschen lebten. Sie hatten ihre Wohnmobile bisher kaum verlassen; mit dem Sonnenuntergang wurde es lauter. Dann zündeten sie den Grill an, und wir hörten den Hall ihrer Stimmen, der die steinerne Stille des Salzsees durchbrach und sich über die graue Ebene bis zu den Bergen ausbreitete.

Wir sahen einen Mann am Strand entlangwandern, immer in südlicher Richtung. Wir erkannten ihn wieder: Es war das Muskelpaket mit dem langen Zopf, der Indianer.

Auf dem Rückweg kreuzte der Fremde unser Lager und trank mit uns Kaffee. Er fragte uns aus, als wären wir international gesuchte Verbrecher. Wir erzählten ihm von Winnipeg und unserer Irrfahrt zum Salzsee. Permanent wiederholte er die gleichen Fragen, sodass wir zu der Überzeugung gelangten, der Typ müsse verrückt sein, zumal er von sich selbst nichts preisgeben wollte. Nicht einmal seinen Namen verriet er uns und schwieg jedes Mal, sobald er merkte, dass wir genauso neugierig waren wie er.

Am darauffolgenden Abend kam er nach seinem Spaziergang noch einmal zu uns und sagte: »Ich glaub, ihr Jungs seid ganz in Ordnung. Und dieser Büchsenfraß geht euch bestimmt mächtig auf die Nerven.«

»Allerdings«, sagte Chuck. »Mein Magen schreit schon um Hilfe!«

»Wir haben Steaks und Bier«, sagte er. »Kommt doch einfach rüber!«

Wir nahmen die Einladung an und marschierten mit ihm in die Dämmerung.

Unterwegs verriet uns der Indianer seinen Namen: Jack Cloud.

Wenige Minuten später saßen wir schon am Tisch, tranken Bier und hörten Jack zu, wie er von seinem Leben erzählte.

Er war ein Sioux. Er meinte, er sei einer der letzten Abkömmlinge seines Stammes.

Jack Cloud war einmal ein bekannter Footballprofi gewesen. Seine Ehe mit einer Japanerin war daran gescheitert, dass eine Knieverletzung seine vielversprechende Karriere beendete. Er war gerade zweiundzwanzig, als die Army ihn einzog. Zwei Jahre später kämpfte er schon in Vietnam, sein Knie war aber längst verheilt – er hätte wieder Football spielen können. Nach dem Krieg kaufte er sich von seiner Abfindung ein Wohnmobil und fuhr seitdem kreuz und quer durch den Kontinent.

Chucks Augen sprühten Millionen Funken vor Begeisterung.

Mein Freund hatte einen großen Helden getroffen. Einen Indianer, der für die Vereinigten Staaten von Amerika gekämpft hatte, genau wie er.

Ich nicht. Ich hielt nichts von erhabenen Taten für Volk und Vaterland. Ich dachte genauso wie der alte Mann, der uns mit den Worten »Scheiß Krieg« begrüßte.

Er schlurfte mit einer Büchse Bier in der Hand heran, holte sich einen Stuhl und setzte sich.

»Ich heiße Charles Adams und komme aus Eugene, Oregon«, sagte er. »Wir Adams sind nie Soldaten gewesen. Kein einziger von uns hat jemals im Namen Amerikas getötet. Nixon, diesen Kriegstreiber, haben wir auch nicht gewählt. Alles Betrug – und der Kennedy war auch nicht viel besser.«

»Lieber Freund!« sagte Jack. »Verschone unsere Gäste mit deinem Pazifistengeschwafel!«

Der alte Mann redete, und Jack grillte die Steaks.

Charles bewohnte den zweiten Camper. Er war Astrophysiker gewesen. Seine Frau nannte er Playmate, sie litte an der schlimmsten Form von Migräne – Angst vor dem Altern – und würde erst nach Anbruch der Dunkelheit und einer aufwendigen Gesichtspflege auftauchen.

Charles sagte: »Schon mal was von der intergalaktischen Verschwörung gehört? Jeder zweite US-Bürger ist ein Alien! Meine Frau zum Beispiel!«

»Was für'n Blödsinn!« meinte Chuck.

»Warum haste in Vietnam gekämpft?« wollte ich von Jack wissen. »Hast dein Leben für einen Staat riskiert, der dein kleines Volk unterdrückt.«

Für endlose Sekunden wurde es totenstill, und ich schrumpfte auf Zwerggröße; Jack schaute mich an, als wäre ich der Alien persönlich.

Er antwortete: »Ich bin Amerikaner! Wie kannste mich so was Bescheuertes fragen?«

»Stimmt!« sagte Chuck. »Ich war auch mal Soldat. Wir Indianer sind geborene Krieger – für unser Land tun wir alles!«

Ich sagte: »Nur leider kam dir die Generalsfrau dazwischen, sonst hättest du es bestimmt zum Oberstleutnant gebracht!«

»Das mit der Lady war ein Unfall«, sagte er. »Schwamm drüber!«

Wir tranken mit Charles die letzten Biere, als sein Playmate aus dem Camper trat: eine alte, spindeldürre Frau mit dicker Schminktapete im Gesicht.

»Guten Abend«, sagte sie. »Was starrt ihr mich so an?«

»Oh! Ich hoffe, Milady haben angenehm geruht«, entschuldigte sich Jack und grinste.

Eine Woche verbrachten wir am Salzsee. Wir fuhren nach Salt Lake City, tauschten unsere kanadischen Dollars, kauften Lebensmittel ein, gingen in die Bars.

Jack, der zu Anfang unserer Begegnung unnahbar war, verschlossen wie eine Schildkröte, entwickelte sich zum großen Geschichtenerzähler.

Er fütterte uns mit seinen Erlebnissen aus Vietnam. Sie waren allesamt auf den ersten Blick nicht viel glaubwürdiger als die, die wir schon von meinem Onkel kannten. Jack Cloud zeigte uns jedoch seine Fotos aus Saigon, die Schrapnellnarbe auf dem Rücken, die Liebesbriefe von seiner Japanerin, alles schien echt zu sein – von solchen Beweisen konnte Jimmy Koronko nur träumen.

Der Sioux entführte uns manchmal zum Angeln. Aus Armeebeständen hatte er sich ein merkwürdiges Boot beschafft, das man vor jeder Fahrt erst aufbauen musste. Mit dieser Nussschale paddelten wir stundenlang in der Kälte, immer am Ufer entlang, warfen ab und zu die Angeln aus und fingen nichts.

»Jungs! Ich wollte es euch schon lange sagen«, meinte Jack, »die Wahrheit ist nämlich die, dass ich seit vielen Jahren in diesem See angle, aber einen Fisch habe ich noch nie gefangen. Angeblich ist das Wasser verseucht. Charles Adams behauptet, wenn es hier überhaupt Fische gibt, dann allerhöchstens mutierte Krüppel!«

Ich hätte mich auch gewundert, wenn in dieser salzigen Brühe, die mitten in Utah ein Meer nachahmte, tatsächlich irgendwelche Monster mit Schuppen und Flossen und Zähnen leben würden.

Chuck und ich dachten ab und zu daran, wie es den beiden alten Herren in Winnipeg ohne uns ergehen mochte, und Kalifornien, unser Paradies, verursachte bei meinem

Freund und mir nunmehr leises Gelächter: Gibt es das Land überhaupt?, fragten wir uns. Kommen wir dort jemals an, in der Sonne des Pazifischen Ozeans, in der Bucht von San Francisco, wo sich die Killerwale hinverirren und ihre Harpunenwunden heilen?

Wir blieben bis Thanksgiving, mehr oder weniger Jack Cloud zuliebe. Er sagte, er könnte ein bisschen Abwechslung gut gebrauchen, denn er würde schon zum fünften Mal mit seinen Freunden Thanksgiving feiern, und das wäre überhaupt nichts Erfreuliches, weil Charles Adams betrunken irrsinnige Monologe über Asteroiden und Kometen hielte, währenddessen seine Frau pausenlos die Abendkleider wechseln würde wie auf einer Modenschau.

Truthahn zu grillen war Jacks Leidenschaft. Er stopfte ihn mit kalifornischen Früchten voll und verdünnte die fette Soße mit ein paar Löffeln Weißwein.

Er sagte zu Charles: »Was glotzt'n du mich so mürrisch an? Ich werd den Truthahn schon nicht im Wein ertränken!«

Am Thanksgiving-Abend sahen wir das Playmate in ihrer bis dahin aufwendigsten Garderobe: Weißes Seidenkleid, Pumps, auf dem Buckel eine Federboa bis zu den Knöcheln und ein Pelzmantel; die Finger bestückt mit Goldringen, die Nägel blitzeblank lackiert wie ein nagelneuer Kotflügel, das Haar hoch toupiert, als würde sie einen alten Wischmopp auf dem Kopf tragen.

Chuck und ich wussten nicht, ob wir lachen oder weinen sollten, und beschlossen, diesen Alptraum mit Alkohol zu bekämpfen.

Nach etlichen Drinks fingen wir an, in unserer Vergangenheit zu kramen wie in einer Schublade mit alten Familienfotos. Wir erzählten von unserer Kindheit, ich von der meinen in Rothfließ, Chuck von dem Indianerreservat in Colorado. Unsere Gastgeber waren ganz Ohr.

Mit der Mitternachtsstunde wurde es plötzlich unausstehlich kalt, und wir zogen uns in unser Igluzelt zurück. Es fing an zu regnen. Ein starker Wind stürzte sich von den Bergen ins Tal. Wir machten alle Schotten im Zelt dicht und schlüpften in unsere Schlafsäcke.

Nach etwa drei Stunden wurde ich wach, weil Chuck so an mir herumzerrte, dass ich dachte, der Irre wird mir gleich beide Arme auskugeln. Er schüttelte meinen Kopf hin und her wie eine Rassel.

»Teo!« schrie er. »Die Welt geht unter!«

»Ich höre nur leises Blubbern, sonst nichts«, brummte ich und drehte mich auf die andere Seite. »Das ist nur der Regen!«

In dem Moment begann die Erde zu beben, und es gab höllische Geräusche, als würde ein altes Hochhaus gesprengt.

»Jesus!« schrie ich. »Was ist denn da draußen los? Ein Atomkrieg mitten in dieser Einöde?«

Wir steckten unsere Nasen aus dem Zelt. Der Regen in den Bergen hatte sich in unterirdischen Kanälen gesammelt, und riesige Wassermassen mit Geröll und Schlamm ergossen sich aus einem schwarzen Schlund, kaum fünfhundert Meter von uns entfernt, und bewegten sich über den Strand in Richtung des Sees. Die zerstörerische Welle begrub die Chemieklos unter sich, breitete sich mit rasanter Geschwindigkeit aus wie bei einem Vulkanausbruch. Es war ungewöhnlich hell, die Schneise der Verwüstung gewaltig, von den silbernen Campern keine Spur mehr.

»Ob die Amis umgekommen sind?« fragte Chuck.

»Vielleicht sind sie einfach weggefahren!« sagte ich. »Dann hätte uns Jack doch aber vorher gewarnt, oder meinste nicht?«

»Ist jetzt auch egal. Ich weiß nur eins: Lass uns bloß von hier abhauen!«

»Nach Kalifornien? Das hier reicht mir schon!«

»Dann müssen wir eben zurück«, sagte Chuck, »zu Babyface und Jimmy. Hilft nichts!«

»Aber das hieße, dass wir Feiglinge sind! Überleg doch
mal! Was wird aus unserer Reise?«

»Kalifornien ist überall!« sagte Chuck. »Vor allem dort,
wo wir sind … Und diese Naturkatastrophe hier ist ein
schlechtes Omen. Ich bin Indianer, ich weiß, wovon ich
spreche.«

Wir scharrten unsere Sachen zusammen, das Igluzelt und
die ganze teure Ausrüstung, schmissen sie in unserer Panik
einfach auf die Ladefläche des Fords, drehten den Schlüssel
und erblickten im Scheinwerferlicht die Reifenspuren der
Camper. Chuck sagte: »So ein Arsch, dieser Jack! Verpisst
sich und lässt uns einfach absaufen! Schöner Kriegsheld!«

Ein paar Minuten später waren wir wieder auf dem Weg
zurück nach Hause, auf derselben Straße, die uns vor gerade
mal vier Wochen nach Kalifornien führen sollte, in eine bes-
sere Zukunft.

15 ▷╫╫╫╫╫╫◀ Wir rissen die Strecke nach Winnipeg in nur vier Tagen
herunter. Die wenigen Zwischenstopps nützten wir, um ein
wenig zu schlafen. Doch insgesamt kamen wir wahrscheinlich nicht einmal auf zwanzig Stunden.

Nach langem Klingeln empfing uns Babyface mit einem
Plastikeimer voller Eiswürfel.

»Das ist gut, dass ihr wieder da seid, Männer!« sagte er,
als er uns sah. »Ich weiß nicht, was ich mit Jimmy Koronko
machen soll. Hab schon alles Menschenmögliche ausprobiert: Tabletten, Kaltwasserumschläge, Rückenmassage,
Auspeitschen, Schwitzen und Tanzen. Nichts hat geholfen!«

»Ist mein Onkel krank? Liegt er im Bett?« fragte ich.

»Nee«, sagte Babyface. »Sitzt in der Küche, raucht wie ein
Schlot und säuft!«

»Also alles beim Alten?« meinte Chuck.

»Das würde ich so nicht sagen«, antwortete Babyface. »Kommt mal mit!«

Jimmy hockte am Tisch, vor ihm sein Kehlkopfgenerator und Notizblock, und starrte geistesabwesend den randvollen Aschenbecher an. Er saß da abgemagert und völlig zerschunden. Die Haare waren zerwühlt und fettig, und er hatte einen Stoppelbart. Nur sein Gesicht, rot gepunktet, als hätte er Windpocken, war von den vielen Zigaretten und dem Whiskey etwas aufgequollen, ansonsten hatte er bestimmt zehn Kilo abgespeckt.

»Hi Onkel«, sagte ich.

»Hi Jimmy«, sagte Chuck.

Er antwortete nicht. Wir setzten uns zu ihm, und Babyface bereitete für Jimmys Stirn eine neue Ladung Eiswürfel vor.

»Onkel«, sagte ich. »Sprich doch endlich! Was ist mit dir?«

Er schob mir seinen Notizblock über den Tisch, aufgeschlagen auf Seite zweiundsechzig.

»Los Teo!« freute sich Chuck. »Lies vor!«

Ich sagte: »Okay! Hier steht: ›Der einfache polnische Mann ist klein von Wuchs, weil er ständig auf die Mütze kriegt. Sein totaler Untergang aber ist die Indianerin. Sie ist permanent hinter ihm her, und wenn er nicht mehr kann, prügelt sie ihn windelweich, rot und blau.‹«

Chuck lachte los: »Jimmilein! Was ist denn das nun wieder für eine Story?«

Onkel Jimmy raunte: »Die Dicke Marry – sie wollte immer nur mit meinen Bongos spielen! Und vor zwei Wochen kriegte ich noch einen Brief aus Rothfließ: ›Dein Vater ist gestorben, schick mal Geld rüber, die Beerdigung war teuer, Ania Malec!‹«

»Leopold? Tot? Und Ania? Malec? Ich glaub's ja nicht!« sagte ich.

»Du Idiot! Ich bin in Trauer!« sagte er. »Mein toter Vater ist von uns gegangen. Und die Marry auch: *Schi is gon* mit einem Truckfahrer. Da hab ich aber drei Kreuze gemacht!«

Ich sagte: »Donnerwetter! Aber was steht denn nun genau in diesem Brief?«

»Deine Tante ist Mama geworden«, erklärte mein Onkel. »Von dem Gemeindevorsteher Malec! Das ist doch 'ne Schande für die ganze Familie Korońrzeź! Und geheiratet haben sie auch. Hier sind die Fotos von ihrer Hochzeit und ihrem Töchterchen. Schau!«

Er packte einen zerknitterten und von seinen fettigen Fingern beschmierten Briefumschlag auf den Tisch. Ich las den Brief, zweimal, dreimal, und inspizierte die Fotos.

Chuck sagte: »Jimmilein! Aber was ist denn nun mit der Dicken Marry? Haste dich verliebt? Richtigen Unsinn angestellt?«

»Pfui!« meinte mein Onkel. »Von wegen Unsinn angestellt! Dein Alter ist an allem schuld. Er hat diese Bombe ins Haus geholt, gleich nachdem ihr weggefahren seid! Mann o Mann! Mein Bett ist bereits in der ersten Nacht zusammengebrochen!«

Babyface sagte: »Ich wollte meinem weißen Bruder nur helfen. Er war traurig. Einsam. Hungrig und dreckig. Da hab ich die Marry in Vancouver angerufen, meine Cousine. Koronko brauchte 'ne Squaw!«

»Nächstes Mal hast du mich gefälligst zu fragen«, sagte Jimmy, »wenn du mein Leben aufs Spiel setzt. Ich kenn das gut, wenn fremde Leute einen glücklich machen wollen. Das haben die Kommunisten auch immer behauptet!«

Babyface erstattete Chuck und mir Bericht über die Dicke Marry. Die Frau war bei meinem Onkel eingezogen, dem das anfänglich sogar bestens gefiel. Sie schrubbte den Fußboden in der Küche, wippte mit ihrem breiten Hintern, sang Volkslieder und kochte Mittagessen. Jimmy sprach nur noch von paradiesischen Zuständen. Doch bald verpasste sie ihm saftige Prügel, denn er weigerte sich standhaft, sexuell aktiv zu werden. Sie änderte schlagartig ihre Manieren und zwang meinen Onkel, alle Hausarbeiten zu erledigen, und dann tauchten auch noch wildfremde Gestalten auf, die Marrys Bedürfnis in meinem Zimmer deutlich hörbar nachkamen. Von John Bird war sie so angetan, dass sie sich mit ihm aus dem Staub machte.

Nach unserer Rückkehr aus Utah okkupierte Jimmy mein Zimmer, begleitete mich auf Schritt und Tritt wie ein Hund und schlief sogar auf einer Luftmatratze direkt neben meinem Bett. Er sagte: »Ich bleib nur so lange, bis ich wieder gesund bin! Dann zieh ich wieder aus!«

Eines Nachts weckte er mich: »Jetzt, da du wieder zu Hause bist«, sprach er durch seinen Kehlkopfgenerator, »solltest du dich verstärkt um die familiären Angelegenheiten kümmern.«

»Was meinste denn damit?« fragte ich.

»Na, dein weißrussischer Verwandter hat sich für den Himmel entschieden. Der hat's gut. Rentner auf Ewigkeit. So was würde mir auch gefallen! Und trotzdem: Wir müssen dafür sorgen, dass Leopold ein würdiges Denkmal auf dem Friedhof bekommt! Er kannte in Bartoszyce jeden wichtigen Mann persönlich, er war Schuster – damals bedeuteten Schuhe noch etwas. Und du weißt ja, was Tante Ania dir in ihrem Brief geschrieben hat!«

Ich sagte: »Mir? Red Klartext! Soll ich den Grabstein mit bezahlen?«

»Na was denkst du denn!« sagte er. »Du fährst in den Urlaub nach Kalifornien, lungerst den ganzen Tag am Strand herum, kommst nach Hause, frisst den Kühlschrank leer. Bin ich ein Hotel?«

Ich stand auf, machte das Licht an und gab ihm ein paar Hunderter, verlangte aber gleichzeitig, dass er mir den Durchschlag der Geldüberweisung nach Polen zeigte.

»Biste blöd?« sagte er. »Die Bankgebühren, wer soll die bezahlen? Das macht man anders. Dafür gibt's katholische Priester. Die fliegen nach Bartoszyce wie Weihnachtsmänner.

Ich kenn da einen aus dem Klub von Grzybowski. Den frag ich!«

Die Kreisstadt Bartoszyce liegt im tiefsten Norden von Warmia und Masuren.

Einmal im Jahr, meistens im Sommer, besuchten mein Onkel und ich den Schuster in seinem Laden, den er nur selten verließ. In einem der ostpreußischen Krämerhäuser an der Hauptstraße, die zum Heilsberger Tor und Marktplatz führt, hatte er seine Werkstatt und eine kleine Wohnung gehabt.

Leopold trug immer eine gestrickte Kappe auf dem Kopf, sodass ich als Kind vermutete, er sei ein Geistlicher aus einem exotischen, unbekannten Land. Die Kappe klebte so fest auf seiner Glatze, dass sie bei der Arbeit nie runterfiel. Er war klein, dunkelhäutig und hatte eine Nase wie ein Araber.

Seine Frau hatte er kurz nach dem Ende des Krieges verloren. Sie starb an Typhus. Der Beruf der Krankenschwester war ihr zum Verhängnis geworden. Im von den Sowjets übernommenen Malteserkrankenhaus, das unzerstört geblieben war, hatte sie nur ein paar Wochen gearbeitet. In diesem Krankenhaus wurde ich einundzwanzig Jahre später geboren.

Chuck kehrte zu seinen Geschäften zurück und wurde bis zu Weihnachten drei Autos los. Das Telefon bimmelte wie zu besten Zeiten, und auch die Haushaltsgeräte verschwanden aus der Garage. Viele seiner Kunden hatten während seiner Abwesenheit bei Babyface Reparaturarbeiten in Auftrag gegeben und Termine für Januar abgemacht.

Mein Freund war wie besessen und hatte dann noch eine gute Quelle am Rande der Stadt aufgespürt: Auf dem Parkplatz einer kleinen Leasingfirma standen sich unzählige Karren die Reifen platt und warteten vergeblich auf Käufer. An einem einzigen Morgen legte sich Chuck für zehn Mille einen ganzen Fuhrpark zu. Jimmy meinte, dass er mit chinesischen Autoschiebern zusammenarbeiten würde; jeder Wagen sei gestohlen und das Geld in den Wäldern Manitobas gedruckt worden, in geheimen Bunkern – es könne sonst nicht angehen, dass Chuck über soviel bares Kapital verfügen würde.

Ich hatte nichts Großartiges zu tun. Mein Erspartes war fast gänzlich erschöpft, zumal ich auch noch für den Grabstein in Bartoszyce etwas hingeblättert hatte. Die Stellenanzeigen in Babyface' Zeitung waren allesamt grauenhaft: Tellerwäscher, Leichenwäscher, Autowäscher, Fensterputzer, Möbelpacker, Aushilfe.

Ich dachte: Warum sollte ich es eilig haben, mich von launischen und durchgeballerten Bossen quälen lassen? Dieses Spielchen wollte ich möglichst lange hinausschieben. Also lieh ich mir von Chuck einen Tausender, um die Zeit bis zum nächsten Job zu überbrücken, denn irgendwann würde mich die alte Tretmühle wieder aufsaugen. Ich entstaubte meine E-Gitarre, probte im Keller für mich allein und schrieb sogar ein paar neue Lieder. Ich haute mir mit meiner Musik die Nächte um die Ohren und ging erst mit Sonnenaufgang ins Bett, und wenn ich aufstand, war bereits später Nachmittag: Etwa zum selben Zeitpunkt wachten auch Babyface und Jimmy auf, nach der Nacht im Schneeräumdienst. Wir frühstückten dann zusammen. Ich war jedes Mal noch so müde und schläfrig wie der Himalaja und musste mir erst einmal die Augen reiben wie ein Erstklässler, der nie weiß, wann die erste Stunde beginnt.

Zwei Tage vor dem Silvesterabend 1991 donnerte jemand mit beiden Fäusten gegen die Kellertür. Ich dachte, ich wäre zu laut, und machte meine Anlage etwas leiser.

Es war Jimmy. Er knallte die schwere Metalltür gegen die Wand und wedelte mit einem Briefumschlag vor meinen Augen herum. Ich hatte mich gerade an einer komplizierten Stelle festgebissen und kam mit meinem Solo nicht weiter.

»Teofil!« schrie mein Onkel und zog das Kabel aus dem

Verstärker; er war wieder topfit – und so glücklich wie in diesem Augenblick hatte ich ihn schon seit Jahren nicht mehr gesehen.

»Diese alte Ratte Grzybowski!« schrie er weiter.

»Was ist mit ihm?« fragte ich. »Ist er auch tot?«

»Nein!« sagte Jimmy. »Auferstanden! Der hat uns eine Einladung geschickt! Der will, dass wir auf seinem Neujahrsfest im Princess Manor spielen, mit unserer Band!«

Ich schaute mir das Schreiben genau an. Tatsächlich. Es war eine Einladung für uns beide, und unsere Freunde waren auch eingeladen: Onkel Jimmy, die Indianer und ich. Black is White als Hauptakt. Die Vorgruppe war mir nicht bekannt.

Ich war skeptisch. Ich sagte: »Was hat Richard vor? Sein schlechtes Gewissen wird ihn wohl nicht plagen. Dahinter steckt doch wieder eine böse Falle. Ich weiß nicht!«

Ich schmiss die Einladung auf den Boden, steckte das Kabel wieder in den Verstärker, kniete nieder und begann, meine Gitarre zu stimmen.

»Das ist die Chance! Hör auf mich!«, sagte mein Onkel.

Er beugte sich vor und packte mich an der Schulter, zog mich hoch und trat so nah an mich heran, dass sich unsere Nasen fast berührten. Er stank aus dem Mund wie eine Käsetheke.

»Willste dein Leben lang in diesem Keller klimpern?« fragte er. »Das kannste vergessen! Ich werd nicht dabei zusehen, wie du deine Zeit vergeudest! Du bist ab sofort wieder die erste Gitarre! Yamaha und ich erledigen die Drecksarbeit. Du hast doch sonst nichts zu tun. Oder willste wieder jeden bescheuerten Morgen malochen? Wenn du dich ein bisschen verkleidest, Mohammedaner wirst und dich Jusuf Islam nennst, wird dich der Angler bestimmt nicht erkennen und dich wieder einstellen. Dann kannste für ihn Steine und Zementsäcke schleppen und Parkettböden schleifen, bei minus dreißig Grad! Viel Spaß! Zur Not tret ich im Princess Manor auch alleine auf.«

Ich sagte: »Also gut. Ich probier es noch einmal mit dir – Black is White ist ja schließlich auch meine Band. Aber ich warne dich, Onkel! Wenn du auch nur anfängst, hinter der Bühne zu bechern oder die Klubgäste zu beleidigen, werd ich sofort meine Gitarre einpacken und gehen! Das schwöre ich bei meiner Mutter!«

»Ganz die Mutti«, sagte Jimmy. »Die Alte war genauso hysterisch wie du!«

Als ich am folgenden Morgen einen hochbetagten Cadillac, den Chuck und ich zusammen fahren wollten, vor unserem Haus parkte, bekreuzigte sich mein Onkel und lief einige Male um den Wagen herum, dann kratzte er sich die Schuppen vom Schädel und sagte: »Fahrzeugpapiere! Führerschein! Hände hoch! Und den Kaufvertrag will ich auch sehen. Ich will wissen, ob das hier alles seine Richtigkeit hat. Chuck ist immerhin ein steckbrieflich gesuchter Krimineller.«

Ich sagte: »Onkel! Ist doch alles nicht wahr! Setz dich rein, wir drehen mal eine Runde.«

»Warum denn nicht gleich so?« antwortete er. »Und wenn wir morgen vor dem polnischen Klub parken, soll Babyface uns die Türen aufhalten. Wir sind Stars!«

Ich fuhr mit ihm zweimal um den Block, dann wieder zurück. Er behauptete nach wie vor, dass mein Freund ein Autodieb wäre.

Wir gingen ins Haus. Babyface lehnte an der Wand im Flur, in der Hand den Telefonhörer.

»Da hat gerade einer angerufen und wollte Jimmy sprechen«, sagte er.

»War's geschäftlich?« fragte mein Onkel. »Hat er sich nicht vorgestellt?«

Babyface sagte: »Doch, aber schlag mich tot. Ich hab's sofort wieder vergessen. Es klang wie eins der Dörfer, aus denen du kommst.«

»Du Barbar!« sagte Jimmy. »Höchste Zeit, dass du meine Weltsprache lernst. Ihr habt doch in Amerika für so was Schulen! Polnisch, Litauisch, *Kungfu*, Glasmalerei und haste nicht gesehen!«

Er begann, in alphabetischer Reihenfolge seine ehemaligen Geschäftspartner aus Rothfließ und Biskupiec aufzuzählen: »Balicki, Czacha, Czapulski, Dzięba, Koronrzeź – das bin ich, Malec, Markowski, Modleski, Sątopiec, Zaręba!«, dann legte er den siebten Gang ein: »Boniek! Breschnew! Gagarin! Gierek! Deyna! Molotow! – Rothaut, streng doch endlich deine Matschbirne an!«

»Ganz schön groß dein Stamm!« sagte Babyface. »Doch es könnte jeder gewesen sein! Ich kenn sie alle nicht!«

Das Telefon läutete noch einmal. Jimmy startete wie beim Hundertmeterlauf, rannte mich fast um und griff sich den Hörer.

»Mr. Koronko!« meldete er sich. »Import-Export, Gartenpflege, Schneeraupe und Tanzkapelle. Sie wünschen?«

Er verdeckte mit der Hand die Sprechmuschel und sagte: »Seid mal still! Es ist mein Cousin Tschernij! Was will der denn?«

Babyface flüsterte mir zu: »Ja! Genau der war es!«

Das Gespräch zog sich in die Länge. Mein Onkel steckte sich eine Zigarette nach der anderen an, und ich konnte seinem nervösen Gestammel entnehmen, dass es keine guten Nachrichten waren, die Tschernij ihm mitzuteilen hatte. Als Jimmy mit dem Telefonieren fertig war, sagte er: »Hiermit beende ich offiziell alle diplomatischen Beziehungen zu meiner Verwandtschaft. Ihr seid meine Zeugen!«

»Was wollte der Ukrainer?« sagte ich. »Ich dachte, der hätte uns längst vergessen!«

»Ha!« lachte Jimmy. »Der ist bestens über uns informiert. Der hat hinter uns her spioniert. Bis zu Grzybowski hin! Und dass mein Vater ins Gras gebissen hat, weiß er auch schon. Dieses Luder aus Rothfließ schreibt ihm Briefe!«

»Ist doch nichts Schlimmes dabei«, sagte ich. »Dein Alter war doch mit der Schwester von Tschernijs Mutter verheiratet, oder irre ich mich?«

Er sagte: »Das spielt doch gar keine Rolle, wer wen gezeugt hat. War sowieso alles eine einzige Inzucht von Wladiwostok bis nach Rothfließ.«

»Tja!« meinte ich. »Warum ärgerst du dich dann so?«

»Weil der Tschernij bei Richard Grzybowski um eine Audienz gebeten hatte«, warf er ein. »Er hat ihn dazu überredet, unsere Band ins Princess Manor zurückzuholen.«

»Ein prima Kerl«, sagte Babyface, »dieser Tschernij!«

Jimmy erboste sich: »Ich bin auf fremde Hilfe nicht angewiesen. Und Spione und Vaterlandsverräter gehören normalerweise an die Wand. Auch in Amerika!«

Der Klub war proppenvoll. Es hatte sich in den polnischen Straßen von Winnipeg herumgesprochen, dass Black is White am Silvesterabend spielen würde. Mein Onkel musste Trauer tragen, aber der schwarze Cowboyhut genügte seiner Meinung nach, denn sein Anzug war rosa und von einem koreanischen Schneider für kleines Geld zusammengehämmert worden. Ich war mächtig angenervt und hatte aus Protest eine Jeans und ein weißes T-Shirt angezogen.

Das Konzert eröffneten wir mit unserem alten Hit: »You Win Again«. Jimmy saß am Keyboard, hüpfte auf seinen fetten Arschbacken, trampelte mit beiden Füßen auf den Boden, und wenn er ein langes Orgelsolo spielte, sperrte er das Maul weit auf, duckte sich ganz tief über das Keyboard und schleifte mit dem Kinn über die Tasten.

Babyface döste zwischen drei älteren Damen an einem der Tische. Ich dachte, solange er nicht schnarcht, ist noch alles gut. Chuck filmte die Party mit einer Videokamera, die er sich eigens für diesen einmaligen Termin angeschafft hatte. Er zielte mit dem Objektiv vor allem auf die Beine der Mädchen und kommentierte das Ganze wie bei der Fernsehübertragung eines Fußballspiels. Auf diese Videoaufnahme war ich sehr gespannt.

Das erste Set gelang ganz gut, wir hatten uns kein einziges Mal verspielt, und mein Onkel beschränkte sich auf das Ansagen von Songtiteln und verzichtete auf jeglichen Kommentar.

Dann stieg Richard Grzybowski auf die Bühne, er war beschwipst, runzelte die Augenbrauen, drückte Jimmy und mir die Hand und sagte: »Jetzt will ich die Neujahrsansprache an die polnische Nation halten! Gib das Mikrofon her, Soldat Koronko!«

»Zu Ihren Diensten, Präsident!« salutierte Jimmy. »Aber über unsere Band sag ich selbst was, musst nicht noch extra eine lange Rede dranhängen!«

»Strammgestanden!« sagte Grzybowski zu dem Mikrofonständer und legte los: »Liebe Klubfreunde! Der letzte Krieg hat uns unsere besten Söhne genommen. An allen Fronten der Welt haben wir unser Blut vergossen und gelitten. Aber unsere Heimat wurde wieder aufgebaut. In Amerika, Polen und Europa! Ein neues Zeitalter hat begonnen: das Zeitalter der Annäherung und des Friedens zwischen den zivilisierten Nationen. Die Welt ist insgesamt besser geworden. Aber wir, liebe Klubfreunde, müssen wach bleiben. Die Faschisten und die Kommunisten schlafen nicht. Der Deutsche hat den Russen ausbezahlt und ist wieder frech und stolz. Und Russland bleibt ein Pulverfass. Nur ein zweiter Hitler würde dort wieder Ordnung schaffen. Deswegen, liebe Klubfreunde, müssen wir dafür beten, zusammen mit unserem Heiligen Vater in Rom, dass im nächsten Jahr alles so wird wie im letzten! Und jetzt übergebe ich das Wort an Mr. Jimmy Koronko von Black is White!«

Das Publikum klatschte. Mein Onkel stimmte auf dem Yamaha die ersten Takte der polnischen Nationalhymne an, dann wurde es wieder laut, und die Leute lachten und brachten Toaste aus und tranken einen Wodka.

Er ließ sich vom Kellner auch ein volles Gläschen bringen und sagte: »Towarischtschi! Ich will mich kurz fassen: An der Gitarre – Teofil Baker! Am Schlagzeug und Bass – Yamaha! Ich heiße Jimmy Koronko. Das ist meine *Messitsch* an euch! Prost!«

Ich trat an mein Backgroundmikrofon: »Augenblick mal! Was ist mit Zappa?« posaunte ich. »Er ist auch noch da – für ihn spielen wir!«

Es gab keine Reaktion, aber wir schafften glücklich das zweite Set, das dritte und auch das vierte und zwei Zugaben, und am Morgen brach mein Onkel zusammen – er war sturzbesoffen. Ich musste ihn mit einer Schubkarre aus der Restaurantküche zum Cadillac befördern, mit Blaulicht sozusagen.

Babyface hatte alle Ereignisse des Abends an seinem Tisch verschlafen, auch dass ich Chuck in der Pause zwischen den letzten beiden Sets in der Garderobe mit einer Polin überraschte. Ich wollte mir nur eine neue Schachtel Pall Mall aus dem Mantel holen, und da sah ich die beiden, ineinander verkeilt hinter einem Garderobenständer.

Und Grzybowski hatte sich nach unserem Auftritt überaus freundlich gezeigt. Er schien uns wohlgesinnt wie noch nie, sprach von einem guten Vorschuss für uns beide und einem äußerst gelungenen Silvester. Er sagte: »Warum habt ihr nicht gleich erzählt, dass ihr aus Warmia und Masuren kommt? Ich bin auch daher, ich wurde in Suwałki geboren! Euer Cousin, Pan Tschernij, hat mich mal besucht! Ein stattlicher Mann! Und klug! Ist er Litauer oder Ukrainer? Na jedenfalls ein polnischer Emigrant!«

Am nächsten Morgen erklärte mir Jimmy, nachdem ich ihm von meinem Gespräch mit unserem Chef berichtet hatte:

»Jetzt wird mir endlich klar, um wen es sich bei Richard handelt! Das ist doch ein alter Piłsudski-Fritze!«

Ich sagte: »Nein!«

»Von Suwałki aus wollte der Marschall Piłsudski 1920 Japan erobern!« sagte mein Onkel. »Aber in Wilna und Kiew war Schluss. Total beknackt der Typ. Diese potthässliche, sowjetische Kasernenstadt Suwałki im polnischen Teil von Masuren ist sein Werk!«

16 ▶━━━━━━◀ Das Jahr 1992 sollte besser werden als alle anderen. Ich wollte mehr Geld und eine Frau.

Im Februar fuhr ich auf den gut gemeinten Ratschlag von Jimmy zu Mr. Miller, dem Angler. Ich stellte mich im Büro seiner Baufirma ganz offiziell vor und gab sogar eine schriftliche Bewerbung ab.

Der Angler zerriss meine Papiere und sagte: »Deine Fresse kommt mir irgendwie bekannt vor. Sind wir uns nicht schon mal irgendwo begegnet?«

Ich sagte: »Sir! Gehen sie am Sonntag in die Kirche?«

»Nee!«

»Sehen Sie. Dann wird's da wohl nicht gewesen sein!«

»Aber ich geh ab und zu ins Bordell. Da hab ich dich schon mal auf ein Zimmer verschwinden sehen! Bin ich mir ziemlich sicher«.

»Das kann gut sein!« log ich und war froh, dass mich dieser Idiot nicht erkannt hatte.

»Na ja«, sagte der Angler. »Ihr Osteuropäer seid nicht auseinander zu halten. Kartoffelnasen, stupide Augen, Wasserköpfe und zu kurz geratene Polackenbeine – du hast den Job! Als Parkett-, Fliesen- und Kachelleger. Du kriegst zwölf Dollar die Stunde, aber wenn mal was ist, ein Unfall oder eine Kontrolle vom Arbeitsamt, kennst du mich nicht! Sonst gibt's was auf die Nuss! Alles klar?«

»Jawohl Sir!« sagte ich und dachte mir mein Teil: Jetzt verstand ich endlich meinen Onkel, der zu Grzybowski im Princess Manor immer so zuckerfreundlich und gehorsam war. Zwei Sekunden später, wenn er sein Büro verlassen hatte, war alles vergessen, und Onkel Jimmy segelte mit seiner Jacht auf dem alten Kurs weiter.

Ich verabschiedete mich, und am folgenden Tag war ich schon auf der Baustelle.

Der Angler hatte mich einer kleinen Truppe zugeteilt, die in Einfamilienhäusern die Böden machte. Es waren zwei Polen, ein Russe und ein Kasache, alle weit über Vierzig und verheiratet. Der Russe Andrej gab sich als Gruppenleiter aus. Er meinte: »Was ich sage, ist heilig. Ich bin euer Brigadier!«

Er bestand darauf, dass wir alle untereinander Englisch sprachen. Die beiden Polen, Paweł und Adam, hielten sich überhaupt nicht daran; sie waren wie aneinandergekettet, erledigten alle Arbeiten immer zu zweit und scherten sich kaum darum, was Andrej von ihnen verlangte, und der Kasache, der Tscha-Tscha hieß, redete pausenlos auf Russisch. Ich dachte: Wenn das so ist, zieh ich auch meinen eigenen Stiefel durch, ihr könnt mich mal! Ich sagte: »Ich komme aus Albanien. Ich weiß von nix, aber für euch bin ich einfach Teo.«

Ich kaufte mir nach einem Monat Knieschützer, wie sie die Volleyballer tragen, denn ich musste zehn geschlagene Stunden auf allen vieren krabbeln. Mein Rücken tat mir manchmal heftig weh, doch wenigstens war es immer warm. Wir bekamen sogar Aufträge in prächtigen, mit einer Klimaanlage ausgestatteten Villen.

Der Russe verriet mir, dass in den Wolkenkratzern die letzten Deppen schuften würden, für einen Stundenlohn, der noch schlechter wäre als unsere zwölf Dollar. Ich schwieg. Ich hatte keine Lust, ihm die Welt zu erklären und dass mein Onkel und ich auch mal solche Deppen gewesen waren.

Aber ohne Jimmy ging mir die Arbeit flott von der Hand. Ich malochte auch am Samstag, obwohl wir dann im Princess Manor mit Black is White spielen mussten. Ich fühlte mich endlich nur für mich verantwortlich. Meinen Onkel sah ich einmal täglich, meistens zum Frühstück, denn fast jeden Abend ging ich mit Chuck ins Bear Dance, das zu unserer Stammkneipe wurde. Die Bar war nur zwei Blocks von unserer Straße entfernt, zu Fuß fünfzehn Minuten. Ginger und Big Apple wohnten in der Nähe und schauten ab und zu vorbei, geschäftlich selbstverständlich. Mit einem Drink an der Theke sah ich sie selten.

Jimmy schrieb mir morgens lange Einkaufslisten. Er sagte: »Ich komm von der Maloche nach Hause, und da ist nie was zu fressen und zu saufen. Ich lauf nicht mit Plastiktüten durch halb Winnipeg wie die ganzen Inder. Ich steh schon seit zwei Wochen bei Babyface in der Kreide. Und der hat in seinem Kühlschrank auch nur Müll. Hab bestimmt schon zwanzig Kilo abgenommen! Was frisst du denn eigentlich? Holz?«

Ich sagte: »Seitdem du so gesund lebst, ähnelst du mehr und mehr einem Menschen.«

Sobald er mit Babyface zur Arbeit gefahren war, schmiss ich den Einkaufszettel weg. Seine Sixpacks soll er selbst schleppen, dachte ich.

Bei den Mahlzeiten traf ich eine Regelung, die auf meinen Körper perfekt zugeschnitten war – morgens Kaffee, den ganzen Tag nichts außer Kaffee, und abends schlug ich im Diner zu, bevor ich mit Chuck ins Bear Dance pilgerte, um ein paar Biere zu kippen.

Der neue Job war härter als alles, was ich bis jetzt auf dem Arbeitsmarkt durchgestanden hatte. Er quetschte mir die letzten verfügbaren Zellen aus dem Hirn, aber die Abende mit meinem Freund reparierten meinen Geist wieder – Chuck spielte Billard, ich lernte Frauen kennen, und wenn sich etwas mit ihnen ergab, nahm ich sie mit nach Hause. Nach der Nacht bezahlte ich ihnen das Taxi.

Chuck sagte: »Du entwickelst dich zum debilen Ladykiller. Aber keine Einzige ist wirklich hübsch gewesen.«

»Seit Agnes hab ich von schönen Miezen die Schnauze

voll«, antwortete ich. »Die sind blöd und eingebildet. Und wenn du denen sagst, dass du sie nicht liebst, fangen sie an zu kreischen und drehen durch.«

Im Juni trat ich in eine heiße Phase ein. Ich fuhr nach der Arbeit nicht mal mehr zum Duschen nach Hause, sondern parkte gleich vor dem Bear Dance. Manchmal schlief ich sogar im Auto, ich hatte genug Platz für ein Mädchen, aber dafür einen leergefegten Kopf, seit Monaten schon.

Eines Sonntags, denn nur dann war ich wirklich den ganzen Tag zu Hause, rief mich mein Onkel zu sich. Chuck und Babyface waren auch da. Das Ganze roch nach gewaltigem Stunk. Jimmy sagte: »Der Kriegsrat ist zusammengetreten. Du wirst abgeurteilt!«

Er beschimpfte mich und drohte: »Wenn du nicht bald mit dieser Hurerei aufhörst, komme ich mit einer Kettensäge und werde den Laden in fünf Minuten zur Unkenntlichkeit zersägen! Nicht einmal ein Streichholz wirste finden!«

»Fällt dir sonst nichts Besseres ein?« fragte ich.

Chuck grinste: »Jimmilein! Dein Junge wird sich schon wieder zusammenreißen. Anfänger können halt nie genug kriegen, wenn sie erst mal auf den Geschmack gekommen sind. Manch einer begeht sogar Selbstmord.«

Jimmy sagte: »Der hat doch schon *Ejds*! Der muss ins Krankenhaus auf die Intensivstation.«

»Teo«, sagte Chuck, »die Sache ist doch ganz einfach! Dir fällt die Decke auf den Kopf. Du brauchst mal wieder einen Tapetenwechsel. Das ist alles.«

»Diesen Penner kann man ohne Aufsicht nirgendwohin mehr alleine verreisen lassen«, sagte mein Onkel. »Der macht sich sofort strafbar, wegen Vergewaltigung von Minderjährigen!«

Ich hörte mir alle Vorwürfe seelenruhig an und sagte: »So, ihr Schlaumeier! Das letzte Wort gehört Babyface. Er ist wenigstens immer nüchtern und ausgeschlafen.«

Der Navajo sagte: »Augenblick mal. Ich muss zuerst den Großen Geist kontaktieren.«

Er fischte aus der Seitentasche seiner Lederweste eine Packung Hustenbonbons, haute sich den Mund voll und schnalzte mit der Zunge.

»Die Dicke Marry ist für Teo zu alt«, sagte er, »und Mexiko ist weit weg, und ich kann nicht fliegen, aber ich seh einen Highway und den Cadillac mit 'nem Wohnwagen hinten dran, den Jimmy kaufen wird; Big Apple und Ginger füttern meine Tiere – Crazy Dog passt auf unser Haus auf.«

Mein Onkel freute sich: »*Jep!* Familie Koronko und die Rothaut machen Sommerferien.«

Ich erbat bei Andrej vier Wochen Urlaub, ab Anfang Juli. Ich dachte mir eine Geschichte aus, die er ohne Bedenken schluckte. Ich sagte ihm, dass meine Mutter in Albanien im Sterben liegen würde und ich sie seit einer Ewigkeit nicht mehr besucht hätte – jetzt wäre die letzte Chance.

»Lassen die dich wieder raus?« fragte Andrej.

»Ich hab kanadischen Pass.«

Er sagte: »Na gut. Dann muss ich halt Tscha-Tscha ordentlich in den Hintern treten, damit er etwas schneller wird. Aber dein Gehalt geht an mich und den dussligen Kasachen. Porno-Miller ist jetzt so und so in Florida. Der merkt nichts.«

»Ist okay«, sagte ich.

Ich arbeitete noch ein paar Tage und betäubte meine Rückenschmerzen im Bear Dance auf die gewohnte Art und Weise.

Was den Kauf eines Wohnwagens anbetraf, wusste ich, dass mein Onkel damit keine Schwierigkeiten haben würde, obwohl er das nötige Geld nicht besaß. Seitdem er die unbefristete Stelle des Gärtners hatte, beantragte er bei den Kaufhäusern und Supermarktketten in einem fort Kreditkarten, und auch einem größeren Darlehen von seiner Bank stand nichts mehr im Wege.

An meinem letzten Arbeitstag beeilte ich mich; ich fuhr nach Feierabend direkt nach Hause. Im Indianerviertel war Stau und unsere Straße für Fahrzeuge gesperrt. An der völlig verstopften Kreuzung ankerte ein Streifenwagen mit Blaulicht, im Zehnsekundentakt jaulten die Sirenen.

Ich kam näher und kurbelte mein Fenster runter.

»Was ist'n da los?« fragte ich den Officer am Steuer. »Ein Mord?«

»Ach! Irgend so'n Vollidiot hat mit 'nem Wohnwagen drei Nachbarautos gerammt!«

Das ist Koronko, dachte ich mir und sagte: »Ich wohne hier, lassen Sie mich durch.«

Sie warfen einen Blick in meine Papiere, dann passierte ich die Sperre. Nach vierzig Metern stoppte ich – quer auf der Straße lag der weiße Hänger, ein Dreiachser; Chucks Ford ruhte mit der Schnauze auf dem Bürgersteig.

Vor unserem Haus tummelte sich eine wilde Horde Menschen – Nachbarn, Polizeibeamte, Kinder, Hausfrauen, Rentner, Indianer, Russen, irgendwelche Schwachsinnigen. Babyface fuchtelte mit den Armen in der Luft, bemühte sich, alles wieder in Ordnung zu bringen, und alle schauten auf ihn wie auf Gott. Er sah mein Auto und lotste mich in den Garten. Der Cadillac passte zentimetergenau in die schmale Einfahrt, ich musste mich beim Aussteigen ganz dünn machen und schlüpfte nach draußen wie aus einer Rettungsluke.

Babyface meinte: »Ich hab ihm gesagt, er soll lieber Chuck das Ding rückwärts fahren lassen, aber er wollte einfach nicht auf mich hören!«

Ich war wütend und sagte: »Wo ist er jetzt? Ich bring ihn um!«

»Sachte«, antwortete Babyface, »ganz sachte!«

Er führte mich zu Jimmy.

Mein Onkel verhandelte im Wohnwagen mit Chuck, zwei Nachbarn, einem Polizisten und einem Versicherungsvertreter, der in einem grünkarierten Anzug steckte.

Ich war fassungslos, als Jimmy zu mir sagte: »Da staunste, was? Sauteuer so'n Luxus, aber du kannst drin schlafen, duschen, pinkeln, heizen, kochen, fernsehen – und das alles umsonst!«

Ich studierte den Kaufvertrag des Wohnwagens und den kurzen Bericht der Polizei, die vorläufige Schadensschätzung für die fremden Fahrzeuge – Summa summarum fünfzehntausend Dollar, und mein Onkel war gar nicht haftpflichtversichert.

Fünfzehn Riesen in den Wind geschossen, dachte ich mir, und alles nur, weil wir einmal nach Mexiko fahren wollen, damit ich angeblich wieder zur Besinnung komme.

An Jimmys Wohnwagen war außer den Bremsleuchten nichts beschädigt worden, keine einzige Schramme zierte die weiße Kunststoffverkleidung.

Wir brachen nachts auf. Unser Reiseplan war ganz einfach: In Banff in den Rocky Mountains die erste lange Rast und Übernachtung, dann die Kurve in die USA.

Auf der Fahrt nach Calgary, auf der uns altbekannten Highwaystrecke, kitzelte Chuck aus den zwölf Zylindern des Cadillac den Teufel raus. Wir waren schneller als die Trucks und die Sonne am Himmel, zumindest war mein Freund beim Überholen nicht gerade zimperlich. Ich rauchte meine Pall Mall und stopfte Sandwiches in mich hinein; Babyface pennte angeschnallt auf dem Rücksitz mit einer Daunendecke auf dem Bauch. Onkel Jimmy saß die ganze Zeit im Wohnwagen, kochte sich Hühnerbrühe aus der Tüte und becherte.

In den Kaffeepausen am Straßenrand beschwerte er sich laut: »Der Typ fährt wie'n Henker! Hab schon drei Büchsen über meine Hose verschüttet. Ich stink wie eine Brauerei. Ab Calgary übernehm ich das Kommando!«

Chuck sagte: »Du bist wohl lebensmüde, Jimmilein. Du baust sofort wieder einen Unfall.«

»Nenn mich nicht andauernd Jimmilein. Bin doch keine Tunte! Und bei deinem Ford klemmen die Gänge, rückwärts muss die Kiste sogar angeschoben werden. Ich bin Profi! Hab meinen ersten Führerschein 1959 in der Polnischen Volksarmee gemacht. Das war so: Ich fahr mit dem sowjetischen Jeep Gazik auf geradem Weg durch den Wald, neben mir der Instrukteur. Plötzlich kommt uns ein Panzer entgegen, T-34. Ich seh, was los ist, scher nach links aus und knall gegen eine junge Birke; die bricht ab wie ein Streichholz, und der Instrukteur sagt: ›Gefreiter Korońrzeź! Sie haben bestanden!‹ Wenn ich nicht richtig reagiert hätte, hätten sie hinterher Gerberas in unsere Stahlhelme pflanzen können. Darauf kannste Gift nehmen!«

»Und den Flugschein für einen Kampfjet«, sagte Chuck, »gab's gleich dazu – alles in einem Package.«

»Leider nicht! Ich bin nicht schwindelfrei.«

Alle zweihundert Meilen wechselten Chuck und ich uns am Steuer ab. Kurz vor Calgary hielt ich bei einem Diner an und sagte: »Ich bin total groggy, steif von Kopf bis Fuß. Mir tanzen schon weiße Mäuse vor den Augen. Jetzt ist Jimmy dran.«

»Wenn du meinst! Mir doch egal, was mit der Karre passiert.«

Mein Onkel sprang aus dem Wohnwagen und sagte:
»Seit drei Stunden nicht gemampft, getankt, gepoft. Ich kann fahren!«

Babyface zog in den Hänger um und legte sich ins Bett. Ich verstellte den Beifahrersitz, schob ihn ganz nach hinten.

Am späten Nachmittag irrten wir durch das Stadtzentrum, zwei Verkehrskontrollen stahlen uns eine Menge Zeit, und als wir uns aus diesem Labyrinth befreit hatten und wieder auf dem Highway waren, in der Einsamkeit, waberte in der Ferne ein unidentifiziertes Objekt mitten auf der Straße.

Jimmy sagte: »Ich glaub, da vorne ist 'ne Kuh!«

»Nee, ein Elch«, meinte ich.

»Quatsch! Das ist ein Wapiti«, sagte Chuck.

»Ich weiß doch, wie 'ne echte Kuh aussieht, du gehirnamputierter Affe! Ich hab sie doch wie am Fließband gemolken, als ich noch 'n Kind war.«

Ich sagte: »Onkel! Du musst bremsen. Sonst haben wir gleich 'ne Kühlerfigur.«

Plötzlich verschwand das Vieh in einem Busch. Jimmy hielt an und murmelte: »Ich könnt schwören, dass es 'ne verdammte Kuh war.«

»Fahr einfach weiter!« sagte ich und schloss die Augen.

Er trat wieder aufs Gaspedal.

Mein Körper wurde schlaff, ich näherte mich der vernebelten Grenze, als Jimmy plötzlich schrie: »Da ist es wieder!«

Ich hörte nur noch das Quietschen der Reifen. Wir wurden nach vorne geschleudert und kollidierten mit einem riesigen Bullen.

Das Blech krachte und schrillte, und die Windschutzscheibe färbte sich mit roten Tropfen. Der Wohnwagen hüpfte wie auf einer Teststrecke, drückte uns mit seiner Wucht von der Fahrbahn in den knietiefen Straßengraben.

Der Cadillac blieb stehen, der Motor lief weiter.

»Ich hab's doch gesagt! Ich hab's euch gesagt! Kein Wapiti, kein Elch, kein Ungeheuer – 'ne Kuh!« brüllte mein Onkel.

Chuck hielt sich den Kopf und winselte etwas Unverständliches. Er riss die Tür auf, kroch von der Sitzbank ins Gras.

Ich sah im Seitenspiegel Babyface aus dem Wohnwagen steigen. Er hatte eine blaue Beule an der Stirn, ansonsten schien er wohlauf zu sein.

Jimmy schaltete den Motor ab, und wir stiegen auch aus; der Cadillac war total Schrott.

Chuck reckte und streckte sich zunächst von einem Pol zum anderen und stand auf. Ihm fehlte nichts, außer einer dünnen Schnittwunde an der linken Wange, auf die er sich ein winziges Stückchen von einer Taschentuchecke pflasterte.

»Jimmilein!« sagte er. »Zwei Unfälle innerhalb von wenigen Tagen. Wie erklärst du dir das? Hm? Ich bin zu blöd – ich verstehe das nämlich nicht!«

»Frag mal deinen Alten. Der Spinner weiß alles – der unterhält sich doch mit Gespenstern und ist so furchtbar weise wie der Pfarrer Zaręba. Ich weiß nur – heute lebste, morgen biste weg vom Fenster, und die anderen Armleuchter lachen sich krumm, obwohl sie selbst mit einem Fuß im Grab stehen.«

Wir schauten uns das Tier an. Es war tot.

Babyface sagte: »Einem großen Krieger von uns wird's Glück bringen!«

Mein Onkel stellte sich mit stolz geschwellter Brust vor den Kadaver: »Macht mal ein Foto! Der Bison gehört mir!«

JANIS

Hilfe kam erst am späten Abend. Tony Russel hieß der Mann, der angehalten und uns nach Banff mitgenommen hatte. Ich schätzte ihn auf Ende Vierzig. Er war so klein wie mein Onkel, aber sonst in jeder Hinsicht anders gebaut: sportliche, kräftige Gliedmaßen, ein flacher Bauch, auf dem quadratischen Kopf schütteres, kurzgeschnittenes graues Haar. Er hatte den strengen Blick eines Predigers. Sein Hals und seine Handgelenke waren mit bunten Perlenketten behängt. Er fuhr einen Toyota Pickup. Jimmys Wohnwagen, den Tony Russel an sein Auto ankuppelte, hatte von der Kollision mit dem Bullen nichts abbekommen. Dem Cadillac allerdings konnten Chuck und ich nur noch nachtrauern – was wir von ihm übrig behielten, war das Manitoba-Kennzeichen.

Kurz vor unserer Ankunft in Banff sagte Tony: »Ich leite ein Center für Zwölf-Stufen-Meditation – The Heart Consciousness Church. Da findet sich schon ein Plätzchen für euch.«

Jimmy sagte: »Ist das so 'ne Art privates Gefängnis für Bekloppte oder was?«

»Keinesfalls«, sagte Tony. »Bei uns wird jeder gesund und munter. Es geht um die Erleuchtung: ›Entspanne deinen Körper und läutere deinen Geist‹ ist unser Motto.«

Mein Onkel antwortete auf Polnisch: »Du Hyäne! Und auf eurem Plumpsklo braucht man wahrscheinlich einen Stock, um die Polarwölfe zu verjagen!«

»Ich will mal übersetzen«, sagte Babyface. »Mr. Koronko

ist Ausländer. Eigentlich wollten wir nach Mexiko, weil mein weißer Bruder Teo sehr krank geworden ist ...«

Es war eine sternklare Nacht, als wir Punkt zehn Uhr mit dem Wohnwagen in Banff einrollten. In den Bars spielte Livemusik, und auf den Straßen beherrschten Cowboys und Chinesen die Szene, nebst den Touristen aus Europa und Japan. Ich hatte mir die Rocky Mountains ganz anders vorgestellt, ungefähr so wie auf dem Plattencover »Deep Purple in Rock«: Leuchtende Felsformationen, riesige, in Stein gehauene Gesichter – das war das bizarre Bild, das sich in meinem Kopf eingenistet hatte. Stattdessen gab es um Banff herum Postkartenberge wie die Alpen oder die Tatra, und jeder Wintersportler kam hier sicherlich auf seine Kosten.

Tony Russel versprach mir, dass ich in seinem Center für Zwölf-Stufen-Meditation ein ganz neuer Mensch werden würde – den Eindruck hatte ich auch, als schließlich das Anwesen in unserem Blickfeld auftauchte: Es war am Rande des Städtchens gelegen, beachtliches Areal. Am Kassenhäuschen hing ein Schild: SEID IHR BEREIT FÜR DEN BALDIGEN BEWUSSTSEINSWECHSEL AUF DEM PLANETEN ERDE UND IN EUREN HERZEN? KOMMT ZU UNS IM FRIEDEN, UND IHR WERDET LERNEN, DASS IHR UNSTERBLICHE KINDER DES UNIVERSUMS SEID!

Tony stieg aus dem Toyota und öffnete die Schranke. Dann fuhren wir im Schritttempo auf den Gästeparkplatz und stellten dort den Wohnwagen ab. Auf dem Gelände der Heart Consciousness Church standen mehrere Blockhäuser für die Gäste. Nur die Mitarbeiter wohnten in einer ziemlich klapprigen Hütte. Im Garten gab es seltsame, grün beleuchtete Wasserbassins, die wie überdimensionierte Badewannen aussahen. Die gesamte Anlage war von einem Fichtenring umzingelt, sodass man von der Außenwelt gänzlich abgeschirmt war.

Tony sagte: »Ich lebe mit meiner Tochter Janis seit fast zwanzig Jahren hier. Sie ist Leiterin des Massage-Centers und wurde von Svami Bashmatak, einem berühmten Yogi aus Kaschmir, ausgebildet.«

Wir besichtigten ein Gästezimmer und entschlossen uns kurzerhand, im Wohnwagen zu übernachten: Auf Pritschen zu schlafen war nicht unbedingt das, was wir mit dem Wort »Urlaub« assoziierten, außerdem konnten wir in Jimmys Haus auf Rädern wenigstens fernsehen.

»Okay«, sagte Tony, »diese eine Nacht ist gratis! Ansonsten kostet jeder Tag pro Person fünfzig Dollar.«

»Mr. Medizinmann!« sagte Babyface. »Wir sind doch keine Dukatenscheißer: Von einem Fünfziger lebe ich in Winnipeg manchmal einen ganzen Monat! Ich brauch nicht viel …«

Wir gingen nach draußen. Auf dem Gartenweg gelangten wir zu den grünen Bassins und schauten sie uns aus der Nähe an; im sprudelnden Wasser lagen nackte Menschen, die ganz entspannt in den Himmel blickten. Auch hier empfing uns wieder ein Schild, diesmal jedoch mit der Warnung: NO SEX IN THE POOL!

Wir setzten uns auf eine Bank.

»Gelogen wie gedruckt!« sagte Jimmy. »Freie Liebe nennen die das und tun erleuchtet! Dabei fingern sie pausenlos aneinander rum. Sodom und Gomorrha!«

»Das sind unsere Entspannungsbecken«, erklärte Tony, »rund um die Uhr in Betrieb. Ich lass uns jetzt einen Kawa-Kawa-Tee bringen – ist gut für die Nerven!«

»Herr Doktor!« sagte Jimmy. »Ich möchte lieber ein Bierchen!«

Chuck war der gleichen Meinung: »Ein eiskaltes Bud wäre nicht schlecht!«

»In unserem Center herrscht absolutes Alkoholverbot! Wer dagegen verstößt, muss uns leider verlassen!«

Babyface sagte: »Gute Sache! Ich hätte gerne ein Glas Leitungswasser!«

»Aber Doktor Russel«, wehrte sich Jimmy. »Ich bin vollkommen gesund, ich muss keinen Hustensaft saufen. Mein Neffe ist der Psycho – wenn Sie den trockenlegen, wäre ich Ihnen sehr dankbar!«

»Gemach, gemach, Mr. Koronko«, sagte er. »Eins nach dem andern. Erst mal zu den Symptomen: Was hat er denn genau?«

»Hurerei!« sagte mein Onkel. »Von zu Hause abgehauen, keine Eltern, Drogen, Weiber, kriminelle Freunde, Spelunken, kein Respekt vor dem Gesetz und dem Alter – ganz schlimm.«

»Ich seh schon«, diagnostizierte Tony, »ein schwieriger Fall – das wird nicht ganz billig.«

Er kratzte sich an der Nase, überlegte eine Weile und meinte:

»Vielleicht könnt ihr ja für mich arbeiten. Wenn ihr handwerklich geschickt seid, geb ich euch was zu tun!«

Babyface war einverstanden: »Jimmy! Wir können Teo nicht im Stich lassen! Gute Medizin des weißen Mannes kostet immer viel! Das ist nicht so wie mit der Marry ... Die war sehr preiswert ... Oder haste schon vergessen?«

»Rothaut! Davon will ich nichts mehr hören«, entgegnete er und wandte sich an mich: »Bevor wir in dich menschliche Ruine auch noch Geld investieren, nehmen wir das Angebot von Mr. Russel lieber an!«

Und Tony sagte zu mir: »Na prima! Ich werd noch heute einen multidimensionalen Heilungsplan erstellen. Teo, du meldest dich morgen bei meiner Tochter. Sie wird dich betreuen! Übrigens: geraucht wird nur da drüben!«

Er wies mit dem Zeigefinger auf den Carport neben dem Kassenhäuschen. Dort waren auch die Mülltonnen.

»Ach so!« sagte Jimmy. »Dann muss ich mit meinem Campingwagen wohl umziehen! Aber eine Frage hätt ich noch bei dieser Gelegenheit! Meinen Sie, dass es richtig ist, wenn er von einer Krankenschwester gepflegt wird?«

»Janis hat schon die vierte Meditationsstufe erreicht. Sie soll meine Nachfolgerin werden.«

Nach der ersten Nacht in Jimmys Haus wachte ich mit einem Brummschädel auf, obwohl ich nichts getrunken hatte; mein Onkel lieferte mir sofort eine Erklärung: Die Luft in den Rocky Mountains wäre die beste in der ganzen Welt, ein Raucher hätte nach einem einzigen Besuch in Banff so gut wie neue Lungen, allerdings müsse er einige Nebenwirkungen bei dieser Reinigung schon verkraften können: zum Beispiel Kater, gelegentlich sogar Schweißausbrüche.

Babyface war in bester Verfassung, noch munterer als sonst: »Was so'n Urlaub unter freiem Himmel alles bewirken kann!« sagte er. »Erstaunlich!«

Meine Kopfschmerzen wurden schlimmer, als wir zum Frühstück den Speisesaal im Gästehaus betraten. Dort war alles in Weiß gehalten: die Fenstervorhänge, die spärliche Einrichtung, selbst die Mitarbeiter, und über allem wachte Tony Russel. Er trug ein Bettlaken mit einem ausgeschnittenen Loch für den Kopf, eine Art Soutane, stand vor einem Gong in Menschengröße und schlug ihn mit einem Schlegel mehrmals an. Als er damit fertig war, machte er ein würdevolles Gesicht und sagte: »Erinnert euch in diesem Kreis an eure nicht physische Existenz! Werdet eins mit eurem Lichtkörper und dem Zentrum unserer Galaxis!«

Wir nahmen Platz an einem Tisch, den man uns zugeteilt hatte, fingen an zu essen, knabberten an dem angebrannten Toastbrot und beobachteten die Vorstellung von Mr. Russel, der jetzt von kosmischen Strahlen redete, die er Photonen nannte.

»Was faselt er da?« fragte Jimmy. »Was soll das sein? Lasertorpedos?«

»Nein!« protestierte Babyface. »Mr. Russel ist doch Medizinmann. Die machen hier Röntgenbilder: Photonen.«

»Dann sollte er mal mein Portemonnaie durchleuchten!«
antwortete mein Onkel. »Da herrscht totale Ebbe. Deswegen hab ich mir auch heute Nacht etwas überlegt. Wir brauchen ein bisschen Bargeld für ein neues Auto. Ich frag mal
Doktor Russel, ob er mir nicht meinen Campingwagen ab-
kaufen will.«

»Guten Morgen, Freunde!« lächelte Tony und setzte sich
zu uns. »Teo! Hast du schon unsere köstlichen Wasseralgen
probiert?«

Onkel Jimmy wartete meine Antwort gar nicht erst ab
und kam gleich auf den Verkauf seines Wohnwagens zu
sprechen.

»In Ordnung«, sagte Tony. »Dreitausend kann ich dir dafür bieten.«

»Superding!« meinte Jimmy. »Aber ich will heute noch die
Scheine sehen. In Geschäften bin ich strenger als das Finanzamt.«

»Jimmilein!« flehte Chuck. »Du machst Riesenverluste! Ist
dir das klar?«

»Misch dich nicht ein, du Flachpfeife, wenn sich zwei äl-
tere Herren unterhalten!«

Tony wühlte unter seiner Soutane nach dem Portemonnaie, fand es und zählte das Geld ab.

»Fünfhundert als Anzahlung – den Rest gibt's nachher in
meinem Büro!«

»Siehste, Chuck?« freute sich mein Onkel. »Doktor Russel
ist nicht so ein eiskalter Abzocker wie du.«

Er nahm die Knete in Empfang: »Vielen Dank!«

»Kein Problem!« sagte Tony. »Und jetzt reden wir mal
über euren Aufenthalt hier. Ihr müsstet eine Woche bleiben.
So lange wird Teos Therapie dauern.«

Er teilte meinen Freunden die Aufgaben zu: Babyface
sollte mit einem Mini-Trecker den gesamten Rasen des Cen-
tergeländes mähen. Chuck wurde als Küchenhilfe engagiert,
außerdem warteten auf ihn ein paar Kleinreparaturen an der

Elektrik des Gästehauses. Onkel Jimmy wurde als Raucher und Trinker unter Hausarrest gestellt: Er sollte möglichst sieben Tage lang den Wohnwagen nicht verlassen, um das kosmische Gleichgewicht der Heart Consciousness Church nicht endgültig zum Einsturz zu bringen.

»Ach! Ich werd es mir schön gemütlich machen bei den Mülltonnen«, meinte Jimmy. »Ihr könnt euch ruhig abrakkern!«

Tony sagte: »So! Habt ihr noch Fragen? Wenn nicht – ab an die Arbeit! Teo! Geh bitte zu meiner Tochter! Hier ist der Zettel mit deinem Heilungsplan! Ich muss mich jetzt von euch verabschieden. Ich leite gleich einen Meditationskurs für Fortgeschrittene! Dritte Stufe! Wenn ich damit fertig bin, können Sie sich Ihr Geld abholen!«

Er stiefelte nach draußen, sein weißes Gewand wischte hinter ihm den Boden sauber.

Chuck klopfte mir auf den Rücken: »Du Glückspilz! Wenn diese Janis keine Hexe ist und gut aussieht, wird's wohl eine leichte Übung!«

»Ich krieg das schon irgendwie hin!« meinte ich.

»Hört auf zu tuscheln, Sportsfreunde!« sagte mein Onkel. »Jetzt wird gearbeitet!«

»Genau!« pflichtete ihm Babyface bei.

Wir trennten uns, und jeder ging seiner Wege. Ich hatte es eilig. Ich war gespannt auf meine Eso-Heilerin. Vielleicht würden die Götter ja gnädig sein und mir ein großzügiges Geschenk machen.

Das Massage- und Meditationshaus war in mehrere Räume aufgeteilt. Sie hatten sogar eine Sauna und ein kleines Schwimmbecken. Ich warf einen Blick in jeden Raum und stellte fest, dass es entlang des Flures zwei Abteilungen gab. Rechts lagen auf Behandlungstischen nackte Körper, Frauen und Männer, die von Masseuren in weißen Kimonos durchgeknetet wurden. Links saßen kleine Gruppen im Schneidersitz auf dem Boden und riefen einen mir unbekannten Gott namens »Om« an.

»Teofil Baker?« hörte ich hinter meinem Rücken eine ruhige Stimme.

Ich drehte mich um und sagte: »Nee! Der neue Klempner«, und bereute im selben Moment, dass ich mich so idiotisch vorgestellt hatte.

Sie hatte rotes, hüftlanges Haar, blaue Augen, meine Größe und war ein paar Jahre jünger als ich.

Ich sagte: »Bist du Janis?«

»Ja«, sagte sie. »Dann wollen wir mal!«

»Wir?« fragte ich.

»Na ja. Mehr du«, sagte sie und lächelte. »Wir fangen mit der ersten Stufe an: Reinigung von Geist und Körper. Sprich: Müllentsorgung.«

»Nur mit der ersten? Was ist mit den anderen?« wunderte ich mich.

»Dafür braucht man viele Jahre. Genau genommen vierundzwanzig!« antwortete sie und gab mir ein Handtuch. »Kabine Nummer sieben. Ich komm gleich.«

Ich zog mich aus und legte mich in Boxershorts auf die Liege. Aus den Lautsprechern an der Wand drang leises Elektrogedudel, untermalt von Meeresrauschen und tiefen Pfeiftönen.

Als Janis in ihrem Kimono angeflattert kam, meinte ich: »Willst du mich mit dieser Experimentalmusik einschläfern?«

»Kannst du dich bitte ganz ausziehen?«

»Was? Ich dachte, das ist hier ...«

»... Ganzkörpermassage«, fiel sie mir ins Wort.

Ich befolgte ihre Bitte, streifte meine Boxershorts ab und legte mich wieder auf den Bauch.

Janis bedeckte mit dem Handtuch meinen Hintern. Sie kontrollierte meinen Puls. Dann ölte sie ihre Hände mit einer gelben Flüssigkeit ein und begann meine Füße zu kneten.

»Wenn das die erste Stufe ist«, sagte ich, »bin ich begeistert!«

»Wart's mal ab! Das ist erst der angenehme Teil. Der Rest wird weniger spaßig. Du hast zu viel Feuer und zu wenig Erde. Das konnte ich deutlich an deinem Puls merken.«

»Redest du immer so schlau, oder ist das bei dir Routine?«

»Du musst wieder lernen, irdisch zu fühlen und zu denken. Die Erde ist das Element, das bei dir ziemlich verkümmert ist. Du bist abhängig vom Feuer. Du verbrennst zu schnell – deine ganze Energie wird darauf verschwendet, intensive Erlebnisse zu finden. Das ist falsch. Dein Bewusstsein frisst sich selbst auf, Stück für Stück, und irgendwann wirst du völlig leer sein.«

»Ich verstehe kein Wort. Das musst du mir alles noch mal in normale Sprache übersetzen.«

»Erzähl mir was über dein Leben.«

Ich sagte: »Ist das hier 'ne Beichte?«

Janis war still. Sie arbeitete sich langsam hoch und massierte meine Waden.

»Ich bin nicht der Typ, der den Leuten die Ohren vollquatscht«, begann ich. »Ich komme aus einem Dorf im Nordosten von Polen, wo die Hunde mit dem Hintern bellen – so gottverlassen ist die Gegend …«

Ich redete mindestens eine Viertelstunde, während Janis' Hände über meinen Rücken glitten wie die Kugeln auf einer Bowlingbahn. Als ich mit der Zusammenfassung meiner Biographie fertig war, klopfte sie mit ihren Knöcheln meine Wirbelsäule auf und ab und sagte: »Dreh dich bitte um«, und ich tat es, hielt mir aber das Handtuch über meinen Bauch.

»Keine Angst! Ich beiße nicht«, lachte Janis und bearbeitete meine Brust, die mir wehtat. Zigaretten. Die Nächte im Bear Dance. Weiter, viel tiefer: die erste Nacht mit Agnes unter dem Zwetschgenbaum und ihr letzter Besuch im Princess Manor – alles brodelte in mir.

»Versuch mal, dich zu entspannen!« sagte sie. »Wenn man

so neben dir steht, hat man den Eindruck, du wirst mit Atomstrom angetrieben.«

»Ich hatte also diese Frau, Agnes aus Rothfließ, aber warum erzähl ich dir das? Was mach ich eigentlich in diesem Laden? Bin ich bescheuert? Warum geb ich alle meine Sünden preis? Bist du vielleicht die erste ausgebildete katholische Priesterin?«

»Nein, das wohl kaum. Aber die Vorsehung ist unergründlich. Man ist erst hinterher klüger, wenn sich alles erfüllt hat.«

»Toll!« meinte ich. »Und ansonsten läuft man durch die Gegend wie ein Blinder und knallt ständig gegen irgendwelche Wände!«

»Das ist es, was ich meine: Du hast zuviel Feuer. Du musst dich der Erde hingeben. Das ist der Wunsch der ersten Dimension, des Elementarreiches – deine erste Meditationsstufe. Und ich möchte irgendwann mehr über deine alte Liebe erfahren …«

»Das sollst du«, sagte ich. »Schon bald, Janis. Bald.«

Zwei Tage später, kurz nach der morgendlichen Session im Massage- und Meditationszentrum, kreuzte Chuck bei uns auf: ohne Werkzeugkasten, dafür aber mit einer Thermoskanne und einer Packung Schokoladen-Donuts. Er sagte zu mir: »Kaum fang ich an, ein Loch in die Wand zu bohren, kommt gleich so ein Hypersensibler angerannt und macht den großen Larry!«

Janis war in ihrem Büro und tippte etwas am Computer. Wir hockten uns an den Schreibtisch, Chuck schenkte uns Kaffee ein. Ich beobachtete meinen Freund wie ein Wissenschaftler ein Versuchskaninchen: Wie würde der Junge darauf reagieren, dass Janis ihn einfach links liegen ließ? Er war eifersüchtig – das konnte ich sehen, fühlen und riechen. Er litt von Anfang an, weil er verdonnert worden war, das Geschirr zu spülen und mit einem Schraubenzieher in dreckigen Motoren von Tiefkühltruhen herumzustochern, während ich, in seinen Augen der Gewinner dieser misslungenen Mexiko-Tour, mich mit Janis amüsieren durfte.

Die Stunden mit Janis rannen mir durch die Finger, und ich versuchte Nacht für Nacht, bevor ich einschlief, zu verdrängen, dass hier bald alles zu Ende sein würde und ich in Winnipeg wieder zwischen der Einsamkeit in meinem Zimmer oder der Theke und dem Billardtisch im Bear Dance wählen konnte.

Onkel Jimmy becherte im Wohnwagen pausenlos: Er saß im Fenster und winkte uns zu, oder er grillte seine Holzfällersteaks und sagte: »Das nenn ich Urlaub! Keiner will was von dir! Kannst den ganzen Tag glotzen, saufen, paffen, und wenn's dir langweilig wird, machste das Fensterchen auf und schaust dir das bekloppte Theater da draußen an! Prost!«

Babyface kam immer abgekämpft und schlapp vom Rasenmähen, Sägen und Schneiden; er hatte von den Lärmschutzkopfhörern rot angeschwollene Ohren und beklagte sich: »Dieser Minitrecker hat so 'nen unbequemen Sitz – ich muss sofort ins Bett!«

Um Chuck war es nicht besser bestellt. Er war von den ganzen Kleinreparaturen so abgehetzt, dass er sich jedes Mal halbtot zum Wohnwagen schleppte. Im Auftrag von Onkel Jimmy hatte er einen gammeligen Volvo gekauft und musste nach Feierabend auch noch an dieser Kiste schrauben, damit wir nach Hause zurückfahren konnten. Es gab Probleme mit den Teilen. Banff war ja nicht gerade der Traumstandort für einen Bastler wie Chuck.

Onkel Jimmy versuchte, jeden Abend mit einer Predigt abzurunden, und las aus seinen Notizen vor: »Liebe Gemeinde! Kanadier! Indianische und polnische! Es ist so: Skrupellose Subjekte erniedrigen uns, indem sie unsere Arbeitskraft für ihre Welteroberungspläne ausnützen. Und was ist ihr Ziel? Sie wollen die absolute Kontrolle über unsere

Birnen! Babyface und Chuck werden zu körperlicher Schwerstarbeit gezwungen – das nenne ich physische Vernichtung! Jawohl! Und meinem armseligen Neffen wurde bereits das Hirn wegoperiert. Amen!«

Ich war durch den multidimensionalen Heilungsplan außer Gefecht gesetzt: morgens Massage, mittags Whirlpool, dann Gitarrenübungen – aber nicht für mich, sondern für die Mutter Erde, auf Anweisung von Tony Russel –, danach Sauna und Schlafen im Freien, abends wieder ein Sprudelbad, und zum Abschluss der täglichen Therapie verlangte Tony von mir noch einen persönlichen Erfahrungsbericht.

Aber es gelang mir, die Nachmittage mit Janis zu verbringen, die mich mit ihren Familiengeschichten unterhielt.

Tony hatte in Berkeley studiert und 1968 seinen Doktor in Psychologie gemacht. An der Universität war er Janis' Mutter begegnet. Das junge Paar erbte ein beträchtliches Vermögen und eröffnete in Harben Hot Springs das Center für Zwölf-Stufen-Meditation: Diese angeblich plejadische Methode zur Bewusstseinserweiterung habe Tony sich auf Bali angeeignet. Der Traum vom Aussteigerdasein platzte jedoch schnell. Die Kalifornier klagten sie aus Harben Hot Springs raus: Das Land stand den Ureinwohnern rechtmäßig zu. Janis' Eltern durften nicht bleiben und beschlossen 1972, in Banff ein neues Center aufzubauen. Zu der Zeit war Janis' Mutter schwanger. Sie starb bei der Geburt. Ihr Tod habe Tony völlig aus der Bahn geworfen, er flüchtete sich in den Alkohol, aber seit fünfzehn Jahren sei er clean.

»Du hast wenigstens einen Vater!« sagte ich einmal zu Janis. »Ich weiß nicht, wer mich gezeugt hat. Als ich neun war, hat sich auch noch meine Mutter vom Acker gemacht. Danach wurde ich von Onkel Jimmy und Tante Ania pädagogisiert. Siehst ja, was draus geworden ist!«

»So schlecht finde ich das Ergebnis gar nicht«, sagte sie.

Am vorletzten Abend kam Janis zu mir in den Garten. Ich lag bis zum Hals im Whirlpool und spähte in den Himmel, der sich allmählich mit Sternen füllte. Der Wind hatte keine einzige Wolke herangeschafft, es war so ruhig da oben, dass ich glaubte, die Sterne sprechen zu hören. Janis hockte sich am Beckenrand nieder, ihre Beine baumelten im Wasser: Sie schöpfte eine Handvoll und ließ es über mir regnen.

Ich fühlte mich gut, wie an meinen ersten Tagen mit Agnes. Vielleicht war sie endlich die Frau, nach der ich so lange gesucht hatte.

»Was ist nun mit Baden?« fragte ich.

»Du bist mein Patient. Tony würde mich auf der Stelle entlassen.«

»Das wäre dann wohl Schicksal!« lächelte ich.

Die erste Meditationsstufe mit Janis war doch nicht so einfach, und an die folgenden mochte ich gar nicht denken.

Nach unserem Gespräch kehrte ich zum Wohnwagen zurück. Chuck und Jimmy sahen sich im Fernsehen ein Basketballspiel an. Babyface schnarchte hinter einem Vorhang auf seinem Lager.

»Hi Jungs!« sagte ich.

»Wie läuft's denn so?« fragte Chuck. »Haste die Kleine im Griff?«

Ich setzte mich auf mein Bett und sagte: »Schön wär's! Ich hab überhaupt nichts im Griff.«

Jimmy hatte vom vielen Aus-dem-Fenster-Gucken eine völlig verbrannte Rübe. Er sagte:

»Mächtig anstrengend, so'n Urlaub! Wird Zeit, dass wir wieder nach Hause kommen.«

»Ich würd am liebsten hier bleiben!« sagte ich.

Mein Onkel erschauderte: »Das Meditieren ist dir wohl zu Kopf gestiegen. Ich ahnte gleich, dass das mit dieser Krankenschwester ein Debakel werden würde, aber gegen einen Doktor kann man ja nichts sagen. Ein Studierter! Hat die Weisheit mit Löffeln gefressen! So sieht's aus!«

Morgen ist D-Day, dachte ich. Ich hab vierundzwanzig Stunden, um Janis zu erobern.

Die letzte Massage fand auf einer Wiese statt. Ich sollte ja irdisch denken; dafür musste ich mir gehörig den Hintern abfrieren – ich lag bibbernd im Gras und sagte: »Janis! Bodenhaftung hin oder her: zehn Stunden auf dem Beton kriechen – das ist real, das ist die Wirklichkeit, und nicht diese Veranstaltung hier für zivilisationsmüde Wohlstandsfuzzis.«

»Wer hat mir denn immer von seinem langweiligen Leben vorgejammert?« fragte Janis.

»Okay, okay. Aber du langweilst dich hier doch auch, in diesem Psycho-Knast – das sieht selbst ein geistig Verwirrter!«

»Großartige Alternative: mit vier Normalos in einer Macho-WG. Außerdem kann ich meinen Vater nicht verlassen!«

»Ach! Das hab ich mir bei meinem Onkel auch immer eingeredet, ganz früher, und dann ist Agnes vor mir geflohen, weil sie diesen chaotischen Zustand mit Jimmy und mir einfach nicht mehr ausgehalten hat.«

Janis sagte: »Fliehen, fliehen! Was ist das für eine Sehnsucht?«

»Nach deinem System würd ich sagen: Du hast zu wenig Feuer! Miss Russel!«

Sie bohrte mir ihren Daumen zwischen die Rippen, und ich schrie auf – ich hatte ihren wunden Punkt getroffen.

»Sehen wir uns heute Abend?« fragte ich.

»Gut! Ich hol dich ab.«

Am Nachmittag traf ich mich mit Tony im Meditationsraum.

»Da bist du ja«, sagte er, »hoffentlich zufrieden und glücklich: Wie geht's dir?«

Ich sagte: »Mr. Russel! Ich bin total wiederhergestellt.«

»Das ist ja wundervoll!« sagte er. »Geist und Körper wieder im Einklang!«

»Aber hundertprozentig, Sir!«

»Ich möchte dir zum Abschluss deiner Therapie noch etwas schenken«, sagte er und las mir aus einem Buch diesen Satz vor: »»Es geht nicht um Leben oder Sterben, sondern um Heilung: Liebe und Glück – eure Herzen sehnen sich nach dieser Erkenntnis, doch nur der Wahrheitsliebende wird sie erlangen, auf dem Weg zu neuem Bewusstsein.‹«

»Hm.«

»Teo – wir sind nicht allein.«

»Ja. Gewiss.«

»Wir sind umgeben von zahlreichen Welten, die einander bedingen. Wenn in der dritten Dimension, in der wir leben, Atombomben explodieren, müssen zwangsweise auch andere Welten darunter leiden: das Reich der Träume, der Verstorbenen, der Steine und der Sterne.«

»Ja. Das versteh ich.«

»Und da sich unsere Position im Kosmos ständig ändert wie auf einem Spielfeld – unser Planet ist sozusagen ein Surfbrett – gelangen wir hin und wieder in die Nähe der Strahlen aus dem Zentralherzen der Galaxis, wo die Liebe am stärksten ist.«

»Ja.«

»Teo – ergreif auch du die einmalige Chance! Erleb bewusst das neue Zeitalter!«

»Alles klar. Mach ich!«

»Du bist mir jederzeit willkommen. Die Türen in meinem Center stehen dir immer offen«, sagte er zum Schluss.

»Ich muss erst mal sparen, dann komm ich zurück«, log ich.

Ich schrieb die Runde mit Mr. Russel in meine lange Liste der Verluste und situationsbedingten Patzer ein und sagte auf Wiedersehen. Im Großen und Ganzen war er nicht viel anders als meine ehemaligen Geschichtslehrer aus Biskupiec, die uns jeden Winter mit der Oktoberrevolution von 1917 terrorisiert hatten.

Ich ging spazieren und schlenderte noch ein kurzes Stündchen ziellos durch die Straßen von Banff. Ich ließ mich von einer Bar verführen, in der eine Rockband spielte. Die Musik war jedoch unerträglich. Auf dem Rückweg lief ich Chuck in die Arme. Er war angetrunken.

»Wo kommst du denn her?« fragte Chuck. »Ist dein Unterricht ausgefallen? Will sie dich nicht mehr?«

»Ich kann dieses blöde Gelabere nicht mehr ab«, meinte ich.

»Oh, là, là!« sagte er. »Unser Teo ist schwer verliebt und vergisst dabei, dass er seinem Kumpel einiges zu verdanken hat. Wenn ich nicht wäre, würdest du wegen Agnes wahrscheinlich immer noch in deinem Zimmer rumheulen und dir hirnverbrannte Horrorfilme reinziehen. Wer hat dich aus deinen Depressionen freigekämpft, dich in die Nachtclubs geschleppt, dein Onkel?«

Ich versuchte ihn zu beruhigen, ihm klarzumachen, dass ich für Janis etwas mehr empfinden würde als nur Zuneigung.

»Ich will nicht einfach nur Sex mit ihr. Das ist nicht so 'ne billige Nummer für eine Nacht!«

»Erzähl das deinem Frisör, aber nicht mir!« antwortete Chuck.

Wir gingen zurück zum Center. Der Volvo war schon startbereit und mit unseren Koffern vollgepackt. Onkel Jimmy hatte sämtliche Geräte aus dem Wohnwagen ausgebaut – den Kühlschrank, den Herd, selbst das Waschbecken – und den Fernseher und das Radio in alte Lappen gewickelt.

Babyface half ihm, alles zu verstauen. Nun begutachteten die beiden ihr Werk.

»Howgh!« rief Chuck. »Was ist denn hier los?«

»Hi Onkel!«

»Dieser Kurpfuscher Russel«, sagte er, »soll bloß nicht denken, dass er mit uns machen kann, was er will, nur weil er ein Studierter ist.«

Babyface sagte: »Jimmy! Immerhin hat er deinem Neffen den Adlerblick verliehen: Teo kann wieder zwischen hübsch und hässlich, weise und strohdumm unterscheiden. Eine gute Tochter, diese Janis!«

»Rothaut! Du weißt nicht, was du da redest! Der Russel ist kein Medizinmann, sondern ein Psychologischer, und die haben in der Schule gelernt, den Menschen zu manipulieren. Schon mal was von Gehirnwäsche gehört?«

»Nee«, sagte Babyface.

In diesem Augenblick tauchte Janis auf.

»Hilfe!« rief Jimmy. »Da kommt die Krankenschwester!«

Babyface hatte nicht übertrieben, sie war Klasse. Und Chuck hatte auch Recht.

»Guten Abend, Mr. Koronko!« sagte sie.

»Hallo Janis«, griente Chuck.

»Teofil! Du bist noch verabredet?« fragte mein Onkel. »Spätestens um elf stehst du wieder auf der Matte, sonst fahren wir ohne dich!«

»Keine Panik, Mr. Koronko! Teo wird pünktlich sein«, sagte sie.

»Rendezvous im Mondschein?« faselte Chuck. »Teo, warum spielsten ihr nicht einen auf deiner Klampfe?«

»Ach nein!« wehrte sich Janis. »Wie einfallsreich von dir, Chuck!«

Ich sah im Volvo nach. Meine Gitarre war auf dem Rücksitz. Sie klang nach ein paar Akkorden hölzern und kraftlos, ich stimmte, hängte sie mir über den Rücken und sagte: »Bloß weg hier!«

Wir steuerten auf die Neonlichter von Banff zu wie Nachtfalter. In einer Bar, die Janis kannte, bestellte sie sich zu meiner Überraschung eine Margherita; ich orderte ein Bier, und wir setzten uns etwas abseits des Geschehens.

Nach einer Weile kam der Barkeeper, ein Schrank im Holzfällerhemd.

»Margherita, wie üblich!« sagte er und stellte den Drink ab.

»Danke, Lenny!«

Er knallte mir die Flasche vor die Nase, der Bierschaum ergoss sich über den Tisch.

»Ups!« stöhnte Lenny, wischte die Lache weg und verzog sich.

»Nette Menschen hier!« sagte ich. »So richtig irdisch.«

»Ach, Lenny ist ganz in Ordnung!«

»Kennst du ihn schon lange?«

»Wenn Tony wüsste, dass ich hier verkehre, würde er ausflippen. Ab und zu brauch ich ein bisschen Kontrastprogramm. Da ist Lenny ideal.«

»Miss Russel führt ein Doppelleben, das hätte ich nie vermutet.«

»Mach dich auf was gefasst!« sagte Janis. »Auf Bewusstseinstufe Vier passiert einiges.«

Wir nippten an unseren Drinks.

»Hey, Gitarrenmann!« erscholl plötzlich Lennys Bassstimme von der Theke. »Schleppste die Balalaika nur so mit dir rum? Wie wär's mit Hank Williams!«

»Ist nicht grade mein Liebling, aber geht klar!«

Ich stand auf und erklomm einen Barhocker.

Der Song war keine fünf Minuten lang, doch er kam gut an. Die Leute pfiffen und stießen anfeuernde Rufe aus, als ich fertig war; nur Janis war stumm. Wir hatten hier nichts mehr verloren.

Wir beeilten uns, nach Hause zu kommen. Der Mond blendete uns wie ein Motorradscheinwerfer.

Sie sagte: »Um diese Zeit sind die Meditationsbecken meistens leer.«

»Ist das eine Einladung?«

»Manchmal bist du wirklich nicht der Schnellste!«

Als wir uns ausgezogen hatten und ins Wasser tauchten, und ich Janis auf den Nacken küsste, meinte sie: »Und wie soll das mit uns weitergehen?«

»Das hängt von dir ab, Janis«, antwortete ich. »Ich kann warten.«

»Was wirst du tun, wenn du zurückkommst?« fragte sie.

»Ich weiß nicht. Bringen wir das hier erst hinter uns.«

Wir fuhren nach Hause, bepackt wie die Lastesel. Der **18** Volvo hing mit dem Auspuff fast auf der Straße. Onkel Jimmy hatte die elektrischen Geräte aus seinen Wohnwagen mit Seilen auf dem Dachgepäckträger befestigt und mit einer Plane zugedeckt. Die Sonne knallte auf die Windschutzscheibe und malte buntscheckige Bögen und Sternchen. Jimmy kaufte uns an einer Tankstelle schwarze Sonnenbrillen und Strohhüte. Er sagte: »Da erkennt man sofort, dass wir in Mexiko waren!«

Er hatte uns dreien verboten, ans Steuer zu gehen.

»Das ist mein Auto, ich lass keinen an die Kiste ran!« sagte er. »Sonst passiert wieder ein Unglück!«

Wir schliefen die meiste Zeit oder pokerten ein wenig. Jimmy hielt das Lenkrad mit beiden Händen wie ein Anfänger. Er hatte den Mund weit auf, streckte den Kopf nach vorn und strahlte wie eine Orange. Er freute sich auf Winnipeg und auf die eine Woche Urlaub, die er noch hatte.

»Jimmy«, sagte Babyface. »Du quetschst noch das Armaturenbrett kaputt!«

»Kannst gleich zu Fuß nach Hause marschieren!«

Wir pennten eine Nacht im Volvo auf einem Parkplatz und fuhren dann weiter, mein Onkel wieder als Chauffeur.

Chuck hatte mir alles verziehen, wir waren wieder Zwillingsbrüder, und ich musste ihm nicht mehr erklären, dass die Sache mit Janis kein Abenteuer war. Bei dieser Frau konnte ich mich nicht irren – es war Amor.

Als wir schließlich mit dem überladenen Volvo unsere Straße raufkrochen wie eine Raupe, sahen wir, dass direkt vor unserem Haus vier Leichenwagen parkten. Die Tür war aufgebrochen; ein paar Männer in schwarzen Anzügen redeten mit unseren Nachbarn.

Babyface sagte: »Wenn Ginger und Big Apple meine Tiere haben verhungern lassen, werd ich sie bei lebendigem Leibe skalpieren!«

»Du Döskopf!« sagte Jimmy. »Die sind unsretwegen da! Muss wohl was Schlimmes passiert sein. Man hat uns ausgeraubt und ermordet! Deine Viecher hätte nicht mal ein chinesisches Restaurant verarbeitet!«

»Jimmilein«, sagte Chuck. »Du bist jetzt still. Das muss sofort geklärt werden.«

Wir parkten vor Chucks Garage und stiegen aus.

Ein dicker junger Mann mit Krawatte und einem in Leder gebundenen Kalender in der Hand begrüßte uns.

»Robert Wilson«, sagte er, »vom Beerdigungsinstitut ›Ruhe sanft!‹«

»Angenehm«, sagte mein Onkel und stellte sich vor.

»Entschuldigung – können Sie sich trotzdem ausweisen?« fragte der Dicke. »Ist ja nur eine Formalität.«

»Aber sicher«, meinte Jimmy und zeigte ihm seinen Führerschein. »Und das sind meine Indianer, und der Kleine da ist verliebt. Wir wohnen hier.«

»Ah! Da fällt mir ein Stein vom Herzen!« sagte er. »Der Zeitungsausträger hat Ihre Nachbarn über den verdächtigen Gestank in Ihrem Haus verständigt, und die haben uns gerufen und die Polizei! Die Ordnungshüter sind gerade eben weggefahren. Sie waren kurz vorm Ausrasten!«

»Was für'n verdächtiger Gestank?« fragte ich.

»Na in der Küche im Erdgeschoss«, lachte der Dicke. »Da fanden wir im Spülbecken gut zwanzig Pfund Fisch voller Maden. Eklig so was, dürfen Sie nie wieder machen!«

»Jawohl!« sagte Jimmy.

»Sachen gibt's«, sagte der Dicke und trommelte seine Jungs zusammen; sie stiegen in ihre Karossen, und die schwarze Kolonne setzte sich in Bewegung.

Babyface kommandierte unsere Nachbarn: »Ab nach Hause mit euch! Es ist alles wieder in Ordnung!«

Dann ging er mit meinem Onkel in den Garten, um nach dem Rechten zu schauen. Aber Crazy Dog und Crazy Horse waren gesund und munter.

Chuck und ich luden den Volvo aus. Es war ein lauer, träger Abend, die Langeweile pur, und wir wollten im Bear Dance etwas dagegen tun.

Ich nahm die Arbeit auf der Baustelle wieder auf und versuchte mich, soweit das nur möglich war, zu schonen. Ich spezialisierte mich auf die Fliesenkunst und konnte dadurch alleine in den Badezimmern und Küchen arbeiten. Das verschaffte mir etwas Ruhe und Erholung von dem grässlichen Parkettlegen.

Andrej quälte mich weiter mit Fragen zu Albanien: In den kurzen Mittagspausen interviewte er mich, und ich stillte seine Neugierde mit Erzählungen und Anekdoten aus Rothfließ.

Nach ein paar Monaten, als ich wieder fest im Sattel saß und von unserer Truppe akzeptiert wurde, sagte ich zu Andrej: »Hör mal zu! Kosak Schalaputo! Ich weiß von nix! Albanien gibt's nicht – bin nie dort gewesen! Geh ins Reisebüro und hol dir einen Prospekt!«

»Was? Du bist kein Albaner?« fragte er erstaunt.

»Ich weiß nicht, wer ich bin, und will es auch nicht wissen. Vielleicht bin ich russkij Mensch wie du!«

»Wie ich? Willste mich verscheißern?« meinte er.

Er war so enttäuscht, dass er mich tagelang behandelte, als hätte ich eine Tarnkappe auf.

Der erste Schnee fiel, und Andrej begann wieder, mit mir zu reden.

»Teo, du musst dich für deine Herkunft nicht schämen«, sagte er. »Aber wenn du nicht darüber sprechen willst – auch gut. Ich werd dich nicht länger belästigen. Ihr Albaner seid schon komische Käuze!«

Die Briefe von Janis waren meine wichtigste Medizin. Sie halfen gegen die Rückenschmerzen – auch gegen die meiner Arbeitskollegen, denen ich immer von meiner Freundin vorschwärmte. Oft ging es in ihren Briefen darum, dass sie sich mit ihrem Vater in den Haaren lag. Mir war das recht. Ich schrieb Janis, sie solle Tonys Kloster endlich verlassen. Jeden Tag wartete ich auf Post von ihr, die ich dann so oft las, dass ich die meisten Passagen auswendig kannte. Außerdem telefonierten wir, dass die Drähte glühten. Mein Onkel drohte mir, er würde wegen der überhöhten Rechnungen bald unser Telefon abmelden.

Im Winter 1992 brachen urplötzlich die Finanzen meines Onkels komplett zusammen. Ein Gerichtsvollzieher pfändete sein gesamtes Hab und Gut – selbst der gammelige Volvo kam unter den Hammer – und rechnete ihm vor, dass er den verschiedenen Banken Tausende von Dollar schulden würde, insgesamt mehr als zwanzig Riesen; die genaue Summe wollte Jimmy mir nicht verraten, denn das sei top secret.

Zu seinen Schulden zählten hauptsächlich die ungedeckten Kreditkartenabrechnungen, meist für ordentliche Einkäufe im Liquor store, die Raten für den Wohnwagen und die Autoschäden. Von seinen beiden Monatsgehältern, den Schecks von der Firma und dem Honorar von Richard Grzybowski blieb nach der Pfändung nur ein lächerliches Minimum.

In seinem Zimmer standen nun kaputte Sofas und Sessel, zerschlagene Schränke und Regale, die er mit Babyface von der Caritas und vom Sperrmüll geholt hatte.

Jimmys Riesenfernseher, sein Prunkstück, wurde durch

ein Gerät ersetzt, auf das man regelmäßig mit der Faust ein-
schlagen musste, damit es überhaupt funktionierte. Doch er
hatte wenigstens eine Fernbedienung und behauptete, dass
kanadische Fernseher niemals explodieren würden; die polnischen oder russischen ja, sie würden andauernd explodieren, wie das auch einmal in Rothfließ der Fall gewesen sei,
als sein ehemaliger Schulfreund Pacior auf seinen Neptun
einhämmerte und bei der anschließenden Detonation seinen
Arm verlor.

»Dieser Armleuchter wollte sich einen Film über die
Schlacht bei Stalingrad angucken!« erzählte mir mein Onkel.

Ab und an pumpte er sich von Babyface oder von mir
einen Zwanziger für Bier, saß auf einem seiner neuen Sofas,
aus denen die Sprungfedern ragten und zog über die Kapitalisten und die Regierung in Ottawa her: »Sie reißen dir den
letzten Slip von der Haut«, sagte er, »lassen dich nackt in
deinen eigenen vier Wänden in der Nase bohren. Dann
kommste in die Klapse oder wirst gleich von Bären zerfetzt.
Unter den Kommunisten hatten wir eine Lebenserwartung
von mindestens sechzig Jahren, aber hier verhungerst du
schon als Kind, wenn du nicht nach ihrer Pfeife tanzt! Wozu
robote ich überhaupt noch, wenn sie mir alles wieder wegnehmen? Die bauen sich mit meinem Geld Villen und fliegen
auf die Bahamas!«

Mein Onkel verfasste eine Petition an die kanadische Regierung und bat mich, die Rechtschreibung zu korrigieren.
Er schrieb: »Liebes Kanada! Mein Anliegen ist einfach. Ich
bin ein bisschen verschuldet. Hab mich mit den ganzen Zinsen übernommen. Für jeden *Schit*, den die Chinesen produ-
zieren, muss man hier das Doppelte und Dreifache hinblät-
tern. Da steht zum Beispiel auf einer Stereoanlage *Mejd in
Japan*, und wenn man sie auseinander schraubt, wird einem
sofort klar, dass der ganze Mist in China hergestellt wurde. Irgendwo im Schlamm des Jangtse sitzen Schlitzaugen und
klopfen die Sachen zusammen. Tagelöhner und Kriegsinva-

lide, die sich etwas dazuverdienen wollen. Ich, anerkannter Kanadier aus Polen, bestell mir den ganzen Plunder ins Haus und muss mein Leben lang dafür blechen. Da kann ich gleich nach Peking auswandern, mir einen dunkelblauen Pyjama zulegen und Mao anbeten für eine Schale Reis. Liebes Kanada! Ich bin doch dein *Sitisen*. Tu was! Hochachtungsvoll – Jimmy Koronko.«

Ich warf seinen Brief unfrankiert im nächstbesten Postkasten ein, nur so zu seiner Beruhigung. Ich war so gut wie schuldenfrei.

Chuck war kaum noch zu Hause, wir sahen uns ganz selten – er hatte sich in eine Koreanerin verliebt. Babyface' Freude darüber hielt sich in Grenzen, seit Chuck angekündigt hatte, dass er bald zu seinem Mädchen ans andere Ende der Stadt ziehen würde.

Babyface sagte: »Er ist doch ein Navajo. Er sollte im Indianerviertel leben, zusammen mit seinen Brüdern.«

Einige Monate später war es dann so weit: Anfang März 1993 hatte Chuck die Umzugskartons fertiggepackt und seine Werkstatt halb leer geräumt. Er mietete sich für seinen Ford einen Anhänger und holte mich eines Tages mit diesem Gespann um drei Uhr von der Arbeit ab. Ich sagte: »Hör mal zu! Ich bin kein Möbelpacker! Wir heuern für zwanzig Piepen Tscha-Tscha an. Der hat es in Kasachstan als Gewichtheber bis in die erste Liga geschafft.«

»Alles klar, Amigo!« freute sich Chuck.

Tscha-Tscha war ein bärenstarker Kerl. Ich brachte lediglich siebzig Kilo auf die Waage, im Vergleich zu Tscha-Tscha war ich ein Gnom. Er war so lang wie ein Basketballer und hatte klobige Arme und eiserne Fäuste.

Mit Tscha-Tschas Hilfe war der Umzug ein Kinderspiel. Obwohl die Straßen noch zugeschneit waren und die Temperaturen unter Null pendelten, band er sich sein dickes Flanellhemd um die Hüften und schwitzte wie ein Zuchtbulle.

Chucks Koreanerin, eine Schönheit wie aus dem Versandhauskatalog, reichte meinem Arbeitskollegen gerade mal bis zur Brust, schien aber von ihm sehr beeindruckt.

Als wir zu viert ins Indianerviertel zurückgondelten, um die restlichen Klamotten einzuladen, und vor unserem Haus parkten, sahen wir, wie mein Onkel auf der Terrasse hin und her latschte, von Punkt A nach Punkt B und wieder zurück wie ein Gefangener. Er war sehr aufgeregt.

Babyface hing im Küchenfenster und streichelte Crazy Dog, der jämmerlich jaulte. Er kam alsbald mit seinem Hund nach draußen, beide eingehüllt in eine Wolldecke, und setzte sich auf seine Lesebank. Er schwieg.

Wir begrüßten die beiden Männer, und ich sagte: »Jimmy! Ist was? Warum machste so'n todernstes Gesicht?«

»Ich wart hier schon seit zwei Stunden«, sagte er, »frier mir die Pfoten ab, rauche eine ganze Schachtel Kippen, und der Faulpelz treibt sich mit seinen Kumpels in der Gegend rum!«

»Und wo ist das Problem, Onkel?« fragte ich.

»Deine Janis hat angerufen!« meinte er. »Sie ist schon in den Wolken. Kannst sie um zwanzig Uhr am Flughafen besuchen! Und wag es nicht, diese Krankenschwester in unserem Haus einzuquartieren!«

Ich ließ mich rückwärts in den Schnee fallen, klappte zusammen wie ein Liegestuhl und schrie: »Janis!« Ich richtete mich wieder auf und sagte: »Sie liebt mich! Sie liebt mich!«

Tscha-Tscha fiel mir in die Arme und küsste mich auf die Lippen nach altem kommunistischem Brauch. Sein nasser Mund schmeckte säuerlich und kalt, und ich war kurz vor einem Kollaps. Diese Nächstenliebe steckte auch Chuck und seine Koreanerin an, die mich fest an sich drückten. Das Ganze machte Jimmy noch nervöser. Zähneknirschend sagte er zu Babyface: »Was haben die denn alle? An Teos Stelle würd ich mich erschießen. Die Krankenschwester ist bestimmt schwanger, und Tony hat sie rausgeschmissen.

Jetzt will sie sich hier breit machen und kommt Alimente kassieren! Pass mal auf!«

Ich sagte zu meinem Onkel: »Diesmal hältst du dich raus! So was wie mit Agnes passiert mir nicht noch mal. Zahl lieber deine Miete, sonst fliegst DU raus!«

19 Ich duschte schnell, rasierte mich und stieg in die besten Klamotten, die ich finden konnte: rotes Hemd, enge schwarze Lederjeans und -jacke. Ich hatte nichts für spezielle Anlässe, nichts Feierliches, aber in meiner Lederkluft sah ich ziemlich gut aus. Dann setzte ich eine Sonnenbrille auf wie Clint Eastwood in »Pink Cadillac«. Mein Gesicht wirkte im Spiegel sofort etwas schlanker und ernster. Ich musste nur noch meine Aufregung ein bisschen drosseln. Deswegen trank ich aus meinem Zahnputzbecher einen Schluck Whiskey. Die Flasche hielt sich mein Onkel im Badezimmer für Notfälle. Und dann der Mundgeruch – ich stopfte mir drei Kaugummis in den Mund, zog die Spülung und putzte mir noch einmal die Zähne. Dann machte ich mir noch einige zarte After-Shave-Spritzer auf den Hals und sang dabei eine Zeile aus Zappas Lovesongs: »Well, yeah! She was a fine girl!«

Nach dieser Schönheitskur war ich bereit, zum Flughafen zu fahren.

Chuck, die Koreanerin, Babyface und der Kasache saßen mit Jimmy in unserer Küche und unterhielten sich wie immer etwas zu laut, als ich mit dem Lächeln eines Glückspilzes hereinkam.

Sie bemerkten meinen Aufzug gar nicht, was ich sofort als Niederlage interpretierte.

»Jimmilein! Keiner will dir ans Bein pinkeln!« sagte Chuck gerade. »Du wirst sehen: Mit Janis und Teo unter einem Dach wird's nicht mehr so langweilig sein!«

»Genau!« bekräftigte Babyface.

»Auf meine alten Tage so was …«, nuschelte Jimmy vor sich hin und verschluckte sich mitten im Satz, als er mich sah.

»Na? Bin ich nicht ein toller Hecht?« meinte ich. »Ein richtiger Herzensbrecher?«

Tscha-Tscha drückte seine Zigarette im Aschenbecher aus. Er quetschte sie mit seinem Zeigefinger platt. Sie war längst aus.

»Wahnsinn!« sagte Tscha-Tscha.

Jetzt schauten auch Chuck und die Koreanerin zu mir auf.

»Jessas!« sagte mein Freund und rieb sich die Nase. »Dieser polnische Knilch! Hast du eine Drogerie überfallen?«

»Nee!« sagte Jimmy. »Der Jammerlappen hat sich nur mit meinem texanischen Whiskey aus Kentucky parfümiert!«

»Ich rieche nichts!« entgegnete Babyface.

Ich sagte: »Wer fährt mich zum Flughafen?«

»Und die Rosen?« fragte Tscha-Tscha. »Du musst Rosen kaufen! Einen ganzen Kofferraum!«

»O Shit!« sagte ich. »Daran hab ich überhaupt nicht gedacht!«

»Das haben wir gleich!« sagte mein Freund. »Keine Panik, Teo! Der Große Chuck findet für jedes Problem eine Lösung!«

»Na dann prost Mahlzeit!« sagte mein Onkel. »Japanische Gummibäumchen direkt aus der Tiefkühltruhe im Supermarkt! *Bonssaj* heißen diese Geräte! Ich geh schlafen!«

»Ich auch«, sagte Babyface. »Gute Nacht!«

Wir stiegen in Chucks Ford – Tscha-Tscha verbannten wir auf die Ladefläche des Anhängers.

»Der arme Kerl!« sorgte sich die Koreanerin. »Der holt sich noch einen Hexenschuss!«

»Ach was!« sagte Chuck. »Der ist Härteres gewohnt! Frag mal Teo!«

Wir brachten zunächst Tscha-Tscha nach Hause, der zum

Abschied noch einmal hitzig an mich appellierte: »ROSEN, SCHENK JANIS ROTE ROSEN!«

Und dann mussten wir den blöden Anhänger loswerden, wir ließen ihn bei Tscha-Tscha auf dem Parkplatz stehen und fuhren dann tatsächlich zum Supermarkt, wie Jimmy es vorhergesagt hatte, doch dort gab es keinen einzigen Rosenstrauß, nicht mal ein paar Tulpen, stattdessen Friedhofspflanzen, und bei mir ging es doch um Amor.

»Was jetzt?« fragte ich. »In einer Stunde landet sie!«

Die Koreanerin, Arihua Hotschidatsu, fing meine Hand und führte mich zu einem Stand mit Schmuck und Kleidung aus Indien. Sie sagte: »Sieh mal da! Die Tücher!«

Ich ließ mich von ihr beraten und kaufte ein violettes Halstuch aus Seide mit dem ganzen Universum darauf: Sterne über Sterne, Heilige und Götter – Halbmänner, Halbfrauen im Schneidersitz auf fliegenden Untertassen, und das alles für nur zehn Dollar.

»Wow!« sagte ich. »Das ist was für Janis! Ich dank dir, Arihua!«

Unterwegs zum Flughafen legte ich meine Lieblingskassette ein, »Joe's Garage«, und machte mich daran, meine Schachtel Pall Mall aufzurauchen. Aber das war keine gute Idee, ich wurde nur noch nervöser und begann, nach der fünften Kippe zu husten.

Im Parkhaus jammerte ich: »Ich höre auf zu rauchen, ich höre auf damit! Ich mach Schluss!«

»Mann! Wenn du das tust, wächst mir ein Kaktus auf der Hand!« sagte Chuck. »Ich schwör's dir!«

Der Flieger aus Calgary hatte zwanzig Minuten Verspätung. Die Koreanerin und ich liefen in der Ankunftshalle hin und her, kribbelig wie Ameisen; Chuck stellte sich mit einem improvisierten Janis-Russel-Zettel zu den anderen Idioten am Seil und zog eine Miene, als würde er gleich den Präsidenten der kanadischen Hockeyliga persönlich in Empfang nehmen.

Und da war sie, meine Janis! Meine Krankenschwester und Masseuse! Mit einem Alukoffer auf dem Gepäckwagen rollte sie hinter der automatischen Glastür an. Unter ihrem langen Wintermantel war sie sommerlich gekleidet, Jeans und T-Shirt, und lächelte schon von weitem, und ich fragte mich, ob ihr klar war, dass ich sie vergötterte.

Ich rannte zu ihr mit dem ersten Kuss auf den Lippen, wo waren aber meine Arme? Ich konnte nicht glauben, dass sie es wirklich war – Janis hier in Winnipeg. Ich lehnte meine Stirn an ihre, so dass sich unsere Nasen berührten, und sprach ihren Namen mehrere Male hintereinander wie im Schlaf.

»Teo, Teo, Teo …«, erwiderte sie.

Chuck hatte Frau Russel verpasst; er stieß in dem Moment zu uns, als ich vor Janis das Halstuch mit dem indischen Universum entfaltete und wir einander umklammerten und küssten.

»Das reicht jetzt aber«, sagte Chuck. »Ich will auch mal knutschen!«

»Du alter Sack!« grinste ich. »Reiß dich zusammen!«

Janis löste sich von mir und sagte: »Hallo, Chuck!«

»Hi!« antwortete er. »Das ist Arihua! Meine Freundin!«

»Was für ein Empfangskomitee!« meinte Janis.

»Hi!« sagte die Koreanerin.

»Was machen wir denn jetzt?« fragte Chuck. »Fahren wir ins Bear Dance was trinken?«

»Es wäre nett«, sagte ich, »wenn ihr Janis und mich einfach nach Hause bringen könntet!«

Janis sagte: »Ich bin zwar müde, aber wir könnten doch mit Babyface und Teos Onkel anstoßen! Der hat sich heute am Telefon riesig gefreut, als ich mit ihm sprach!«

»So ein Schurke!« sagte ich.

»Wieso?« fragte Janis. »Stimmt was nicht?«

»Nein, nein. Ist schon alles okay!«

»Yeah!« meinte Chuck. »Na dann los!«

Ich war heilfroh, dass mein Kumpel Tscha-Tscha nicht mitgekommen war, das hätte nur noch weitere Komplikationen gegeben. Ich wollte so schnell wie möglich mit Janis allein sein.

Das Indianerviertel war schon gänzlich im Schlaf versunken. Einzig in unserem Haus brannten sämtliche Lichter, vom Keller bis zum Dachgeschoss.

Ich öffnete die Tür, und wir hörten den Staubsauger in Jimmys Zimmer schnurren.

»Onkel!« rief ich. »Wir sind wieder da!«

Wir gingen zu ihm. Er blendete uns mit einer Taschenlampe. Babyface kniete auf dem Fußboden und saugte unter Jimmys Bett. Sie hatten beide Schlafanzüge an.

»Guten Tag, Janis!« sagte mein Onkel. »Wir jagen gerade eine Kakerlake! Rothaut! Kannst aufhören! Das Ungeheuer ist schon längst tot!«

Babyface schaltete den Staubsauger aus und sprang hoch.

»Howgh!« sagte er.

»Hi, ihr Indianer!« antwortete Janis. »Wie geht's euch?«

»Offensichtlich ganz gut!« sagte Chuck.

Nach diesem kurzen Wiedersehen telefonierte Janis eine Weile mit ihrem Vater.

Chuck entkorkte eine Sektflasche, und alle Zeichen am Himmel deuteten darauf hin, dass es für uns ein langer Abend werden würde. Ich verlor bei den nächsten Flaschen den Überblick, und es dauerte Stunden, bis Onkel Jimmy von seinen Rasenmähermonologen so ermüdet war, dass er am Küchentisch einschlief.

Janis und ich verabredeten uns mit Chuck und der Koreanerin für den nächsten Abend im Bear Dance, dann schickten wir sie weg zu allen Teufeln – endlich waren wir alleine, und als ich mit Janis in der Badewanne lag, dachte ich, das war's, ihr Nervensägen.

Hinterher im Bett massierte ich ihre vom Wasser aufgeweichte, warme Haut. Nach dem ersten kosmischen Urknall verließ sie mich plötzlich, um ihre Handtasche zu holen. Sie schüttete den Inhalt aufs Bett: Nagellackentferner, Schminkstifte, Wimperntusche – dieses ganze bunte Zeug, das Frauen immer mit sich schleppen –, und ein dickes Bündel mit Dollarnoten.

»Was ist das, Janis?« staunte ich.

»Unser Kapital – meine Mitgift sozusagen. Zehn Riesen von Papa, für den Anfang. Und wenn ich es schaffe, in Winnipeg ein Massagestudio aufzuziehen, schenkt er mir noch weitere zehn. Na, was sagst du jetzt?«

»Ich liebe dich!« rief ich. »Wir schwimmen im Geld!«

Unsere erste Nacht war ruckzuck vorbei, und in aller Herrgottsfrühe war ich schon wieder auf den Beinen, restlos verausgabt und ohne eine einzige Minute geschlafen zu haben. Tscha-Tscha würde bald hupen und sich wie fast jeden Morgen auf Russisch beschweren, dass ich mich zur Arbeit immer verspätete: »Ty staryj chuj! Schto ty? Byla li u tebia dewuschka?«*

In den nächsten Tagen und Nächten erreichten Janis und ich fast Krankenhausreife: Sie konnte kaum gehen, und ich hatte erhebliche Schwierigkeiten, Urin zu lassen.

Nach zwei Wochen hatte sich Janis in Winnipeg einigermaßen akklimatisiert – Onkel Jimmy war zu ihr verdächtig sanft und höflich –, dann begann sie, alles umzukrempeln: In Jimmys und meinem Leben sollte sich allerhand ändern. Als Erstes sagte sie: »Ich hab nichts gegen deinen Onkel, aber er muss raus!«

Wir fragten Babyface, ob er nicht bei ihm einziehen könne – das alte Zimmer von Chuck war ja frei.

»Klar doch«, sagte der Navajo.

An einem Sonntag, als Onkel Jimmy an den auftauenden

---

* Du altes Arschloch! Was ist? War wieder eine Frau bei dir?

Ufern des Winnipegsees angelte, verfrachteten wir zusammen mit Babyface seinen ganzen Müll in Chucks Zimmer und richteten es neu ein.

Und als Janis und ich am frühen Abend im Bett lagen und uns »Unheimliche Begegnung der dritten Art« auf Video anschauten, hörten wir plötzlich einen schauderlichen Schrei: »Hilfe! Die Außerirdischen waren hier! Haben mein Kabuff komplett entführt!«

Mein Onkel war von seiner Angeltour zurückgekehrt.

Halbnackt ging ich zu ihm und sagte: »Jimmy! Was ist los? Du wohnst doch bei Babyface!«

Ich wollte ihn mit seinen eigenen Waffen schlagen, und zunächst schien es, als würde es funktionieren.

»Ach natürlich!« sagte er. »Ich hab nur meinen Cowboyhut gesucht! Wahrscheinlich ist er beim Umzug verloren gegangen!«

Er erklomm mit schweren Schritten die Treppe zu Babyface – ich schaute ihm nach –, plötzlich auf halber Höhe blieb er stehen, guckte sich um und grölte: »Krieg! Ihr habt mich rausgeworfen! Bin doch nicht vollkommen verblödet! Ich weiß doch, wo ich wohne!«

Wenn wir ihn in den nächsten Tagen zufällig im Treppenhaus trafen, pöbelte er uns an: »Schmort in der Hölle! Ich hab den Mietvertrag unterschrieben, ich kenne meine Rechte! Ich lass mich nicht so einfach abservieren!«

Wir hörten ihm gar nicht zu, lachten nur, und das versetzte ihn noch mehr in Rage. Doch ich wusste, er würde sich bald wieder einkriegen.

Dann, nach einer weiteren Woche, verkündete Janis als Zweites: »Unsere Wohnung braucht einen Anstrich.«

Also lieh ich mir den Chevrolet von Babyface, fuhr mit Janis zum Baumarkt und kaufte Wandfarbe, gleich fünf Eimer, damit bloß nichts schief ging.

»Honey! Ich bin nur am Sonntag zu Hause!« klagte ich. »Und wenn ich nach der Maloche jetzt auch noch renovieren muss, seh ich mich bald in einer Nervenheilanstalt zwischen den Beeten spazieren!«

Janis sagte: »Wir haben keine Eile. Außerdem kann ich dir helfen!«

Sie sprang in eine alte Jeans und ein Sweatshirt und strich vormittags unsere Bude an. Ihr handwerkliches Geschick versetzte mich ganz schön in Staunen: Sie war mir diesbezüglich um einige Nasenlängen voraus und musste bei mir alles nachbessern.

Noch dazu sollten wir gesund leben, Punkt Nummer drei sozusagen. Ich bekam sofort Angst, Janis würde mich mit makrobiotischen Direktimporten aus Japan und China füttern, da aber Kochen nicht unbedingt ihre Stärke war, gab es ständig irgendwelche Fertiggerichte, und ich vermisste ein bisschen meine abendlichen Abstecher ins Diner und ins Bear Dance.

»Papa hat einen balinesischen Koch!« lachte sie.

»Und ich hab die ›Litauische Köchin‹ im Schrank«, sagte ich. »Ein Buch mit irren Rezepten, von meiner polnischen Oma. Ich werd dein neuer Koch!«

Mit »gesund« meinte Janis aber etwas anderes; wir hatten sehr wahrscheinlich den höchsten Wasser- und Stromverbrauch in unserem Viertel, und in der Badewanne sagte sie oft: »O Gott! Bewusstseinsstufe Fünf!«

Wir machten dort weiter, wo wir im Center für Zwölf-Stufen-Meditation aufgehört hatten. Der Unterschied war nur, dass ich nun nicht mehr meditieren musste, und darüber war ich sehr froh.

Als Viertes kündigte Janis an: »Wir brauchen ein paar Möbel!«

»Und ich eine neue Gibson!« spottete ich. »Willst du echt deine ganze Knete für irgendwelchen Schrott ausgeben? Außerdem kann ich die Menschen in den Möbelhäusern nicht ausstehen. Die sind wie Todkranke, die nach dem passenden Sarg suchen.«

»Ach komm, Teo! Wir machen aus Jimmys Zimmer einen Konzertsaal. Niemand außer uns wird ihn betreten dürfen, in der Mitte stellen wir das Bett auf, oder ein Trampolin, und in den Ecken deine Boxen!«

Wieder fuhr ich mit Janis los.

Wir bestellten ein rotes Ledersofa, einen Glastisch und eine Massageliege, kein Trampolin; zwei Bühnenscheinwerfer, eine Diskokugel und schwarze Vorhänge für die Fenster, gesprenkelt mit winzigen Halbmonden.

Der milde Chinook, Babyface' und Jimmys größter Verbündeter in ihrem Gärtnerjob, hatte im April den Winter lahmgelegt: Plötzlich hatten wir Plusgrade auf dem Thermometer und die Sonne am Himmel. Janis und mir erschien dieser Wetterumschwung als etwas Großartiges. Zu dieser Zeit fiel mir auf, dass sie Agnes etwas voraushatte, etwas sehr Wesentliches: Sie begriff, dass ich ein Gitarrist war; sie studierte meine Schallplatten von A bis Z, sie hörte meine monströsen Soli auf der Gitarre, überall und jederzeit – auch wenn ich im Princess Manor die zu Countrymusic mutierten polnischen Schlager zum x-ten Mal mit Jimmy spielte. Sie war mein treuester Fan, mein bestes Publikum, und sobald ich den Verstärker einschaltete und die ersten Töne auf der Klampfe hervorbrachte, schmiss sie alles hin, egal wo sie gerade stand, und hockte sich direkt vor mir auf den Boden, um mich beim Üben oder Komponieren zu beobachten. Sie so nah und konzentriert bei mir zu haben war mindestens genauso gut wie unsere Sitzungen in der Badewanne; vielleicht war es sogar noch besser, weil ich sofort merkte, dass sie mich spätestens nach dem zweiten Song am liebsten auf eine unbewohnte Pazifikinsel entführen würde.

So einfach war es aber nicht, und das lag daran, dass mein Chef, Mr. Miller, der Angler, größenwahnsinnig wurde: Er nahm jeden Auftrag an, den er bekommen konnte, und speiste uns mit unglaubwürdigen Versprechungen auf eine Gehaltserhöhung ab: »Bald zahl ich euch dreizehn Dollar pro Stunde, Buddies! Wir expandieren!« sagte er. »Und wenn es sein muss, ziehen wir mit der Firma nach Calgary um. Dort wird gebaut wie im alten Ägypten! Hunderttausend Zuwanderer pro Jahr! Das ist eine Goldgrube! Ich bin doch nicht blöd, ich les die verdammten Zeitungen!«

Ich dachte: Alles klar, Mann! Ich kann's kaum erwarten, reich zu werden. Und demnächst gibt's auch noch Fußketten gratis.

Ich konnte mich vor Überstunden nicht retten und versauerte mit Tscha-Tscha in ewigen Autostaus und auf diversen Baustellen. Janis sah ich erst am Abend.

Unser Brigadier Andrej versuchte, bei Mr. Miller eine zusätzliche Arbeitskraft zu erbetteln, doch unser Chef war grausamer als jeder Zar. Er sagte: »Ihr Polen und Russen! Seid froh, dass ihr überhaupt einen Job habt! Ich stell doch nicht irgend so einen Araber ein, der in jeder freien Minute auf dem fliegenden Teppich zu seinem Allah betet, und die ganze Arbeit liegt brach! Ihr Kommunisten seid mir lieber! Für ein bisschen Fleisch und Wodka begeht ihr sogar Selbstmord! Wunder gibt's nicht!«

Das Ergebnis der Miller-Symphonie war, dass ich nach Feierabend meine letzten Kräfte für Janis und Zappa mobilisieren musste. Im Bett hörten wir immer wieder »Tinseltown Rebellion«, so laut, dass selbst Babyface die Schnauze voll hatte – er ging mit Crazy Dog spazieren und mein Onkel auf die Barrikaden: »Was ist das für ein Mordskrach bei euch? Macht ihr ein Kind, oder was? Junge, Junge! Ich werd noch taub!«

Termingerecht lieferte man uns die neuen Möbel – die ⚡️〰️〰️〰️◀ **20** Diskokugel kam mir vor wie der Todesstern aus »Star Wars«. Janis brachte sie direkt über unserem Bett an, und ausgerechnet an diesem Möbelpacker-und-Bohrmaschinen-Tag sollte ich das erste Mal in meinem Leben ein Solokonzert geben – ohne Jimmy Koronko und Mr. Yamaha. Chuck hatte alles arrangiert. Oder viel mehr seine treuen Spießgesellen Big Apple und Ginger, die das Bear Dance, unsere alte Billardkneipe, gekauft hatten, nebst einem indianischen Lebensmittelladen, wo sich mein Onkel seit neuestem mit Vorräten an Dosen- und Plastikfleisch für den Winter eindeckte: Gekochtes zum Frühstück – Sonnengetrocknetes zum Knabbern vor der Glotze; angeblich alles zum Sonderpreis, jedoch laut Jimmy nur für polnische Vietnamveteranen und Dissidenten.

Ich, Teofil Baker von Black is White, sollte also zur Neueröffnung vom Bear Dance auf Einladung der neuen Besitzer die Gäste mit meinen Songs und Gitarrensolis in Wallung und höchste Euphorie versetzen, und das für ein weit besseres Honorar als bei Richard Grzybowski. Mein Freund Chuck hatte mich als den im Indianerviertel talentiertesten Rockgitarristen aller Zeiten angepriesen, ohne mich überhaupt nach meiner eigenen Einschätzung gefragt zu haben, und das stank mir gewaltig: Ich war doch ein Nobody und konnte mich mit keinem der Superstars aus der Musikerszene von Winnipeg messen.

»Ach! Das ist doch Kappes!« sagte Chuck. »Teo, du bist gut!«

»Ohne Begleitteppich tauge ich nichts«, sagte ich. »Mein Onkel muss schon mit auftreten! Sprich mal mit deinen Kumpels, diesen Schmugglern und Dealern!«

Chuck sagte: »Schon so gut wie passiert!«

Er hängte sich ans Telefon – ich lauschte am Hörer.

»Onkel Jimmy?« schrie Big Apple.

Chuck wurde kleiner und kleiner.

»Etwa dieser alte Fettsack aus Bukarest?« schrie Big Apple. »Dieser Rumäne, der mal einen ganzen Karton Bourbon bei uns hat mitgehen lassen? Na gut! Ich bin ja nicht nachtragend! Hauptsache, die Mucke ist okay.«

Das Gespräch war schnell beendet – von dem Karton Bourbon hörte ich zum ersten Mal, aber es interessierte mich nicht, denn bis zum Gig im Bear Dance hatte ich nur noch zwei Stunden: alles wieder ganz knapp und spontan wie immer, wenn Chuck etwas organisierte. Ich musste noch baden, Janis lieben, meine Pizza Hawaii aufessen, die Diskokugel ausprobieren, Onkel Jimmy überreden, mit mir zu spielen, aber nach meiner Pfeife, und ich musste vor allem wenigstens eine Viertelstunde schlafen, um die Maloche zu vergessen, um dann für den Gig ein halbes Stündchen zu proben. Wann, bitte sehr, sollte ich das alles machen?, dachte ich. Ich hatte doch keinen Doppelgänger, keinen Laufburschen, oder irgendjemanden, der das alles für mich erledigen könnte.

Chuck und ich machten eine Uhrzeit aus. Er und die Koreanerin würden uns abholen und ins Bear Dance fahren. Er hatte nämlich noch einen Termin in der Stadt und sauste wieder los.

Und ich zog mich aus, sprang auf die Massageliege, streckte mich lang auf dem Bauch aus, machte es mir bequem und sagte zu Janis: »Das wird wohl das Einzige sein, was mir jetzt helfen kann: Bitte!«

Es war schon ein richtiger Glückstreffer, dass ich, Teo, dieser himmlischen Krankenschwester begegnet war, und ich fragte mich bloß, nur mal so aus Vorsicht, wann Janis es satt haben würde, meinen gestressten Körper zu heilen, meinen Parkett- und Fliesenlegerrücken. Irgendwann hatten sie immer alle die Nase gestrichen voll und sagten einfach: »Mach deinen Krempel alleine!«

Doch bei uns würde es dazu noch lange nicht kommen, da war ich mir sicher – wir befanden uns sozusagen erst in den Flitterwochen.

Nachdem ich dank Janis' Massage meine Batterien wieder etwas aufgeladen, die Pizza vernichtet und geduscht hatte, fühlte ich mich stark genug, mit Jimmy zu verhandeln: Er war pleite. In seiner Situation müsste ihm jeder noch so kleine Job willkommen sein, davon ging ich zumindest aus, als ich in sein Zimmer ging und zu ihm sagte: »Du kannst heute Abend locker zwei Hunderter verdienen, wenn du das spielst, was ich will. Capito?«

Der Köder funktionierte. Mein Onkel biss sofort an.

»Jawohl!« sagte er. »Aber wo soll's denn hingehen? Auf die Straße?«

»Bist du bescheuert?« sagte ich. »Pack mal Mr. Yamaha ins Futteral. Wirst schon sehen. In zehn Minuten düsen wir los. Und zieh bloß nicht wieder deine dämlichen Cowboysachen mit diesem elektrischen Firlefanz an – damit würdest du nur die ganzen Leute verscheuchen! Wir spielen heute vor richtigem Publikum und nicht vor diesen besoffenen Deppen und Angebern im polnischen Klub!«

»Jawohl!«

Als er die Tür hinter mir schloss, hörte ich ihn laut auf Weißrussisch fluchen: »Dieser Hundsfott! Führt sich auf wie 'n verdammter, verkalkter Dirigent aus einem japanischen Altersheim! Ich bin doch der Boss von *Blek is Wajt*!«

Dann ging ich zurück zu Janis, die sich gerade die Haare föhnte, und sagte zu ihr: »Siehste! Jimmy hat geschluckt, dass er heute nur zweite Geige ist.«

»Du bist zu streng mit ihm«, sagte sie. »Schließlich hat er dir die Musik geschenkt.«

Es klingelte an der Tür. Chuck und Arihua waren da.

»Hi!« sagte mein Freund. »Sorry für die Verspätung! Wir hatten einen Platten. Und das beim nigelnagelneuen Auto, gestern gekauft!«

»Tolle Ausrede, aber egal. Wir müssen sowieso erst mal alles aufbauen und uns ein bisschen einspielen. Vor neun wird das eh nix mit Rock 'n' Roll.«

»Herzlichen Glückwunsch, Teo!« sagte Arihua. »Du bist unser Rockstar!«

»Damit kann ich gut leben«, log ich.

Die Koreanerin, die sich regelmäßig im Sonnenstudio grillte, hatte eine piepsige Stimme, die ich nicht leiden konnte und die mich auf Dauer in den Wahnsinn treiben würde.

Sie arbeitete im exklusiven Four-Seasons-Hotel an der Rezeption und hatte anscheinend nur ein einziges Problem: »Wie werde ich mit meinen vierundzwanzig Jahren noch hübscher?«

Chucks neuer Schlitten war ein Van. Darin war viel Platz für unsere Boxen, Verstärker und Instrumente.

Babyface beschloss, zu Fuß zu gehen, und Onkel Jimmy breitete sich mit seiner ganzen Kabellage auf dem Rücksitz aus und schwitzte aus allen Poren. Er litt darunter, dass er an diesem Abend nichts zu melden hatte. Ich war vielleicht ein Sadist, aber es machte mir wirklich Spaß, dass ich diesmal der Bandleader war.

»Und wo sollen Janis und ich sitzen?« fragte ich ihn. »Rutsch mal ein bisschen nach hinten, Alter!«

Nach ein paar Minuten parkten wir vor dem Bear Dance, wo Big Apple und Ginger schon auf uns lauerten.

»Das wurde ja auch Zeit!« sagten sie.

»Ja, ja«, sagte ich. »Was ist mit meiner Gage?«

Als Jimmy und ich anfingen, an unserem Sound zu basteln, war die Bar schon halbvoll. Ab und zu wanderte ich zur Theke, küsste Janis, orderte für meinen Onkel ein neues Bier, hörte Arihua über ihren Hoteljob palavern, und soweit ich es in dem ganzen Lärm um mich herum mitbekommen konnte, war Janis ganz Ohr. Chuck saß einsam mit einem Drink da und schielte auf die vollbusige Bedienung. Na ja, dachte ich, das wird ein schöner Abend.

Kurz nach neun, als Babyface eintrudelte und sich ganz vorne an einen Tisch vor die Bühne setzte, rief ich meinen Onkel noch einmal zur Ordnung: »Du begleitest mich nur, und lass die Finger von deiner polnischen Rhythmusmaschine. Spiel was Vernünftiges auf der Hammondorgel! ›Ta-pa-tapa-tap!‹ Verstehste?«

Dann machte ich eine kurze Ansage im Namen der neuen Barbesitzer und schrie ins Mikrofon: »Leute! Und wir sind die Stinkfoots! Yeah!«

Yacka-Tacka … Yacka-Tacka … Yacka-Tacka … Yacka-Tacka … Yacka-Tacka … Yacka-Tacka …

Ich legte los, mit allem, was ich auf Lager hatte: Zappas »Road Ladies«, William Clark, Breakouts »Als ich ein kleiner Junge war« und meinen eigenen Songs. Onkel Jimmy hinkte ein bisschen hinterher, obwohl er mehr und mehr von meinem Blues angetan war: Sein Maul stand weit offen wie im Princess Manor. Ich lächelte ihm zu, sang unbekümmert weiter und servierte die Soli als Dessert und merkte erst, als ich sah, wie Babyface rhythmisch mit dem Fuß wippte, dass die Leute total aus dem Häuschen waren. Sie tobten und riefen: »Eh! Mann! ›Chunga's Rache‹! Wir wollen ›Chunga's Rache‹!«

Die Bombenstimmung aus dem Bear Dance sollte ein Nachspiel haben: Big Apple und Ginger heuerten uns Stinkfoots als Hausband an. Zweimal im Monat, immer am Mittwoch, buchten sie uns. Mein Onkel konnte endlich wieder seine Saufkasse etwas aufstocken. Aber auch Janis ging nicht leer aus. Sie hatte sich mit Miss Korea angefreundet und bekam dank ihrer Empfehlung einen Job in der internationalen Putzkolonne des Four-Seasons-Hotels – eine halbe Stelle –, und im Mai war sie schon an der Front im Schichtdienst.

Nach ihrem ersten Arbeitstag versicherte Janis mir abends im Bett: »Es ist wirklich nur für den Anfang. Damit ich was hab. Ja? Ich treff immerhin Prominente, und die wollen vielleicht mit einer Massage verwöhnt werden.«

Da war sie nun Putzfrau geworden, nach etlichen Meditationsstufen und Erleuchtungen und kosmischen Orgasmen, und warum war ich kein Millionär oder zumindest der Boss eines Familienbetriebes mit Tradition, der Radiergummis herstellte, Baker & Sohn? Ich konnte ihr keine fetten Schecks ausstellen, kein Massagestudio finanzieren, nicht einmal ihrem Vater eine CD von meiner Band schicken. Was war ich bloß für ein missratener Erdling, der gelegentlich hier und da für einen Hunderter klimperte und sich dabei wie ein Profi vorkam? Was hatten die anderen, was ich nicht hatte? Intelligenz? Begabung? Beziehungen? Gottessegen? Oder einfach Biss? Ich tippte auf das Letztere. Mir fehlte der Biss, ganz bestimmt. Der Scheiß Biss und ein bisschen Interesse für unsere Möbelhäuser, Autohäuser, Bekleidungshäuser, Einfamilienhäuser, Schlachthäuser, vielleicht sogar für Krankenhäuser und Totenhäuser. Ich erkannte: »Teo, du hast keinen Biss und kein Interesse an den ganzen Häusern, die täglich in allen Ecken der Welt aus dem Boden gestampft werden, und deswegen bist du Fliesen- und Parkettleger geworden, um schon bald ein ganz gewöhnlicher Lurch zu werden.«

»Janis«, sagte ich. »Du hattest Recht. Ich hab zuviel Feuer. Viel zuviel Feuer! Du hast mir doch in Banff aufgetragen, irdisch zu denken. Aber wie geht das? Was heißt das, irdisch?«

»Schlaf, Teo!« sagte sie. »Du brennst schon wieder wie eine Ölquelle.«

Ich schmiegte mich in Janis' Kissen, legte meinen Arm um sie und schlief ein.

Während ich mich noch den ganzen Mai mit meiner verkorksten Einstellung zum Leben herumplagte, mit meinem Desinteresse an den unendlich vielen Häusern, die der Mensch errichtete und wieder abriss, rief mich Chuck eines Tages an und sagte: »Du musst mir einen Gefallen tun.«

»Und der wäre?« fragte ich.

»Ich gehe heute Abend aus, aber nicht alleine.«

»Ja, mit deiner Ollen, und wo ist das Problem, Mann?«

»Nein, nicht mit Arihua. Mit 'ner Amerikanerin.«

»Wie?«

»Ich bin mit dem Busenwunder aus dem Bear Dance verabredet: die Thekenbedienung, weißte noch? Ich meine, ich schlaf bei ihr.«

»Chuck! Das kannste Arihua nicht antun. Du richtest wieder ein Blutbad an. Du hast genug Leichen im Keller!«

»Mann! Ich weiß! Aber diese Brüste ... Eine Frechheit! Ich kann nicht anders ...«

»Du musst dich schon entscheiden zwischen Korea und dem amerikanischen Busenwunder.«

»Ich kann nicht! Jetzt hör mal genau zu. Wenn dich Arihua mal nach irgendwas fragen sollte, sagst du ihr einfach: ›Ja, ich bin mit Chuck ...‹«

»›... weggefahren‹«, antwortete ich für ihn. »Wir haben ein Auto aus Ontario geholt – ein richtiges Schnäppchen, ein Lamborghini, Baujahr achtundsiebzig, Leder, Klima, zwölf Zylinder, und wir mussten in einem Motel übernachten.‹ Chuck! An diesen Schwachsinn glaubste doch wohl selbst nicht! Und was soll ich bitte Janis erzählen?«

»Na das mit der Tour nach Ontario ...«

»Du spinnst! Ich penn doch nicht auf der Straße in einem Karton!«

»Nee, das nicht! Du musst ins Motel! Teo, Bitte. Versteh doch ... Nur das eine Mal!«

»Ach Shit, Mann! Okay, okay.«

Ich legte den Hörer auf. Ich musste Janis anlügen, und danach war mir überhaupt nicht zumute, schon gar nicht für irgendein Silikonpüppchen. Allein bei dem Gedanken an ein schmieriges Seitensprungmotel und daran, dass ich selbst fast so etwas wie Ehebruch begehen musste – bei diesem Gedanken wurde mir übel. Gerade jetzt, wo es mit Janis und mir so wunderbar klappte und ständig bergauf ging. Ich hatte große Lust, meinen Freund umzubringen oder zumindest in tausend Stücke zu reißen. Ich war auch wütend auf mich selbst, dass ich Chuck so leichtsinnig meine Unterstützung bei seinem amerikanischen Wunderbusenprojekt zugesagt hatte.

Nein, dachte ich, ich gehe jetzt nicht in ein beklopptes Motel.

»Janis?« rief ich.

Sie kam, und ich erzählte ihr von Chucks Anruf.

»Aber bitte! Kein Wort davon zu Arihua!« sagte ich. »Sonst werd ich ans Messer geliefert!«

»Teo«, sagte sie. »Chuck hat dich um einen Gefallen gebeten, nicht mich. Und was hab ich schon mit euren albernen Abmachungen zu tun?«

»Du kennst Chuck nicht. Er kann nichts dafür. Er ist einfach so.«

»Ach der Arme! Kann einem richtig leid tun!«

Wir starteten eine Diskussion, die in einer Sackgasse endete – trotz zwei Flaschen Wein und einer Nacht, die wir beide bestimmt so schnell nicht vergessen würden.

Am folgenden Tag ließ sich Janis immer noch nicht umstimmen. Sie vertröstete mich mit weiblicher Diplomatie: »Von mir erfährt Arihua nichts, doch sobald sie mich konkret nach der ganzen Sache fragt, werd ich nicht mehr schweigen. Dafür mag ich sie zu sehr.«

»Wir waren in Ontario, Janis. Denk dran«, sagte ich, doch im Geiste bereitete ich mich schon auf eine Schlacht vor, der ich eigentlich nicht gewachsen war.

Am Abend telefonierte ich mit Chuck und versicherte ihm, dass ich meinen Teil der Abmachung eingehalten hätte, und der Blödmann wollte mir sogar das Motel bezahlen, und ich Blödmann nannte ihm sogar einen Preis.

Alle zusammen hatten wir eine tickende Zeitbombe fabriziert.

Es war Juni, und die Bombe tickte weiter ruhig vor sich hin. Onkel Jimmy hatte andere Sorgen. Er beabsichtigte, einen Antrag auf Berufsunfähigkeit zu stellen. Er sagte, er hätte sich äußerst wichtige Unterlagen von der kanadischen Regierung zukommen lassen und würde sich bald als ein durch die kapitalistische Wirtschaft Geschädigter krank melden für die Ewigkeit.

»Mein Bewegungsapparat ist total im Eimer«, sagte er.

»Das ist Fachsprache. Da merkt man gleich, dass ich kein Simulant bin – so muss man mit denen reden! Allerdings, wenn ich's bedenke, dass ich erst zum Krüppel werden muss, um menschenwürdig leben zu können, ist das schlimm, ganz schlimm! Dabei will ich doch nur was Anständiges zu trinken und gelegentlich ein Kotelett! Mehr nicht! Keine Anerkennung! Einen Gott und die Unsterblichkeit kann ich mir schon selbst zusammenflicken!«

Abende lang brütete er mit einem Fachwörterbuch über seinen Papieren und klopfte ständig bei uns an und zitierte irgendwelche Paragraphen, die selbst Janis nicht verstand.

Von Zeit zu Zeit fuhr er zu seinem Hausarzt Dr. Lato, der im polnischen Viertel residierte und laut Jimmy ein ganz großer Spezialist für komplizierte Fälle wäre, und ich konnte mir schon sehr bildhaft vorstellen, was das für Gespräche waren, die mein Onkel mit Dr. Lato führte.

Eines Nachts, als Janis und ich nach dem Konzert im Bear Dance wie tot schliefen, weckte uns Jimmy durch aggressives Gepolter an unserer Wohnungstür.

»Aufmachen! Polizei!« grölte er. »Da draußen macht einer Krawall und bellt wie ein Hund!«

Da war tatsächlich ein seltsames Geräusch zu hören, es kam aus dem Vorgarten – ein dumpfes und monotones BUM, das sich in regelmäßigen Abständen wiederholte wie ein SOS-Ruf: Bum … Bum … Bum …

Jemand ballerte mit der Faust gegen die Haustür, und wenn man genau hinhörte, ließ sich dazu noch ein leises, verzweifeltes Geheul vernehmen.

Janis presste mir ihren Hintern in den Bauch, tastete mit ihrer linken Hand nach meinem Gesicht und erwischte meine Nase: »Teo, sieh mal nach, was da los ist!«

Bum … Bum … Bum …

Ich nieste einmal, streckte die Arme, stand auf und warf mir meine Winterjacke über die Schultern und latschte in Boxershorts und barfuß zu Jimmy.

»Na endlich!« begrüßte er mich. »Ich brauch Verstärkung! Wir werden angegriffen!«

»Cool bleiben, Koronko«, sagte ich. »Wird schon kein Amokläufer sein!«

Bum … Bum … Bum …

Mein Onkel tänzelte hinter meinem Rücken, in der Hand einen Besenstiel, und sagte: »Ich mach ihn alle! Diesen imperialistischen Landstreicher mach ich alle! Ich war Scharfschütze in Vietnam!«

Als ich die Tür aufriss, stürzte mir ein betrunkener schwarzer Körper entgegen und knallte fürchterlich auf den Boden.

Vor mir lag mein Freund Chuck, das Gesicht vollkommen entstellt von Erbrochenem. Er winselte etwas, ich verstand nur ein Wort: »O-n-t-a-r-i-o …«

Ich beugte mich über ihn und sagte: »O Gott! Chuck! Was hast du getan? Komm, steh auf! Jimmy, los! Hilf mir! Er muss unter die Dusche!«

Wir hievten ihn hoch. Er redete wirres Zeug.

»Ist schon gut, alter Junge …«, sagte ich. »Es ist alles gut …«

Im Sommer wurden die Karten neu gelegt. Arihua gab Chuck nach endlosen Friedensgesprächen eine letzte Chance, und Janis versprach mir, in Zukunft ihre Zunge im Zaum zu halten.

Die Temperaturen waren afrikanisch, die Mücken verloren den Verstand und mein Onkel auch. Er lieh sich von Babyface zweitausend Dollar und buchte zwei Flüge nach Europa.

Er sagte: »Teofil, Interpol hat mich auf dem Kieker. Hab

wohl ihrer Meinung nach zuviel abgesahnt. Die Banken jagen mich wie einen Mörder, und das wegen ein paar lumpiger Dollar. Ich muss mich für eine Zeit in die Heimat absetzen, bis sich hier alles beruhigt hat. Die ganzen Idioten, die wirklich Dreck am Stecken haben, fliehen nach Kanada. Ich aber gehe zurück nach Rothfließ, und du kommst mit!«

»Nach Rothfließ?« fragte ich. »Was soll ich denn da, Onkel?«

»Dir anschauen«, sagte er, »wo du zum Mann erzogen wurdest! Auch ein bisschen Urlaub von Janis. Seitdem du ständig mit ihr rumhängst, kannste nicht mehr klar denken, hast dicke Glotzaugen bekommen und klopfst Sprüche, aus denen ich nicht schlau werde!«

»Wenn ich überhaupt nach Polen fliege, dann nur mit Janis!«

»Nie im Leben!« sagte er. »Ich werd schon dafür sorgen, dass dein Weib zu Hause bleibt!«

Dass Janis nicht mit uns nach Polen kommen wollte, hatte ich dann tatsächlich meinem Onkel zu verdanken. Er sagte mit träger, schmeichelnder Stimme: »Hör mal zu, Krankenschwester!«

Dann legte er seinen Kehlkopfgenerator an den Hals und sprach auf Polnisch weiter: »Janis, kümmere dich ein wenig um meinen Kameraden Babyface! Er kann eine Krankenschwester gut gebrauchen. Für deine Mühen bringe ich dir aus Polen ein gutes Kochbuch mit. Von deinen ewigen Pommes und Burgern kriegt mein Neffe bald Skorbut! Teofil! Übersetzen!«

Janis wurde wütend und kämmte sich mit gespreizten Fingern durch ihre flammende Mähne. Ihre blauen Augen wurden groß und dunkel wie eine Regenwolke im Sommer.

Als ich nun auch noch das Kochbuch erwähnte, fiel sie mir ins Wort und sagte, dass für Jimmy selbst Katzenfutter aus der Büchse zu schade wäre. Sie sagte, sie hätte einmal gesehen, wie er im betrunkenen Zustand einen großen Happen von einer bereits grün angelaufenen Schinkenwurst verschlungen hätte, die am nächsten Morgen nicht einmal der Hund von Babyface fressen wollte.

Janis, die weder Polnisch noch Russisch verstand und schon gar nichts von dem, was hier in Rothfließ vor sich geht, ahnte nur, dass es für mich unzählige Gründe geben musste, in diese Gegend zurückzukehren, noch dazu mit Jimmy, der früher oder später für seine Schulden aufzukommen hatte – wie er das anstellen würde, interessierte niemanden.

Bis zu unserer Abreise sah ich Jimmy nur lächeln. Er freute sich, dass er bald nicht mehr zu seinem Rasenmäher sprechen müsste, acht Stunden lang die verrückten Monologe auf Weißrussisch.

Am liebsten würde er die Tage und Nächte auf dem Sofa zubringen, mit Countrymusic und Videofilmen mit Clark Gable und John Wayne.

Dr. Lato wollte ihm nach wie vor keine Arbeitsunfähigkeitsbescheinigung ausstellen; wenn mein Onkel jemanden wirklich hasste, dann war es dieser Arzt, der ihm immer wieder sagte: »Mr. Koronko, Sie trinken und essen für zehn. Sie brauchen sich nicht zu wundern, dass Ihre Knochen in Fett schwimmen! Saufen Sie weniger und treiben ein wenig Sport!« Dr. Lato kannte sich aus mit den Krankheiten seiner Landsleute.

Daraufhin schaffte sich mein Onkel aus Spendengeldern für Immigranten und Indianerreservate einen Rollstuhl an. Er fuhr damit downtown und bettelte.

Ich fragte mich oft, ob ich wirklich in Amerika lebte. Dann musste mich Babyface ins Ohrläppchen kneifen. Erst wenn ich dieses rote Gesicht sah, wusste ich wirklich, dass ich ausgewandert war, weit hinter die sieben Berge und Ozeane.

Wir hatten arge Schwierigkeiten, unseren indianischen Freunden zu erklären, warum wir in ein Land verreisten, von dem sie auf einmal glaubten, es würde nur in unserer Phantasie existieren: »›Warmia und Masuren‹, wo soll denn das sein?«

Babyface weinte, weil ich ihm erzählt hatte, dass meine Großmutter Genia, Onkel Jimmys Schwiegermutter, achtzig geworden war und dass wir nach neun Jahren zu ihrem Jubiläumsfest in Rothfließ eingeladen wären, was natürlich eine große Lüge war.

Ursprünglich wollte mein Onkel Babyface erzählen, wir würden zur Beerdigung seiner Schwiegermutter fliegen, von der er, Jimmy, der Fliegenpilz, ein riesiges Vermögen erben würde. Solch ein Erbe hätte uns allen gut getan, keine Frage.

Im Großen und Ganzen waren alles, was Jimmy besaß, Träume, die er in einem fort in die Welt setzte. Damit ließ sich sein kanadisches Delirium besser ertragen, und manchmal glaubte sogar ich daran, dass er eines Tages wirklich ein reicher Mann werden würde; Babyface auch, er glaubte an Koronko und beteuerte bei jeder Gelegenheit: »Ihr Polen seid große Geschäftsleute und unsere wahren weißen Brüder!«

»Ich zeig sie dir mal – deine wahren weißen Brüder!« sagte ich und fuhr mit Babyface an einem Sonntag, kurz vor unserem Abflug nach Europa, zu einer polnischen Kirche: Dort sahen wir meine Landsleute ihre neuen Fords und Hondas einparken, die sie mühselig abzahlten.

Ich sagte: »Schau sie dir an, diese Scheinheiligen! Der einzige Grund, warum sie die Messe besuchen, ist, um ihre Lederjacken und Pelzmäntel vorzuführen und sich darüber zu streiten, wer das teuerste Wohnmobil oder das größte Haus hat. Sie prahlen mit ihren Kindern, die an der High School angeblich nur die besten Noten bekommen und ganz sicher irgendwann eine große Karriere in der Computerbranche machen werden. Communication ist das Zauberwort, Communication!«

Babyface begriff nichts; für ihn waren es Gläubige, die ihre Pflicht erfüllten, um ihren Gott nicht zu verärgern.

Ich sagte zu ihm: »So sind sie, meine Brüder! Wollen reden und aussehen wie Kanadier, die es zu etwas gebracht haben. Aber entweder arbeiten sie sich zu Tode, oder sie sterben aus unerklärlichen Gründen an Krebs.«

EPILOG

Verbogene Gabeln, Gläser mit einem letzten Schluck Wodka, Teller mit vertrockneten Essensresten, umgekippte Flaschen und zerbrochene Aschenbecher, eine aufgerissene Damenhandtasche, aus der mich ein blutroter Lippenstift und eine kaputte Haarbürste böse angucken – Hilfe, wo bin ich?

»Wasser! Einen Eimer Wasser!« fleht jemand. »Bei mir brennt's!«

Ich hebe den Kopf: Es ist mein Onkel. Er reckt sich mitten auf der Tanzfläche. Er liegt unter einer Wolldecke; neben ihm eine leblose Gestalt, die noch schnarcht.

»Jesus Maria!« wimmert Jimmy. »Wer ist dieser schreckliche, unrasierte Mann?«

Ich bin noch so umnachtet vom Alkohol, dass ich erst einmal die Optik scharf stellen muss, dann erkenne ich den Gemeindevorsteher Malec und beginne zu begreifen, was hier vor sich geht. Mein Hals ist wie versteinert, ich kann ihn nicht bewegen. Ich habe Spiritusaugen. Es ist nicht auszuhalten.

Ich wuchte meinen missbrauchten Körper vom Tisch hoch und stolpere in Richtung Ausgang: »Na dann, Onkel! Wir treffen uns bei Großmutter Genia! Ich bin schrecklich verkatert, muss in die Koje!«

Ich lasse die beiden Wodkakadaver auf dem von Pumps verschrammten Dielenboden zurück und gehe nach draußen, wo mich die Sonne exekutiert.

Auf der Straße spielen Kinder mit einem Welpen. Ich höre

Lerchen und Sperlinge in den Kronen der Pappeln und auf den Dächern der Bauernhäuser. Es muss bereits Mittag sein.

Ich mache mich auf den Weg in die Kopernikusstraße. Ich kann mich an nichts mehr erinnern: Was ist in dieser Nacht nur geschehen?

Ich passiere das weiße Ortsschild mit den schwarzen Buchstaben CZERWONKA und sehe den ostpreußischen Wasserturm und den Berg mit dem Bunker in seinem Bauch. Am Wegesrand im Staub sitzt ein Greis im dunkelgrauen Anzug und einem Barett auf dem Kopf. Er verkauft Honig, zehn Złoty das Weckglas.

Er bemerkt mich nicht. Er gefällt mir. Er beschwert sich nicht. Er sitzt einfach da und wartet auf seinen Zehner. Er ist ein alter Mann ohne Geschichte und Zukunft, und das tut mir gut.

Auf dem Parkplatz vor dem Bahnhof stehen die deutschen Busse. Die Vertriebenen und ihre Kinder aus Leipzig und Hannover sind wieder da. Ein einziges französisches Kennzeichen stört die preußische Ordnung. Mein Onkel hätte sie alle mit einem Flammenwerfer in die Hölle befördert, wenn er Mumm hätte. Aber hier geht es nach wie vor um Devisen.

Genia hat mir den Schlüssel unter die Fußmatte gelegt. Sie ist in der Messe, besingt in der dritten Reihe die Heilige Jungfrau. Nichts wird ihrer Aufmerksamkeit entgehen, und wenn sie gleich nach Hause kommt, erstattet sie mir detailliert Bericht: über die Predigt, die noch schöner war als die letzte, und dass die Tore zum ewigen Leben für die Sünder immer noch offen stünden. Genia wird dann sagen: »Unser junger Probst! Der wird's noch weit bringen! Bis zum Bischof in Olsztyn!«

Die Zeit, die mir noch bis zu ihrer Rückkehr verbleibt, nütze ich für einen Anruf bei Janis.

Niemand meldet sich, und dann wird mir klar, dass es dort in Winnipeg mitten in der Nacht ist. Janis schläft. Ich muss sie wecken. Ich will ihr sagen, dass Tante Sylwia aus Rom nicht gekommen ist und dass ich die nächsten Tage mit den ewigen Fragen beschäftigt sein werde: Who is who in meiner Familie? Und dass Agnes auch hier ist, ausgerechnet zum selben Zeitpunkt wie wir?

Nach dem dritten Versuch nimmt Janis ab: »Teo, bist du es?«

»Sorry, Baby«, sage ich. »Ich wollte nur mal deine Stimme hören.«

»Es ist so doof ohne dich in diesem leeren Haus. Wann geht der nächste Flieger?«

»Janis! Du träumst noch. Ich bin auf einem anderen Kontinent – fast in Sibirien –, vorgestern grade mal angekommen!«

»Babyface redet solche schrecklichen Sachen: ›Jimmy und Teo kommen nicht mehr zurück‹ und ›Die Bleichgesichter haben uns längst vergessen!‹«

»Der alte Spinner! In drei Wochen, Janis, hast du mich wieder.«

Meine Geburtstagswünsche waren etwas verfrüht. Also verspreche ich ihr, sie in zwei Tagen wieder anzurufen, und verabschiede mich: »Schlaf, Janis. Schlaf!«

Ich wandere durch die Wohnung; es sind achtundsechzig Quadratmeter. Die Wände und die Decken hat Onkel Jimmy Anfang der Achtziger vertäfelt, selbst den Flur. Ein mit ihm befreundeter Milizionär – ich glaube, er hieß Tomaszewski – hat ihm dabei geholfen. Einige Monate lang sah es bei uns aus wie in einem Sägewerk. Die beiden tranken und fluchten über die mangelhafte Verarbeitung des Holzes und über die Versorgungsengpässe in den Läden. Andauernd fehlte ihnen etwas: Nägel, Schrauben, Dübel, Beize und Lack. »Du wirst zum Dieb in diesem Staat!« empörten sie sich. »Wenn du nicht jeden Tag mit vollen Taschen deinen Betrieb verlässt, kannste zu Hause nichts machen.« Sie tranken auf jeden noch so kleinen Erfolg – dementsprechend fiel ihre Arbeit aus: Alle Holzleisten und -ecken sind so schief, dass man in dieser Wohnung seekrank wird, und man hat das Gefühl, diese Bude sei einmal eine Sauna gewesen.

In meinem alten Zimmer hängt nichts mehr von mir, keine Plakate, keine Zeitungsfotos. Großmutter Genia hat sich hier ihr Schlafzimmer eingerichtet. Über ihrem Bett zwei Bilder: Jesus und Maria. Ihre Herzen sind entblößt: Das von Jesus, steckt in einer Dornenkrone und blutet; seiner Mutter geht es auch nicht viel besser; ihre Brust ist von einem Dolch durchbohrt, und ich kann mich hinstellen, wo ich will – das heilige Paar verfolgt mich mit seinen Blicken, lässt mir keine Ruhe.

Ich setze mich auf Genias Bett, gucke Jesus tief in die Augen und sage: »Wenn du nicht andauernd bluten würdest, könnten wir sogar Freunde werden!«

Ich höre das Klacken des Türschlosses. Genia soll mich nicht bei meinen Erkundungen in ihrem Gebetsschrein ertappen.

Ich renne ins Wohnzimmer, lege mich auf das Klappsofa und mime den Schlafenden.

Aber die alte Frau kann ich nicht täuschen. Sie befiehlt mir, die Schuhe auszuziehen und mich zu waschen.

»Um eins ist Mittag«, sagt sie. »Ich möchte nicht mit einem Schmutzfinken an einem Tisch sitzen, der noch dazu die ganze Nacht mit dieser Julia getanzt hat!«

»Welche Julia?« frage ich und stehe auf.

»Na, die Tochter von dem Rettungsschwimmer«, sagt sie. »Kommt Jahr für Jahr in der Hauptsaison und hebt für jeden dahergelaufenen Mann den Rock hoch!«

»Beim besten Willen, Genia! Ich kann mich an nichts mehr erinnern!«

»Ach! Du warst so betrunken und hast solche Lügengeschichten über Amerika erzählt, dass ich mich schämen musste. Dein Onkel hat dich gänzlich verdorben! Gottlose Kreaturen seid ihr! Geh dich waschen! Und nächsten Sonntag will ich dich in der Kirche sehen; der Probst hat schon nach dir gefragt!«

Sie trägt ein rosa Kostüm aus dickem Stoff und eine weiße Bluse mit einer Bernsteinbrosche, die den Kragen zusammenhält. Sie geht sich umziehen, und ich schlurfe ins Badezimmer, wo sie jetzt eine Zentralheizung montiert haben. Zu meinen Zeiten musste das Wasser noch in einem riesigen Kessel warm gemacht werden.

Ich sehe in den Spiegel. Das Gesicht kenne ich nicht, es ist mir so fremd, dass ich es am liebsten abstreifen würde wie eine Fantomas-Maske. Darunter würde ich bestimmt den Jungen wiederfinden, den alten Teofil aus Polen, und keines der kanadischen Jahre hätte dann je existiert.

Ich beginne mit der Rasur. Julia, welche Julia?, frage ich mich. Weder ihr noch Agnes möchte ich heute begegnen.

Nach dem Duschen haue ich mich noch einmal aufs Ohr und versuche, den Kater der letzten Nacht loszuwerden; das will nicht gelingen, und ich liege zwei Stunden einfach so da und starre das Foto von Opa Franek aus dem Zweiten Weltkrieg an, das im Regal hinter einer Scheibe an den Büchern lehnt: Er hat eine russische Panzerfahrermütze auf und schaut so lässig und glücklich in die Welt, als wäre er im Urlaub.

Ich schlafe ein, falle für einige Sekunden in ein schwarzes Loch, und plötzlich sind da unendlich viele Zappa-Männchen, die im Chor singen: »Love of my life, don't ever go.«

Erschrocken tauche ich wieder auf. Mist!, denke ich, langsam brauche ich echt einen Seelenklempner!

Beim Mittagessen erfahre ich von Genia, die in der Messe Tante Ania getroffen hat, noch zwei Neuigkeiten: Jimmy will bei Malec schlafen. Genia sagt, er könne dort ein Zimmer haben, nur für sich, und er hätte Tante Ania darum gebeten, bleiben zu dürfen. Was das nun wieder soll, ist mir unklar. Ich frage Genia nach dem Grund. Sie sagt, der Verrückte hätte sich in Kanada irgendwelche Notizen gemacht, die er jetzt zu einem Drehbuch für einen Hollywoodfilm verwursten wolle.

»Was für ein Narr!« verzieht Genia ihr Gesicht. »Amerika hat dem alten Korońrzeź gänzlich den Verstand geraubt! Und Ania soll ihn jetzt bekochen und füttern? Ich versteh die Welt nicht mehr!«

Die zweite Neuigkeit haut mir den Suppenlöffel aus der Hand, der in meinen Teller plumpst.

Tante Sylwia kommt. Am Dienstag um fünfzehn Uhr kann ich sie am Bahnhof abholen. Sie hat dem Gemeindevorsteher diese Nachricht heute morgen gefaxt, aus Holland, wo sie bei ihrer Schwester Lidka zu Besuch ist.

»Die Sünderin aus Rom wird mein Haus nicht betreten!« sagt Genia. »Ich habe keine Tochter mehr! Eine Italienerin ist sie geworden! Sie wollte immer zum Ballett und hat ihr einziges Kind verstoßen! Nichts als Ärger hatte ich mit ihr, mein Sohn! Nichts als Ärger – mit jedem hat sie es hier im Dorf getrieben, selbst mit dem Gottesdiener, diese Teufelin. Der junge Pfarrer wurde damals in eine Nachbargemeinde versetzt!«

Mir ist schwindelig und übel. Ich öffne das Fenster, schnappe nach frischer Luft und sage zu ihr: »Julia, Agnes, Tante Sylwia, Hoolywoodfilm und junge Priester? Wahrscheinlich erzählst du mir gleich noch, mein Vater wäre der Heilige Geist. Erst wird hier alles unter den Teppich gekehrt, um dann wieder bei passender Gelegenheit hervorgezerrt zu werden. Ich kann nicht mehr!«

Tante Ania hat uns zum Kaffee eingeladen. Wir gehen zu Fuß zum Haus des Gemeindevorstehers Malec. Es sind etwa zwei Kilometer. Genia hat sich bei mir eingehakt und trippelt und schnauft. Ich komme gar nicht zu Wort, weil sie in einem fort redet. Sie lächelt den Dorfbewohnern zu, und ich merke, dass sie sehr stolz ist, mich an ihrer Seite zu haben, ihren ältesten Enkel. Die Sonne ist heute so wütend heiß, dass wir bereits nach kurzer Zeit pausieren.

»Genia, ich ruf jetzt bei Malec an, er soll uns mit seinem Golf abholen!«

»Ist nicht nötig!« antwortet sie.

Meine Großmutter hält einen Pferdewagen an. Es ist der alte Sątopiec, der Schuster. Er nimmt uns mit.

Er redet von seinem Sohn Jarek, der jetzt in Biskupiec eine Tankstelle besitzt und den mein Onkel nach seiner Ausreise nach Kanada beinahe ins Gefängnis gebracht hat.

Damals war Jarek Auszubildender im Büro der Staatlichen Versicherungsanstalt PZU, und nach dem Abschluss seiner Ausbildung musste er Jimmys Aufgaben übernehmen. Eine Untersuchungskommission aus Olsztyn hatte Jarek für alle Unstimmigkeiten in den Ordnern mit den Policen verantwortlich machen wollen, obwohl sein Gewissen so rein war wie der Tau am Morgen.

Als wir bei Malec ankommen, warnt mich der Schuster: »Mein Jarek hat nichts vergessen! Der sagt: ›Dieser Hurensohn Korońrzeź soll sich in Biskupiec bloß nicht blicken lassen! Der kriegt so 'ne Abreibe, dass er in sein Amerika erst im Himmel wieder zurück darf!‹ Das kannste ihm so erzählen! Teofil!«

Ich drücke ihm eine Schachtel Pall Mall in die Hand und helfe meiner Großmutter vom Pferdewagen auf die Straße.

Wir öffnen die Pforte und schreiten an den Astern und Malven in Anias Garten vorbei, an dem violetten Wald. Schaumkraut trennt die Blumen von den Wirsing- und Rotkohlbeeten; fußbreite Pfade führen zu den Zwetschgenbäumen, wie sie auch bei Genia vor dem Wohnzimmerfenster wachsen.

Auf dem Hof haben die Männer einen Tisch aufgestellt. Onkel Jimmy röchelt unter einem Sonnenschirm, Malec liest eine Zeitung, und Tante Ania schneidet Käsekuchen für ihr Töchterchen.

»Was für 'ne Hitze!« sagt Malec. »Mein Blut fängt an zu dampfen!«

Genia und ich nehmen am Tisch Platz. Ania verteilt den Kuchen und gießt Kaffee in die Tassen.

»Ihr Säufer!« schimpft Genia über uns Männer. »Was ist mit Korońrzeź? Stirbt er uns gleich?«

»Pan Korońrzeź geht's prächtig. Außerdem heißt er jetzt amerikanisch: Mister Jimmy Koronko«, erklärt Malec.

»Zum Teufel! Für mich ist er ein Russe, und daran wird sich nichts ändern! Warum hast du diesen Dachs damals bloß geheiratet, Ania!?« fragt Genia.

»Mutter! Bitte!«

Jimmy zuckt zusammen und reibt sich die Augen.

»Jesus Maria!« ruft er. »Ich friere! Malec, ich könnte jetzt was von deiner Medizin vertragen. Haste noch ein kleines Fläschchen? Mir liegt was auf dem Magen!«

»Aber sicher! Ich bring uns etwas zum Aufmuntern. Mir ist im Bauch auch so komisch! Bin gleich wieder da!«

Er schwingt seinen Hintern hoch und geht ins Haus.

»Zwei Halunken, wie sie im Buche stehen!« sagt Genia. »Der Malec wird morgen nicht aus dem Bett krabbeln können. Dabei ist er jetzt ein wichtiger Mann! Hat die größte Schweinezucht im Dorf – alles von den Kommunisten geerbt! Da kann er doch nicht so saufen wie früher, hat jetzt die doppelte Verantwortung! Für den Staat und für die Schweine.«

»Und das noch in dieser Hitze!« antwortet Ania.

Jimmy sagt auf Englisch: »Nirgendwo findet man seine Ruhe! Nicht einmal in Polen!«

»Was will er?« fragt Ania.

»Ach nichts, Kindchen!« sagt Jimmy. »Ich wollte nur von Teofil wissen, ob er in Winnipeg angerufen hat. Janis hat jetzt die Zügel in der Hand. Hoffentlich macht sie alles richtig! Unser Geld auf der Bank arbeitet für uns!«

»Wer ist denn diese Janis?« fragt Genia. »Deine zweite Frau, Teofil?«

»Der Bursche ist ein Weiberheld«, meint Jimmy.

Genia sagt: »Stimmt! Gestern Nacht hat er sich auch noch mit dieser Julia verabredet, obwohl die Agniesz …«

»Davon weiß ich nichts!« unterbreche ich sie.

»Und dass du auf der Party mit diesem Luder zweimal rausgegangen bist – ich möchte nicht wissen, wohin! –«, sagt Jimmy, »weißte wahrscheinlich auch nicht mehr! Das alte Lied! Der hat einen Magneten in der Hose wie Chuck!«

Malec kommt mit einem Tablett zurück. Ich zähle drei Gläser. Er schenkt uns ein.

»Ach! Liebe Polen!« freut sich Jimmy und hebt sein Glas. »Was für'n Land! Ich würd am liebsten hier bleiben, bei euch! Prost!«

»Nur zu!« sage ich. »Babyface wird deinetwegen keine Träne vergießen!«

»Was redest du da?« ereifert sich mein Onkel. »Wir haben den Indianern die Zivilisation gebracht! Dafür werden sie uns ewig dankbar sein!«

»Aber nur in deinen Träumen!« lacht Ania.

»Jimmy. Du bist jetzt Amerikaner«, sagt Malec. »Du musst deine alte Heimat kennen lernen. Ich nehm mir am Dienstag frei! Wir fahren zur Wolfsschanze und zum Kloster in Święta Lipka. Sollst mal sehen! Wir haben auch was zu bieten, in unserem Land!«

»Malec, willste mich verschaukeln?« wundert sich Jimmy. »Die bekloppten Bunker von Adolf kenn ich in- und auswendig! Hab sie mir in meiner Jugend mindestens zwanzigmal angesehen! Und der Stauffenberg war ein Idiot! Ich hätte mich auf den Adolf gestürzt wie ein Kamikaze-Pilot, mit 'ner Handgranate, dann wäre von dem Hund nicht einmal ein Schnürsenkel übrig geblieben!«

Großmutter Genia sagt: »Am Dienstag kommt doch Sylwia mit dem Zug aus Holland. Ihr müsst euren Ausflug auf einen anderen Tag verlegen.«

»Stimmt!« antwortet Malec und schlägt sich mit der Hand vor die Stirn. »Wie konnte ich das vergessen!?«

»Was!?« fragt Jimmy. »Die alte abgetakelte Ballerina? Was will die denn hier?«

»Sie ist meine Schwester, Korońrzeź!« sagt Ania. »Hüte deine Zunge!«

»Und 'ne Verräterin!« schreit Jimmy. »Pani Balletteuse aus Rom!«

»Womit er Recht hat!« pflichtet ihm Genia bei.

»Leute!« sage ich. »Jetzt ist genug. Ihr sprecht über meine Mutter!«

»Und wenn's dir noch keiner gesagt hat! Sie ist 'ne Schlampe!« meint Jimmy.

»Korońrzeź! Hast du schon vergessen, wie dich Ania mal mit ihr erwischt hat?« wird Genia wütend.

»Wie, Onkel, du hast wirklich was mit ihr gehabt?« frage ich ihn.

»Na, was denkst du denn, Teofil!« lacht Malec.

Er schenkt die zweite Runde ein.

»Ich passe!« sage ich. »Ist mein letztes Glas. Ihr macht mich krank. Ich verschwinde!«

»Oho! Der heilige Teofil ist beleidigt!« sagt Jimmy. »Wo willste denn hin? Zu deiner neuen Mieze?«

»Auf Wiedersehen, Jimmy!« sage ich und kippe mein Glas runter.

Sie schweigen. Meines Onkels Gesicht läuft weiß an. Ich stehe auf und gehe.

»Teofil! Teofil!« ruft er mir nach. »Verdammt! Ich hab's nicht so gemeint! Teofil! Lauf nicht weg!«

Ich mache mich auf den Weg zum Badestrand, meine Beine tragen mich dorthin, ich renne. Ich will den König der Löwen von Warmia und Masuren treffen, will wissen, was aus ihm geworden ist. Aber selbst den See erkenne ich nicht wieder. Alles ist wüst und leer wie im Winter, auch die roten

Birken sind nicht mehr da. Ich setze mich auf einen Baumstumpf, betrachte einen Augenblick lang meine Schuhe. Dann blicke ich auf und sehe eine verschwommene Gestalt über den See gehen.

Es ist Zappa. Er kommt auf mich zu und singt:
»You're probably wondering
Why I'm here
And so am I
So am I.«

Mann, Zappa, ich weiß doch, dass du der einzige bist, dem ich trauen kann: Was bleibt, läuft nicht weg.